从月亮到故乡

中国当代抒情诗歌图景

刘

翔 著

ZHEJIANG UNIVERSITY PRESS
浙江大学出版社

图书在版编目（CIP）数据

从月亮到故乡：中国当代抒情诗歌图景 / 刘翔著.
-- 杭州：浙江大学出版社，2022.5
ISBN 978-7-308-22494-9

Ⅰ．①从… Ⅱ．①刘… Ⅲ．①抒情诗－诗歌研究－中国－当代－文集 Ⅳ．①I207.22-53

中国版本图书馆CIP数据核字（2022）第057884号

从月亮到故乡
——中国当代抒情诗歌图景
CONG YUELIANG DAO GUXIANG
——**ZHONGGUO DANGDAI SHUQING SHIGE TUJING**
刘翔 著

责任编辑	平　静	
责任校对	汪　潇	
封面设计	周　灵	
出版发行	浙江大学出版社	
	（杭州市天目山路148号　　邮政编码　310007）	
	（网址：http://www.zjupress.com）	
排　版	杭州林智广告有限公司	
印　刷	杭州宏雅印刷有限公司	
开　本	889mm×1194mm　1/32	
印　张	10.375	
字　数	250千	
版印次	2022年5月第1版　　2022年5月第1次印刷	
书　号	ISBN 978-7-308-22494-9	
定　价	49.80元	

自　序

·想象一种窗的诗学·

◆◆◆ 1 ◆◆◆

想象一种窗的诗学，一种充满漏窗的诗学，一种敞开，一种变形，一种透视。想象一种透明的诗学。

◆◆◆ 2 ◆◆◆

是不是有一种长满眼睛的诗，一种向自我打开，而又投射向他人的诗？是不是有一种用光的钥匙打开自己和打开他人的诗？是不是有一种透明的诗、一种充满窗户的诗？

◆◆◆ 3 ◆◆◆

有没有这样一种投影，来自中国古典的光和来自西方现代的光，在此叠影。

◆◆◆ 4 ◆◆◆

有没有一种亦新亦旧，亦中亦西，非新非旧，非中非西的诗？有没有窗子一样的诗歌？

◆ ◆ ❖ 5 ◆ ◆ ◆

这是一种漏窗，漏光、漏风、漏雨，雨水带着自己的光进来，风带着自己的光进来，花香带着自己的光进来，蜜蜂或者任何一种小动物带着自己的光进来。死神带着他所有的扈从进来了。

◆ ◆ ❖ 6 ◆ ◆ ◆

这扇窗户可以透视另外的窗户，窗户和窗户在相互映照，窗户挡住窗户，窗户又越过窗户。在所有窗户背后又有什么？

◆ ◆ ❼ ◆ ◆

窗内的时间和窗外的时间，在相互对视。过去没有离开，现在还是现在，现在已经过去，现在正在变成未来。

◆ ◆ ❽ ◆ ◆

有时你在窗外，有时你在窗内，有时你哪儿都不在。

◆ ◆ ❾ ◆ ◆

可是你总在某处，在你自己之外的某处，你在临池独照吗？你在影子里看到了什么？你在夕照中看到了什么？

◆ ◆ 10 ◆ ◆

窗可能是门，可能是垂花门，可能是隔扇门，可能是一个月亮或太阳形的洞门。窗有时不是门，仅仅是它自己。窗子是窗子，是可觊觎的欲望，是欲望的限度或无限。

◆ ◆ 11 ◆ ◆

充满窗子的诗歌，是一种纵欲的诗，也是一种禁欲的诗。

◆ ◆ 12 ◆ ◆

充满窗子的诗必定是充满回廊的诗，一种透明的诗，通向自己，通向他人。有历史雕梁沉重的阴影，有家族记忆的绵长叹息，有个人记忆的光斑。一种充满回廊、充满回声的诗，一种不同时代的脚步声四处响起的诗。

◆ ◆ 13 ◆ ◆

透过窗户，你看到一方水池，一片叠石。这是真正的水，是真正的山；这不是真正的山、真正的水。这是想象的产物，一首指涉自然又指涉自我的诗。

◆ ◆ 14 ◆ ◆

透过窗户，你看到了什么？水池、水榭、曲桥、回廊、假山、植物。你看到了复杂的铺地，你看到一个个奇怪的门和有寓意的木雕，透过你自己的窗，你看到了别的窗：隔扇窗、支摘窗、什锦窗、漏窗、洞窗、景窗、假窗。透过窗户，你看到了什么？别的窗户中有什么？他人是另外的你吗？

◆ ◆ 15 ◆ ◆

窗户是一张面孔。一扇窗户就是一扇窗户，它是对其他窗户的逆犯吗？或者它是一种认识力、一种理解力的投射？理想的状况是，一扇窗户不再是孤独的个体，一扇窗户是一张透明的面孔，向其他的窗户打开。

◆ ◆ 16 ◆ ◆

窗是这样的面孔，它捍卫其他的面孔，捍卫其他的窗户。窗户不是用来窥视别的窗户，而是向别的窗户打开，开放空气，开放光。东道主，好客的东道主，有限拥有了无限。透过窗子，万物保持着它的"它性"。是相融，而不是同化合并。

◆ ◆ 17 ◆ ◆

所有窗子是否都是同一扇窗子的侧影？是否，所有窗子都是光的一个特别的影子？

◆ ◆ 18 ◆ ◆

雨打在芭蕉上，雨还没有下，芭蕉在白墙壁上投下自己的影子。风在轻轻摇曳芭蕉的影子。可是，冬天的芭蕉还在那里，一块丑陋的根茎，包在塑料布里。包在塑料布里的阴影，包在脏破的塑料布里的阴影和雨声。

◆ ◆ 19 ◆ ◆

有没有一首园林的诗，它不光是美人的轻笑、诗人的流连、画家的风情。它是一滴干涸的血，它是一池没有变淡的泪。两百年的曲桥，你不曾走完。这不光是皇亲国戚和文人士大夫的园林，也是千百万营造者、侍奉者的园林。是的，它也是狂暴的侵入者的园林，火光至今不熄。

◆ ◆ 20 ◆ ◆

于是，漏窗在两百年之后，还在渗水。于是，压弯的树枝在两百年之后，还没有平复它的悠然。

◆ ◆ 21 ◆ ◆

梅花，是的，在窗子的前方。游客，是的，在窗子的前方。有没有一种喧闹的诗，在漏窗前面同时容得下梅花、鸟雀和成群的游客？

◆ ◆ 22 ◆ ◆

挡住风景的是风景吗？挡住窗子的总是窗子吗？有没有一种诗歌，一种透明的诗歌，在透明中埋葬所有的窗子？有没有一种诗歌，一种透明的诗歌，像早晨的露珠一样，如此透明，如此清新，从一棵岸边的枯荷上落下？

◆ ◆ 23 ◆ ◆

中国抒情诗歌作为一个整体的图景是无法描述的，收在这里的十二篇文章只是我从自己狭窄的窗子中看到的，这是我推开过并一窥其中奥妙的所在。而这些诗人，这些诗人的作品，本身也是由一个个漏窗构成的。这是多元文化和私人气质的交集，阴影和阳光交汇成神秘的透明体。

◆ ◆ 24 ◆ ◆

一张张赤裸的脸是那么神秘，我不敢说我看清了，更不敢说讲清楚了。只是我确信这些诗人，这些诗歌，这些脸，构成了中国当代抒情诗歌的某些重要图景。有些还长久被遮蔽了，因有些窗子蒙了太多的尘土，或者，甘愿在暗影中蛰伏太久。也许，批评就是一些久违的光线，把窗户打开，倔强地进入这些屋子，照亮那些珍宝。

目
CONTENTS
录

汪剑钊

1963 年出生，北京外国语大学教授、博士生导师。主要社会兼职有俄罗斯文学研究会理事、中国诗歌学会常务理事、北京大学中国诗歌研究院研究员等。

出版专著《中俄文字之交：俄苏文学与二十世纪中国新文学》《二十世纪中国的现代主义诗歌》《诗歌的乌鸦时代：汪剑钊自选集》《阿赫玛托娃传》《俄罗斯现代诗歌二十四讲》，诗集《比永远多一秒》《汪剑钊诗选》，译著《俄罗斯黄金时代诗选》《俄罗斯白银时代诗选》《黄金在天空舞蹈》《茨维塔耶娃诗集》《记忆的声音：阿赫玛托娃诗选》等数十种。

第一章

一只乌鸦，在人性的晴空下：

汪剑钊和他的诗歌

飞越异域的乌鸦：汉语被囚禁的日子

　　汪剑钊的诗歌在中国当代诗歌中是一个隐微的重要存在，翻译家的名声似乎遮蔽和掩盖了汪剑钊作为诗人的形象，但是作为一个诗人的汪剑钊是远为重要的。因为，汪剑钊很久以来就已经是一个非常优秀的诗人，事实上，也只有这样一个超拔的语言魔术师才有可能让曼杰什坦姆、阿赫玛托娃、茨维塔耶娃、普希金、丘特切夫、勃洛克以及波普拉夫斯基等杰出的俄语诗人在中文中真正以"诗"的面目出现。十几年来，通过这些杰出的诗人呈现在中文里面的语词的韵律、色彩、思想和形象，汪剑钊深刻影响了当代汉语诗歌的写作。而隐身其后的作为诗人的汪剑钊呢，还是被人们有意无意地忘记了。

　　作为一个在大学就职的学者，汪剑钊科班出身，具备比较深的研究功底和很强的研究能力。本来，他可以按照一般的路子走下去：不断地接各种课题，在学术圈子内搞得风生水起。可是多少年来，他只是默默地翻译着、写着。他抵御住了许多诱惑，淡泊而宁静，只因诗歌的蓝色火苗绵绵不息地闪烁在他心灵的神龛中。诗歌是他生命的意义所在，从某种意义上来说，"诗人"是唯一能够包含他全部身份的称谓。可以这么说，他是一个有"中心思想"的人，在看似温和的面容下，有一种很强大的执着力和韧劲，就像那些来自他家乡的蚕丝一样，他有一颗"大心脏"，负担着内在的孤独。

近三十来，他广泛涉猎和研究过俄语诗歌、俄国思想史、英美诗歌、非洲诗歌和中国新诗史，现在北京外国语大学外国文学研究所，教授俄语诗歌和中国古典诗歌。所有这些，在我看来，都可以看作是一个诗歌赤子对诗的热恋，都可以看作是他想成为一个优秀的诗人进行的苦修课程。为了看到更多的好诗，他去翻译；为了更好地翻译，他去了解诗人的背景；为了更好地了解背景，他翻译一些背景性的重要思想（他翻译的俄罗斯思想家别尔嘉耶夫的两部名著是这方面的代表）。从英美诗歌到非洲诗歌，从俄罗斯黄金时代的诗歌到白银时代的诗歌，从中国现当代诗歌到古典诗歌，从诗歌到围绕着诗歌的思想，汪剑钊乘兴而往，而在生活上清贫依旧。他本可以从政，也可以去翻译一些挣钱的东西，但为了一个纯粹的诗人的梦想，他在生活允许的范围内保持了自己尽可能的纯粹。

在汪剑钊的文章《诗歌是什么》中，他提到了为何要写作："至于为什么要写，一个原因是出自我喜好幻想的天性，由于写作的存在，我经常可以获得在现实人生以外的另一种人生，那种超越时间和空间局限的体验让我十分着迷；另外一个原因则跟对死亡的恐惧有关，由于意识到生命的短暂，意识到肉体的必然性消亡，我渴盼给这个世界留下一点我存在过的痕迹。我的诗歌梦想是什么？通过词和词的缀连，让汉语的诗性尽可能地得到发挥，在诗歌缺失的地方播下一些诗歌的种子。我在文字领域中所做的一切工作，包括创作、翻译和评论，都是迈向这一梦想的试步。"

对曼杰什坦姆和茨维塔耶娃诗歌的系统翻译，使汪剑钊在诗歌界和翻译界的声誉达到了高点。可是，他在其中又消耗了多少光阴？近十年来，汪剑钊的个人创作明显变得少了。无论是去俄罗斯做研究，还是一个人默默地翻译，都比较少有机会和心境进行自己的诗歌创作，这也许就是他在诗歌中所说的"*汉语被囚禁的日子*"：

> 汉语被囚禁的日子，
>
> 声音像一名私奔的少女，
>
> 拨开浓雾，在异域的天空下，
>
> 寻找自由的爱情。
>
> ——《有感》

但是在那些异常精确和优美的翻译中，我们可以真切感受到一个诗人在词与词之间进行的艰苦的搏斗。汪剑钊把译诗看作是一种"特殊的创造"，是在创作一种特殊的诗："我们必须认识到译诗是一种特殊的创造，它绝不是'克隆'，更不是原封不动地重现和复制。最后的译文应是父精母血结合后诞生的一个孩子。这个新生儿既不是父亲，也不是母亲，而是有着父母各种遗传基因的另一个，它在容貌、性格上与父母有诸多相似的地方，却绝不是等同，它的智力和体魄既可能强于父母，也可能弱于父母，在与后者千丝万缕的联系中保持了自身独异的存在……因此，我说，译诗就是一次恋爱，有时甚至是一次不无冒险的恋爱。我这么说，实际就把译者放在了恋爱者的位置上，这个比喻或许仍有不贴切的地方（任何比喻都是蹩脚的），但确有其相近的地方。因此，翻译诗歌的译者就必须做好自己的功课，准备好玫瑰花与巧克力，写好自己的情书，为此需要拓宽自己的视野，多多阅读，多多练笔，像提炼镭似的锤炼自己的语言能力，提高对象语和目标语的感受能力，力求为读者提供一个健康的孩子。"

当然，提炼镭似的锤炼自己的语言能力，最终还是为自己的梦想：做一位不断超越自己，不断达到比前一个自己更高境界的诗人。翻译，也不过是"梦想的试步"之一。作为一个诗人，汪剑钊在近年来的创作中呈现出了越来越高的水准，翻开诗集，我深刻地感受到，这是人性的舞台，这个舞台的中央有一只象征化了的乌鸦，神秘的乌鸦，杂食的乌鸦，成长的乌鸦，纯粹的乌鸦，渴望的乌鸦，哲理的乌鸦。一只人性的乌鸦，一只抒情的乌鸦。这里面有孤独，有痛苦，有喜悦，有自然的历书，有异域的月光，有批判的锋刃，有机智的狂想，有死亡的魅影，有爱和爱的消逝，有命运无常的悲叹，有继续与他生活在一起的家乡和童年。

抒情的乌鸦：一首诗可以容纳多少精神

在汪剑钊看来，长期以来，中国诗歌的真正精神被深深遮蔽了："在相当长一个时期内，诗歌由于其表达的快捷性，被人们赋予了一些它原本并不具备的特质，把政治学、宗教学、伦理学应该承担的责任安放到了它的头顶。它也因此承担了许多本不属于它的义务和职能，以至于在现实中沦为政治简单的传声筒、道德和宗教的庸俗代理，以及各种文字娱乐和游戏的工具。这种做法所导致的后果便是，诗歌最根本的品质——抒情和审美的功能严重受创。于是，我们看到，在那种氛围下'创作'出来的诗歌，除了外形（分行、韵律等）以外，总体上已被那些非诗的成分包裹了起来。"

汪剑钊是一个典型的抒情诗人，在一个普遍贬损抒情诗的当代诗歌环境下，汪剑钊坚持认为，诗歌的主要元素是抒情性。在一个视抒情诗为幼稚和不成熟的时代，他坚持自己似乎相当"落后"的观点："诗是人类的'真善美'诉求刺激和触发了诗人的情感，于是，诗人便借助想象力的提升，去追问、发现和命名，最后，以一定的形式（例如：通过分行增强节奏，利用韵脚营造旋律，借助隐喻、象征、暗示、事典等手段）在语言中体现了艺术的可能性。因此，我倾向于认为，诗的本质应该是抒情，言志、说理、叙事是它的派生物。也就是说，抒情性是诗的标志性元素，其他如叙事性、戏剧性、哲理性等都是它的亚元素。"

在所谓"90年代创作"中，抒情诗是没有什么地位的，抒情诗通常被看作是一种滥情的、无节制的、过时的诗歌风格，是一种青春期的写作，在一个特定历史语境中，它被视为一种从观念上就要驱逐出去的风格。虽然，抒情诗也许在某些人看来有一些"天然"的弱点，但它也有一些比日常叙事诗学写作占优的地方，它们往往更容易懂、更容易感动人，所以，历来为人们喜爱的诗大多数是抒情诗。中国古典诗歌有浓厚的抒情特质，中国当代诗人中的食指、多多、北岛、芒克、昌耀、海子等都以抒情诗歌感染了读者，而汪剑钊所了解的俄罗斯诗歌更是以强烈的抒情而闻名于世。康德认为，"共同感受力"的假定是审美可能性的前提。确实，个体的叙事不像情感的表达那么具有共通性，而诗歌要求的含蓄令这种个体叙事的共通力进一步下降。其实，认为抒情诗幼稚的人本身是幼稚的，他们对抒情诗做了狭隘的理解。因为正如汪剑钊所说，诸如叙事性、戏剧性、哲理性等亚元素是完全可以共存于抒情诗中的。

汪剑钊是一个南方人，但长期生活在北方，使他兼备南方人和北方人的性格，这对他的诗歌创作也产生了很大的影响，这就是他自己所说的"综合性"："我本人出生于中国南方，那里气候温润，夏天酷热，它那些狭窄的巷子、弯曲的街道、精耕细作的工作方式、交叉分布的陆地与河湖，以及因此形成的人际交往的分寸感，对我产生的影响几乎可说是宿命的。它们给我带来了细腻的感受力和'为艺术而艺术'的唯美主义倾向。三十岁后，我迁居到了北京。北京不仅是中国的首都，而且是一座极端化的北方城市，街道宽阔、建筑物高大、气候干燥，而且每年都有一个漫长而寒冷的冬天。这种典型的北方式环境也参与了我的精神自我实现，给了我不少积极的影响，其粗犷、大气和庄重为我的写作注入了很多新鲜元素，使我从以往狭小的视野中挣脱了出来。如今，很多朋友说，我不像南方人，这指的是我行事与看待事物的方式，不再局限于一些琐事和细枝末节上。"

当然他也承认，他在骨子里还是一个南方人："不过，我自己知道，在骨子里，我还是一个真正的南方人，敏感、多情、口味挑剔，虽然也具备了一些北方男人的特征。它们表现在我的诗歌创作中，通常便以综合性的面目出现，在我处理得好时，情感奔涌与理性控制相得益彰、互相提升，它们就像冬天的雪花一样，在寒冷中表现出特殊的温情。"

诗人沈苇曾把对南方的思恋比喻为一种保持"蛙皮的湿度"的努力。这种比喻对汪剑钊也是合适的，一有机会他就会回到南方和故土，看望越来越年迈的父母，感受母土的温存。在汪剑钊早期的诗歌《南方》中，他把这种感情写得如此细腻而奔放。这是驼背老桥的南方，这是绿色静脉的南方，这是石板路延伸的南方，这是水波荡漾的南方，这是蝴蝶花盛开的南方，这是他的永远的根：

> 南方，绿色静脉的南方
> 田垄上的紫衣少女沿着布谷鸟的哨
> 采撷芳香四溢的野菜花
> 捕捉生活的根须

作为一个典型的南方人，汪剑钊非常细腻，"敏感、多情、口味挑剔"，比如，他对睡眠有比较高的要求，经常无法在一张陌生的床上入睡。写于2004年的《睡眠》一诗，写得异常优美和神秘：

> 我的睡眠是一只美丽的瓶子，
> 比床小，比世界大。

悄悄刨开黑暗的沃土，
培植梦幻的花。

翻身，按动时间的遥控板，
调整音量，
让喋喋不休的小鸟
学会
花朵的沉默。

那是轻到
不能再轻的声音，
却能穿透一切的喧哗，
包容
整个死亡的平静。

　　我不知道这是不是来自一次失眠或半梦半醒的体验，汪剑钊在梦境中醒着，在梦境中翻身，这里有花的音乐，有鸟的沉默，只有这种长期与失眠搏斗的人，才能体会到一种声音的永远存在，一种轻得不能再轻的声音，让他醒着，让他凌驾于整个死亡的平静之上。

　　同样写于2004年的《门》是一首精深、复杂的佳作。一个日常的场景，突然向远方展开，向裂缝深入。这是一个中年诗人自己的《神曲》，这也许只是在一次最平常的回家途中，在楼梯口，他感到他来到了人生的中途，他开始陷入幻想，转入深思。物和人、世界和精神、选择和命运、天使和魔鬼、人的意志和神的意志、肉身和灵魂、日常和神秘、生者和死者、门和钥匙、具体和抽象……而一首诗不也是一个楼梯，一扇门吗？不是也在门、锁和钥匙的纠缠中展开吗?

> 七单元，四〇一，
> 靠左，木头与铁，
> 被警惕的眼球经常忽略，
> 静止的框架，
> 像一座方形的桥拱，
> 布满世界的空，流动着
> 物与人：据说，物质不灭，
> 那么，人有什么可以丢失?
>
> 变化，一个残酷的游戏：
> ……进来，出去……
> 出去，进来，
> ……进来，出去……
> 第四层，侧面对着楼梯，
> 就像弗罗斯特的岔路口，
> 画出了阴险的十字。
>
> 天使抖动翅膀，发出白银的
> 一声声脆响，魔鬼戴上彩色面具，
> 旋转并交换舞伴，争取
> 我摇曳不定的意志……
>
> 停顿，在楼梯狭窄的拐角处，
> 普通的缝隙漏出神秘的光。
> 于是，好心的长者开始回顾

肉身的来路，帮助
堕落者猜度灵魂的去向。

门，提醒铅灰色的存在
——锁把的必然，
以及铜制钥匙的某种可能。
斑驳的锈花，潦草地
记录夕阳坠落时刻的匆忙，
具体性稍显凸起的门槛
磕绊了我周密的抽象。

一首诗可以容纳多少精神？
我们意识中的美，不断
打磨，学习死亡的入门术，
蜕变——简单的真，
而复活，文字的网格
再度敞开了一扇扇小门。

这是当代诗歌中一首非常突出的诗，一首抒情诗，但又不是普通的抒情诗，它体现了成熟的当代抒情诗所达到的高度。抒情性是这首诗的标志性元素，其他如叙事性、戏剧性、哲理性等亚元素都一起存在，只有一个睿智的诗人才能写出这样曲折的诗歌。抒情性、叙事性、戏剧性、哲理性，在这首诗中都是同等重要的，说抒情性是一种标志性元素，其实是说抒情所具有的统摄性。"一首诗可以容纳多少精神？"可以容纳无限，因面向死亡而永恒，一个个语词向天堂和地狱打开，每一个皱褶如一扇扇小门。

乌鸦四重奏：诗歌的乌鸦时代

汪剑钊的文论《诗歌的乌鸦时代》是一篇很有概括力的诗学佳作，在文章中并没有多少玄学，也没有时兴的那些不必要的引文，但通过理性的分析，把握住了当代中国诗歌的多个重要层面，为理解中国现代的发展提供了珍贵的视角，尤其为理解汪剑钊的个人创作提供了比较可靠的钥匙。

以下我从四个层面结合汪剑钊诗学的观点和他的诗作来进行分析。

第一个层面，从社会层面来看，当今世界确实是处于一个"乌鸦时代"。这个时代欲望极度张扬，从物质到精神，都面临许多畸变。正如汪剑钊所说："无须否认，由于处在一个非常态的转型期，……以诗性为代表的人性化生存方式面临着崩溃的危险……经济已经崛起，并逐渐成为一个时代的艺术形式，人们以往用来创造诗歌的智慧，而今被用作了广告词的撰写，至于从前进行绘画、雕塑的才华和技能，则被消耗在了大小建筑的装修之中。"

在 20 世纪 90 年代末到 21 世纪初，汪剑钊写了许多现实题材的诗歌，体现了对这个市场逻辑下疯狂世界的强烈不适感：推土机所到之处，乡村被毁灭，古迹被破坏，传统伦理被践踏……这样的诗歌有许多，我这里仅举其中的一首，即作于 2000 年的《建设工地随想曲》：

> 推土机挺着肚子走过的时候
>
> 死人不得不再死一次
>
> 枝叶茂盛的枥树，霍然倒下
>
> 比上一次更加彻底
>
> 明代的陵墓一声惨叫
>
> 蹦出秦砖与汉瓦的灵魂
>
> 这里，新世纪的大厦将拔地而起
>
> 一条病魔缠身的野狗
>
> 不知所措，在小路的尽头
>
> 声嘶力竭地吠叫
>
> 仰望着苍白的新月
>
> 想象着，那是最后的家

　　第二个层面，与社会背景相对称，仅就诗歌而言，这也是一个乌鸦的时代。汪剑钊说："或许任何时代的诗人都生不逢时，但当代的中国诗人对此可能体验更深，他们天性里的浪漫精神很难找到一块纯净的浪漫主义天空。太阳已经下山，月亮尚未升起，玫瑰的花魂也已逃逸，留在世间的只有现代主义的乌云和暧昧不明的后现代主义黄昏。"

　　汪剑钊很清楚，那些"不祥、阴郁、绝望、颓废、虚无、神秘，等等，是现代诗所着力体现的一些东西"，诗人是那些乌鸦，他们不再是天堂鸟，他们的歌喉不再婉转悠扬，当代诗人只能直面自己的乌鸦时代，从而再造自己的诗歌：一种乌鸦时代的诗歌。对诗人而言，这就是他们所遭遇到的现实，所以汪剑钊说："但这恰恰是一些凝聚了现代人生活特性的真实情绪和体验。高科技的发展和普及，使我们的现代生活出现了更多的可能性，但也暴露了比那些可能性更多的缺陷和断裂，从而打破了从前的和谐与平衡。今天，我们放眼望去，随处可以看到的是：高分值的希望带来了难以承受的失落，对意义的追问遭遇了越来越多的讥讽与嘲弄，现实生活中的偶然与荒诞加大了认识上不理解的外延，等等。现代诗作为对现实的表现或折射，必然要涉及这部分内容。"

　　可是，在一个乌鸦时代，人也可以有自己的选择，可以成为同流合污的乌鸦，可以成为感伤的乌鸦，也可以成为一只嘲笑的乌鸦。汪剑钊在早期的诗歌中，有许多抗议的声音，但也有许多体现个人内心的声音。如在那首写于 1997 年的名诗《月光下的乌鸦》中，诗歌呈现的那只乌鸦是神秘的，带有中世纪的色彩：

> 这座大楼比棺材更幽闭
> 一小步的错失
> 从生命的走廊踏进死亡的广场
> 女巫在喑哑的花丛里狞笑
> 睡着的是眼睛醒着的是心脏
>
> 写作中的我
> 像一只月光下的乌鸦
> 尖喙轻叩白纸
> 不祥的尾巴划过斑驳的墙壁
> 洞开一扇窄门
> 任凭想象的肉体自由进出
>
> 牙齿老去舌头依然健在
> 祖父的亡灵低低告诉我
> 关于坟墓中迷人的游戏
> 牙齿与舌头一辈子的争斗

柔软磨蚀了坚硬

我面前的这张纸
透显大片神秘的空白
一个单词的降临
宣示人间莫名的奇迹

我知道我最终将老去
如同死去的乌鸦
闻不到蔷薇的芳香
散落的羽毛是零乱的叹息

大楼在晨曦初绽的片刻訇然倒塌
传说里的蝴蝶并未出现
写作中的我不动声色
仿佛一切出自我的阴谋
羽毛斜插在月光缺席的地方

诗中呈现的是一个预言家式的诗人，在自我的困局中以语言、以词的奇迹抚慰自己。大楼在坍塌，女巫在狞笑，生命进入死神的口中，"我"也在老去，如同死去的乌鸦，羽毛散落一地。可是，你也可以从诗中看到，那可以吐出词语核心的柔软舌头仍然可以战胜死神的牙齿，笔仍在进行词语的搏斗，白纸仍然可能是一个未展开的天空，散落的羽毛仍然是羽毛，和月光有一样的光泽。

近几年来，汪剑钊直接去表现时代的、有强烈社会批判意识的诗歌渐少。一只诅咒、嘲笑、讥讽的乌鸦，逐渐从陷于与社会的争吵的屋檐下撤离，回到更加个人的树林，回到内心的老巢。因为个人的现实也是一种现实，它也可以是一个小的社会，它的镜子里有更亲切同时又更深邃的容颜。写于 2004 年的《恋爱中的乌鸦》，是现代咏物诗的代表作之一，既有现代诗的巨大张力，又很好地继承了从陶渊明、李商隐到南宋词家姜白石、王碧山的托物言志的古典咏物诗传统：

> 我爱你，我学习去傲慢，
> 泄密，是为了彻底的忠诚，
> 只要有足够的耐心，
> 你单眼皮的大眼睛就可以发现
> 我羽刺下谦虚的美丽。
>
> 我嗓音沙哑，
> 这说明，
> 我已成功地渡过
> 伤感的变声期。
>
> 我迎接成年的放逐——蜕除了
> 合唱队的尾巴，
> 把白色的茸毛归还给
> 喧嚣的白昼，进入
> 一个人的黄昏。
>
> 我的孤独如同夜雾
> 疯狂生长，
> 却并非与生俱来，
> 我那有黑色素的纯洁

依然渴望缠绵，

渴望呱呱声里隐秘的狂欢。

为了撩开

月全食的面纱，

我科学地焚烧黑色的羽毛，

用泣血的尖喙

顶起一轮红色的月亮。

是的，我们在诗歌中看到了一只更亲切的乌鸦，一只渴望爱情的乌鸦，它很黑，但黑得纯洁，黑得热烈，黑得纯粹，它已经完全回到了个体的独特中，"蜕除了／合唱队的尾巴，／把白色的茸毛归还给／喧嚣的白昼，进入／一个人的黄昏"。这是一只在抗争的乌鸦，它"用泣血的尖喙／顶起一轮红色的月亮"。

第三个层面，乌鸦代表了一种杂食性。汪剑钊用乌鸦作喻，体现了现代诗的混杂，也体现了他自己良好的"胃口"，以及作为一位当代诗人广博的阅历和宽广的音域。汪剑钊说："相传，乌鸦的血可以擦亮人们的眼睛，得知这一点，我们的诗人大概可以得到少许的慰藉，或许，由于他们的存在，人们可以看清被世俗生活蒙蔽了的真实。另外，鸟类学家告诉我们，乌鸦具有不少优点，譬如：杂食性，忠诚，反哺。与之相对照，现代诗似乎同样具备这些特性。首先，它有一个强健的'胃'，就内容而言，举凡生活的方方面面，诗人们都敢于吸纳进来；在形式上，叙事性、戏剧性、口语等因素作为亚体裁纷纷出现，诗歌越来越体现出某些综合性的特征。"

汪剑钊的杂食性，我们已经在文章的开头有所涉及，关于这个方面，他自己也有很好的陈述："由于某种偶然，我粗通了俄语，从事过并可能继续从事俄罗斯诗歌的翻译工作，由此我也受惠于俄罗斯诗歌，俄罗斯诗歌向我指示了创作的精神高度，俄罗斯诗人则提醒我要捍卫自己的人格和尊严。至于如何转化和生成，我不曾细想过，它大概是潜移默化的，有点像我日常所消耗的饮食，它们在不知不觉的状态中化成了我的肌肉和血液。"

我们确实可以找到许许多多的汪剑钊诗歌的俄国因素，以俄国的游学经历为题材的诗歌占了他创作的很大比例。比如在风格上，他的抒情诗的格调颇有俄国诗人的味道，当然要做仔细的文本分析才能说得清楚。比如，汪剑钊翻译过的非洲诗歌（如桑戈尔、索因卡、雷培里伏罗等）对他的写作也有影响。还有比如说他翻译过的狄兰·托马斯的诗歌的调子也回响在他的某些诗歌中。但是汪剑钊相信，中国古典诗歌对他的影响才是更重要的，他说："中国古典诗歌给予我的肯定要大于任何一种异域诗歌，它告诉了我，语言如何在可能的情况下达到一种极致的美，引发了我对诗歌的终生热爱。"

在写于 2000 年的《生活场景》中，他写出了自己对中国古典色泽、声音和情景的倾心和偏爱。这古典的江南，是他的梦想的出发地：

> 在摇滚乐的疯狂伴奏下
> 阅读宋代的传奇
> 想象那有水井的地方
> 绿衣少女挥动裙带
> 浅斟低唱柳三变的慢词
> 比月光更为强烈的白
> 穿透乌云

穿透

狂风吹不动的夜幕

茂密的树林

倾泻它的柔情

一如老树抛弃熟透的叶子

纷纷扬扬

第四个层面，我觉得在汪剑钊的诗歌里面，跃动着的是一只非常美丽的乌鸦，一只纯粹的、力图驱除一切功利色彩的乌鸦。汪剑钊这样定义他心目中的诗歌："诗人何为？诗人所为就是在人间完成上帝未竟的事情，通过语言之水洗去尘世的污迹，让人逐步摆脱他（她）的动物性，走向完美的人性。在此意义上，诗歌就是衡量人性的一种终极性的尺度。换句话说，诗就是要让人活得像个人样……恰恰是它的这种非功利性特征，保证了诗歌高贵的品质。如前所述，它是衡量人性的尺度，一旦丢弃，人或许将由高级动物向低级动物坠落，千万年的进化将变成一个笑话……诗歌的意义就蕴藏于人性，我们则通过诗歌可以看到最美好的人性。"

汪剑钊的诗学看起来好像没有什么新东西，可是真的有那么多所谓的"创见"吗，我们知道许多"创见"不过是一些个人的梦呓。在写于2011年4月的《反赫拉克利特》中，他提出了个人的抗议：

唾沫四溅的诡辩！

常驻，流变，

霜白的此岸到葱绿的彼岸，

跋涉，无数次挣扎，

人踏进的永远是同一条河流。

　　对美的敏感和纯粹感是植根在汪剑钊诗歌深处的，但美绝不仅仅是唯美，有时这是一种彻骨的美。哪怕所写的是个人和民族的灾难，汪剑钊的诗歌仍然保持着一种庄严和纯粹的美感，只是在岁月和痛苦的枪尖上，他的语词磨得更有光泽、更五彩缤纷。

　　写于 2011 年 6 月的《记忆》很短，但充满力量，"记忆有自己的喉结"，这是多么恰切而凝练的语言，那凝结在喉结中的声音，是任何力量都无法清除的。

　　而写于 2010 年 8 月的《随感》，我们看到一个诗人的狂想，这是一个苦涩的幽默：

> 暑热。我想把夏天切成薄片，
> 像西瓜一样，腌起来，
> 留到冬天享用。可有人告诉我，
> 这是妄想……

　　是啊，命运如此无常，爱情如何保鲜，这永远是一种无解。面对个人正常生活的解体，他虽然非常痛苦，但在诗中并没有责怪他人，而是把一切归于命运弄人。写于 2010 年 6 月的《随感》同样是一个狂想，同样苦涩，但充满人性的光辉：

> 向着遥远的天空
> 扔去一只拖鞋，
> 阻挡疾速流亡的那片霞光；
> 与星光的草莓一起坠落，
> 并且，共同腐烂……

恋爱中的乌鸦：比永远多一秒

2012 年后，汪剑钊的诗歌呈现了一种新的光辉，这种光辉来自新的爱情的滋润，在《你隐匿于黑夜》《情人节是一首未完成的诗》《比永远多一秒》等诗中，诗人唱出了他的抒情嗓子的最高音。

相对于初春的羞涩或秋天的冷寂，诗人的抒情对象"来自一座荆棘丛生的花园"，更像是夏夜的月亮，她并不讳言黑夜对她长期的占据，然而，她坚硬，她激烈地挣脱黑夜，淋漓地撕开阻隔，义无反顾地把星空变成爱的海滩：

> 你长期隐匿于情感的黑夜，宛如
> 一首失题的抒情诗，
> 看坚硬的月亮如何把星星泼溅成飞扬的海沫，
> 捡拾飘零的韵脚和错落的节奏，
> 固执地等待一场浪漫的现代主义风暴。

她比秋和冬温暖，但比春天或清晨诚实，"比夕光下的夜莺多一分诚实/也比清晨的露水少一点忧悒"。所以，诗人明白，"初春，我知道夏天对于一个女人是多么重要！"（《你隐匿于黑夜》）。

《情人节是一首未完成的诗》记录了一对天各一方的恋人的思念。这是一个神奇的湖泊，蓄满了所有新婚的爱意。这首诗里，至少有三重形象跃然纸上。

第一重是思念，爱人的幻觉中的形象时时萦绕，像玉米穗子，在内心一直缠绵不去：

> 你举起纤手向远方轻轻挥动，
> 一万朵真理的白云便开始在蓝天上奔跑，
> 阳光这金色的血液，灿烂依旧，
> 含笑迎接两颗漂泊的灵魂，
> 决定玉米与木耳的缠绵。
>
> 迸发于正午的爱情，在子夜
> 结晶为钻石，缓缓升起成月亮，
> 与时间骄傲地结伴而行。
> 情人节是一只甜苹果的感觉，
> 更是一个许下承诺的行囊。

第二重是声音中的爱人，那音波撩记忆的裙角，春天在手的树枝上抽出嫩芽。这音波是灵与肉的牧场，在声音的间隙都被思念和回忆的细草占据：

> 微风撩起自己的裙角，飘过
> 嫩芽初绽的树梢；顷刻，
> 有一片轻纱掠过你温柔的耳骨，
> 触摸春天的心脏。于是，思念的闪电
> 击打鼻翼和笑盈盈的嘴角……
>
> 晨安！晨安！离别之伤
> 浸润着肉体的电波与灵魂的磁场，
> 思是孤独的左手，念是寂寞的右手，

期待相互握紧的瞬间。爱（你和我）
是抒情的细节，铺垫成长的叙事。

第三重是誓言和洋溢诗情的主人公的形象，是诗歌自我指涉的
形象，在长长的电波之后，一首诗将诞生，它在保持住爱的炙热的
同时，也力图保持住汉语的尊严：

今夜，我不用玫瑰代言，
只想用汉语承载全部的梦想，
写下温柔的文字，直奔你的内心，
让单词的触须拥抱你的羞涩，让音节之唇
吻遍你的高贵，排列分行的诗句
催动你的血液在两颊燃烧。

零点的钟声已经响起，
我的秃笔还不曾蘸尽激情的墨汁，
禁不住发出巧克力的感慨：
情人节是一首未完成的叙事诗，
只有开头，没有结尾……

而在诗人那首最美妙的《比永远多一秒》中，我们重新看到那
片霞光，那片诗人曾认为无法追踪的流亡了的霞光。如今，这霞光
回来了，它不仅来自遥远的云的后面，也来自诗人自己的掌心，手
机里的消息穿过他心弦的颤动，甚至从身上的红毛衣向外渗出。在
人性的晴空下，他怀抱着一个盛大的节日：

一片啼啭的云飘过，
遮住摩天大楼的避雷针，

而我，把你肉感的短消息握在掌心，
仿佛怀抱一个盛大的节日。

我随手整理了一下身上的红毛衣，
超现实地联想到艾吕雅，
自由之手曾经疯狂地建造爱情的水晶屋。
一项必须两个人完成的事业：

生活，赶在终点站消失之前，
我无可救药地爱你，
那是情感专列对于时间钢轨的迷恋，
永远爱你，永远……

哦，不，比永远还要多出一秒！

梁晓明

1963 年出生。1988 年创办民间诗歌刊物《北回归线》。主要参与诗歌活动："梁晓明和汉斯·克里斯托夫·布赫——一次中德诗歌对话"（德国上海领事馆，2009）、"梁晓明诗歌朗读会"（上海民生美术馆，2014）、"东京首届中日诗歌研讨会"（2016）等。

作品被译成英、德、法、俄、西、日、韩等十多种文字。出版诗集《各人》《开篇》《披发赤足而行》《用小号把冬天全身吹亮》《印迹——梁晓明组诗与长诗》《忆长安——诗译唐诗集》等。

2018 年、2019 年，诗集连续入选花地文学榜年度诗歌榜单；2018 年，被第三届华语诗歌春晚评选为"百年新诗人物"；2019年，被评为"名人堂·2018 年度十大诗人"。

第二章

抒情的深度：

梁晓明和他的诗歌

诗歌拥抱我每一根头发

毫无疑问，梁晓明是当代诗坛最有才华的抒情诗人之一。他说："诗歌是天才的事业，是一双玻璃一样透明的眼睛朝混浊的生活和暗淡的时间张开，它永恒地寻找着幸福。"梁晓明早期的大部分诗是浪漫主义的（或带有浪漫色彩的超现实主义）。年轻的梁晓明很"自我"，在《少年》一诗中，他写道："我伤心的时候一定有许多人在伤心……我的一切都是香喷喷的。"《等待陶罐上一个姓梁的姿态出现》《荡荡荡荡我躺在蓝天大床上》都充满无邪的自傲和张狂，他的诗里总是我、我、我——"我踏着树叶的耳朵自酌自饮/太阳在我头发上歌唱/我头发在半夜的弄堂里歌唱……我炊烟一样/舞蹈自己的大腿和肩膀/波浪一样/我放纵自己的肋骨和胸膛/教堂一样/我欢迎灰尘和空荡荡的奶牛场"（《遐想》）。

在很长一段时间里，在他看来，"梁晓明"这个名字与诗歌是同一的："诗歌沿着我两条眉毛向后脑发展/诗歌拥抱我每一根头发/在每一块头皮它撒下谷种/诗歌在我的鼻孔里醒来/醒来就迅速张起篷帆/顺流而下/诗歌冲破我的嘴唇/可以听到鸟声和太阳/云彩向波浪打招呼的声音/诗歌翻山越岭找到我的手脚/它穿过天空发现我的眼睛/明亮像一块少见的玻璃/甚至照出了它的胡须/它两鬓斑白为了今天/有一张喉咙好安排它露面//诗歌流着泪靠在我肩膀上/诗歌站在我耳朵上歌唱"（《诗歌》）。

可是，梁晓明早期最有名的诗《各人》却是非个人化的，这首诗混在梁晓明的诗中似乎是个异类，但却是一根线索，让我们了解梁晓明十分丰富的创作的各个层面。长久以来，梁晓明诗歌的复杂性被疏忽了，甚至可以说没有《各人》，他后面的许多诗变得难以索解了。《各人》这首诗让我们了解到这位玻璃一样写作、夜莺一样歌唱的诗人对人性的弱点早已有所警觉。《各人》全诗如下：

> 你和我各人各拿各人的杯子……/我们各人喝各人的茶/我们微笑相互/点头很高雅/我们很卫生/各人说各人的事情/各人数各人的手指/各人发表意见

> 各人带走意见/最后/我们各人走各人的路

> 在门口我们握手/各人看着各人的眼睛/下楼梯的时候/如果你先走/我向你挥手/说再来/如果我先走/你也挥手/说慢走

> 然后我们各人/各披各人的雨衣/如果下雨/我们各自逃走

除了《各人》，另有几首带有一定叙事色彩的抒情诗也堪称佳作，《雨从波兰飘下来》《半夜西湖边去看天上第一场大雪》《杜甫传第二十七页》和《挪威诗人耶可布森》，最后一首诗的后半部分无比美妙，宛如一阵清风吹来：

> 耶可布森/他说死/不是死/死/是一缕烟/在空中/渐渐散开的/透明过程/挪威人/耶可布森/在我寂寞的时候/就这样/来敲敲我的门

　　《告别地球》是梁晓明早期清新、自然、明澈的诗歌写作的一个小结。这是一个由十三首诗组成的一个大组诗，这些诗现在看来也是十分迷人的，它像是由十三颗露珠组成的项链，我无法去分析这些诗，就像你甚至不能用最小的手指去碰露珠一样，在告别地球的那一夜，他又是如此留恋大地上的一切：在海、峡谷、折磨自己的蝴蝶、冷笑的太阳、好胃口的鸭子、不穿衣裳的夏天、在地底下与泥土相爱的蚯蚓……诗人头枕菠萝做着梦，每一个小念头都是一片羽毛，向天上逃去，但他明白，一个诗人，总是"无家可归"：

> 我最喜欢穿太阳这双鞋
>
> 最后的钟声终于翻开了我的瓦片
>
> 我身体的各个房间都开始冰冷
>
> 在这座城市的围墙上我仙鹤站着，独立光明的心
>
> 地上天下的时间一样，无家
>
> 可归
>
> 　　　　　　　　　——《尾声——死，是一缕烟》

我已经起飞，但飞翔得还不够

　　读梁晓明的诗总能有一种神采飞扬的感觉，他总是在飞，"书带着我离开木椅、门楣，书带着我飞"，"灵魂带着我飞，他使我的脚离开大街"（《书的语言》）；"我跟着一只鸟，我观察一群鹰／我在过去的传说中展开了翅膀"（《漫游》）；"我们风筝一样优美地飘荡"（《被中西文化夹在中间》）；"炊烟在瓦片上扭动我的身体……白云一次次被我遗失"（《大哭和大笑》）；"我曾经从树叶上屡次起飞"（《真理》）……

　　飞翔似乎是梁晓明的终极渴望，这种渴望在梁晓明的力作《歌唱米罗》中表现得淋漓尽致。西班牙超现实主义画家米罗将梁晓明心灵的盖子完全打开了，米罗代表了自由和美好的一切——

　　　　攀上山坡，阁楼上我童年的蜡梅开始微笑
　　　　大雪从史书中飘下来
　　　　太阳翻开大海这张皮肤，太阳踮着脚
　　　　在松针与桉树叶上跳舞、握手
　　　　露珠在玻璃的早晨唱歌
　　　　公共汽车把许多梦想的盖子打开

　　　　包子弥漫出香气的时刻

香蕉朝大街开始遐想

我看见米罗跳出我的眼睛，他向往墙壁
那些裂开的缝隙表示他的生活
他从我手掌的栏杆上跳下
他奔向广场，他最后的家
他可以安放画具与日子
可以让风悄悄跃过旗杆，收集白云
抽屉里分别贴上标签，安上乌贼鱼
鲸鱼，蝉与口琴

几千年前他是一粒大麦的胚胎
现在我庭院里也生长大麦

米罗是大麦，是能够出气的鼻子、能够吃饭的碗，是敞开的门，是白云上的钥匙，是爱情的嘴唇，是太阳的头发，是诗人"唯一的故乡"。米罗在想象世界里无尽飞翔：

整整四十年，只有他的画具知道他的家／他的色彩安慰他的手，他植物的梦想／只能在墙壁上伸枝长叶，整整四十年／只能在后院里制造番茄

他只能在沙发上安排鲨鱼，在桌子上放走猴子／整整四十年，在牛奶里种植星星／在星星里种植鞋子，在鞋子里安排城市

在泪水里骑马画下菠萝／在枕巾上画下叹息的贝壳，唱歌的牛排／跳舞的青菜，整整四十年／把脑袋安排在自

己画下的纸牌里／画布上，从人类的背后观察雨季

点上蜡烛，用椰子的心情看窗口飞进来蚊子／绕着他
的画稿飞舞、降落，又飞开

整整四十年，地球的眼睛像低飞的麻雀／浪费的自来
水，哗哗流淌／没有一滴越过池子

溅进他的门槛

米罗的画是启示之光，诗人的眼睛"鸟一样开始飞翔"，它
"吸引几片绿叶重新生长，诱惑几只鸟／叼着稻谷寻找歌声／四处四
处展开翅膀"。

在这首诗里，梁晓明常常将自己和米罗混同起来，分不清彼
此，显然他觉得两人都是不倦于飞翔、努力再造一片天空的艺
术家。

与"飞翔"对称的是"下降"，梁晓明也喜欢"下降"的意象，
因为"下降"是更艰巨的飞翔。

《消息》是一首十分纯净的好诗：

好消息被你带进明天
我风尘的战袍再一次黯淡，再一次褪色的
我的眼睛
向胸前收拢高飞的翅翼
我降下来
在急促的钟声里将灰烬掸尽

我穿过石头、黑烟和高塔

永恒的旗杆上

我浸透了冰霜

我降下来

我降得还不够

好消息深埋在各户人家

馨香的好消息是低矮的灯盏

我降下来

背后我盖住了明天的光

下降，返本归源的飞翔，是回归根性，回归血液的源头。在梁
晓明的极为出色的《父亲》《日子》（父亲之二）中，我们看到，飞
翔是他们家族的习惯势态，甚至在他降生以前，他的血液已开始
飞翔——

父亲将名字刻到宝塔上。每逢节日

父亲的手指就向着宝塔遥远地歌唱

在河流的下方

七棵杨柳向父亲致意

它们将春天挽留在岸上

带着笔，带着沉重的墨水的他，我祖先中

最近的一个

最亮的一颗星星是他

最早抛弃的一句誓言

习惯在天空乱走，习惯将字迹留在门楣

高声朗诵瀑布的他

我祖先中最疯狂的一位男子

在厨房门口大声说话，在大街上

伸手指点出真诚的女婴，在布匹柜台前

将一场秋风的灵魂分析

归纳，最终把时间一把抓走的

生下我的男人，北风的大兄长

他走过小城时留下空旷

留下不经意产生的爱情

风铃和噪音

在每一家门口他的名字

被人指点，我跟着他

闲暇那么在行，而唱歌更加在行

我只能将自己的光辉限制

跟着他，将钥匙自信地紧握在手上

我用火烧我耳朵上肥胖的耳垂

歌唱者梁晓明也写了不少愤怒、讥讽、调侃甚至残酷的诗，这一面很少有人了解。这些"带着灿烂黑猫的斜眼"的诗常常有刺骨的力量。这些诗使我们明白，一般被视为歌唱者的梁晓明为何早就写出了《各人》。现实使诗人落回泥土。

梁晓明在为《一行》第六期写《披发赤足而行》时还是完全浪漫主义的："诗歌与我们的时代早已呈背离的状态，我们的社会生活与行动也早已摒弃了诗歌的心情与标准，当人们的眼睛开始朝向现实睁开的一刹那，诗歌便被弃绝了。追本溯源，浪漫主义的诞生与人类生活和诗歌的分离有着密切的关系。披发赤足而行，明显地有着蔑视生活的态度，正如圣－琼·佩斯反复赞美大海的统一、意志与广阔的未来，我始终迷恋于人性与人道生生不息的遭遇与活力。自1981年开始写第一首诗，我就深切地感到诗歌用来模仿和表现现实是何其反动与错误。甚至愤世嫉俗与批判现实在我看来，也是无必要与没趣，与诗歌创作无一丝益处。"

可是，当他在《一行》第十七期上发表文章《诗歌的孤独》时就有了改变："但当你真想好好欢乐一下时，却发现你的自己，他并不欢乐，你也并不能彻头彻尾、自由自在像只腾空的小鸟般把大地一脚蹬开，想怎么叫唱就怎么叫唱，你还是离不开现实，离不开眼前这种你自以为早已与你无关的、陌生的世界与人群，他们还是存在于你的身边、脚下和不断的呼吸中，你难以摆脱（你其实从来没摆脱，以前你只是无视罢了），这时，你又想到了人，人的多方面与丰富性，你又开始追问起人与创作的真正关系。"

《时代》《撒旦说：他娘的》《荷马》《爱情》等诗反讽意味很浓。他着力暴露社会和文化的阴私，他有时也将矛头对准自己——

《撒旦说：他娘的》是这样的：

我清秀，白净，深入书本／分花拂柳，我穿行在江南／在月亮的手下缓缓长大／我轻轻微笑／我知道我的微笑里有鱼米之香

我长得越来越美／而且在风中／我认清了人生／看到生命蚂蚁一样渺小／如沙子一样毫无用处／我笑得越来越开心

我越来越优雅，越来越洒脱／在一群白鹅中我的脖子最长／头顶的红冠从江西都能看到／你看看

高贵的人类啊／就要给他们悲惨的结局／我怎么能不高兴呢？

我穿上笔挺的西装，我让太阳／跟着我乱跑／我在大海的喉咙里高声说笑／我用手拍拍地球的脑袋／我用手拎着地球的耳朵／我轻轻地对人类说：／他娘的

东西方的文化啊／你们有没有吓一跳

而《时代》写得更有意思：

最嘹亮的歌将由蚂蚁唱出

蚯蚓柔软无骨的躯体

将给我们带来幸福的启示

美国的大裤裆是多么芬芳

我们高举起

勇钻胯下的优良传统

用各种办法

我们越过太平洋

我们跳入大西洋

黄土地黄皮肤黑皮肤的人们

纷纷跳入蔚蓝的大海

韩信和蚯蚓都在发抖

韩信发抖没人关心

重要的是自己不要发抖

一百年后

我的孙子对他儿子说：

"我爷爷那一代

是没有文化的一批饭桶。"

我们在下面可以看到相当自我、自恋的梁晓明在几首诗里完全走向自虐。如《让》一诗，他写道：

让钢刀的脊背流出我的鲜血 / 流出我的脓　我的庄稼 /
我满头白发的唱歌的老奶奶

　　我用火烧我的肉，热烈的火／烧我耳朵上肥胖的耳垂／大火烧我的肉，就是烧整个人类／我疼痛，我为整个人类感到疼痛

　　我爱这条大街，这间小房／因为它，我开始说话／正是它，我今天死亡

　　下一代／下一代也让我灰心

还有《蜡烛》，他这么写：

　　看来／我就是一支喜欢自我折磨的蜡烛／我自己点火，我烧自己／我看着我的肉在火中燃烧／发出嗞嗞的声音／我聚精会神／一点一点地／我仔细地焚烧我的肉／一股邪恶的激情／像一支／巨大的蜡烛／它矗立在我的内心／它烧我的肺，我的心／在它那滚烫的烛油中／再度燃烧／我兴奋地大笑，我在燃烧中大笑／透过滋滋发光的火光／我看见我的结果／降落到地上／是挤在许多人中间的／一把冷灰

而这类诗中最著名、最残酷也最有意味的是《玻璃》：

　　我把手掌放在玻璃的边刃上
　　我按下手掌
　　我把我的手掌顺着这条破边刃
　　深深往前推

　　刺骨锥心的疼痛。我咬紧牙关

血，鲜红鲜红的血流下来

顺着破玻璃的边刃
我一直往前推我的手掌
我看着我的手掌在玻璃边刃上
缓缓不停在向前进

狠着心，我把我的手掌推到底！

手掌的肉分开了
白色的肉
和白色的骨头

纯洁开始展开

这是怎样一种人生的终极体验啊，鲜血和纯洁、白骨和闪电一起出现，它以无比世俗的方式达到终极的纯粹，如此触目惊心，既刺激神经也扣动人最内在的心弦。

慢节奏的《开篇》

进入 20 世纪 90 年代以来，梁晓明的一些抒情诗带着比较浓的哲理色彩，这在《启示》《仰望》和《哪里是旷野？哪里是呼告？》等许多诗里表现得尤其明显。他的诗变得沉郁，他总是一再地追问存在：我们往哪儿去？哪是我们的旷野？哪儿才是我们美好宽阔流奶流蜜的土地？我们在哪儿脱鞋？大火几时从荆棘中烧起？那个人，那个唯一的人，他几时从棘丛中向我们呼叫？该如何承受？我们往哪儿去？长在我们生活里的眼睛，往哪儿才能看到好东西？是谁把我的手掌带到你们中间？是谁开着小汽车带你去拜访花朵的走廊？是谁，像远离历史的木凳始终在等待你们的钥匙？谁把最后一张牌从空气中带走？是谁，让良心的大门向绿叶打开，让世界在翘望的阳台上生满青苔？在被摧毁的荒地上再造家园的，是谁，把紫葡萄的阳光均匀地播撒在锯齿的大地上？……

梁晓明这类追问存在、带有哲理味的诗歌的代表作是《开篇》，这部组诗受到了唐晓渡、耿占春、陈超等诗评家的高度评价。无疑，这是 20 世纪 90 年代中国抒情诗的高峰之一。诗评家沈泽宜被这首诗"深深感动"，他说："梁晓明借用海德格尔的'存在之诗'，刚刚开篇，它是'人'的'人'字，框架了他长达 500 行的长诗《开篇》。梁晓明笔下的'人'和大喊'上帝死了'的尼采的超人不是一回事，而是神与人的统一。因而他同样要出生、长大，以人的形象显示自己：'你我手上的春天是春天中最肮脏的春天／而那迥然不同的人／那诞生在玻璃中，那将高山为坐石／那遇风就长／顺水而下的人……在他的脸中我们的脸一片荒凉'，由于这样的'人'的存在，我们颓败的生存将重又变得庄严。然而，他又以神的形象出现在诗中，以树、草等大地无声的语言显示自己，由此诗中的人称变得扑朔迷离。而在第 17 节'允许'中，诗的语言更是显得如此庄严与虔敬，神人合一的本质索求明显地向神倾斜，为无家可归、不断怀疑存在意义的人们找到了一个家。"

进入 20 世纪 90 年代之后，梁晓明突然开始讨厌瞬间喷涌的"快节奏"的诗。他说："我忽然想写一种节奏缓慢的诗！一种完全是由内心在说话的诗！……我想找到的每一句诗，每一个字都必须是从生活的海洋中提炼出来的一滴血，或一滴泪，一段梦想与一声叹息。这必然是悠长的，充满回忆、向往、深入人心与现实存在的反映，它不可能是快节奏的。"他又说："一首节奏缓慢的诗，在我看来，几乎是享受上的一种奢望，因为那是一个诗人语言表达的方法与独特能力的展示，以及他那不为人知的生活遭遇与态度的精湛结合，是一种让人难以回避的演出，它与人有关，与整个人类有关，在这样的演出中，我们会随着诗人的脚步一起踏过泥泞，黑夜与木桥，我们会和他一起惊奇月亮的升落，爱情的兴衰，沉思与感慨，在这样深沉的共鸣中，我们觉得我们和诗人生活在了一起，和他一起笑，一起哭，不知不觉中，我们拓宽了我们的视野，我们增加了生命的认知与感受，我们的生活中又多了一个人。这些，便全是诗歌带来的恩惠。这也便是我此刻认识到的诗歌的力量与它的任务。它是帮助人、关心人，是绝对以善为基础，以感受为出发点的一种人类存在的记录。"

《开篇》就是梁晓明倾尽一切写成的一组"慢节奏"的大诗。这首诗从 1990 年末一直到 1993 年 3 月定稿，经历了 3 年多。至 1992 年冬，全诗尚长达 800 行，但几经修改，最后只剩下 500 多行。

显然，这不是一首由理性精密筹划的诗，梁晓明信奉"飞鹰的哲学"，他总是在等待着生命和灵魂的涨潮时刻，让诗歌冲口而出。"你"四个指称，进入他诗思的核心。

"他们"在这首诗里有不同的指称。有时，这个"他们"指的是俗众——现实生活中的人，"满眼的技术，这些疯狂的欲火／他们都穿着爱情的服装"。"他们"也指宿命意义上的"人类"，受制于永恒的造物："他们也希望从时间中逃出／他们读书、遐想／在眼睛的堤坝上／向大海的更高处眺望／他们在到处超越／但他们是人／腿短，命长，一堵墙他们就落入了叹息"。"他们"有时则是指称那些死者，我们的祖先。在《故宫》中，梁晓明深思这些"日历上撕下的骨灰"，这些永恒的死者，那些帝王将相并不代表历史，"站在午门口"，他看见时间如何被更永恒的时间遮盖，"跟着时间／我参观故宫／乾隆看了九分钟／慈禧才看了七分钟"。

《开篇》中仍然像梁晓明的大多数诗一样，大量出现"我"一词，但与他早期那位自恋的、飞翔着的"我"不同，"我"的含义大大复杂化了。在《最初》一诗里的"我"，是一个"在四季停止开花的地方"流浪的人，几乎是个弃儿，"在世界的触摸下我衣饰丧尽／我离开了故土，上天和父母／像一滴泪带着它自己的女人离开眼眶／它赤身裸体／面前只剩下一条侍从的路"。

在《说你们》《故宫》中的"我"是"被限定者"——在永恒者面前，"我的话只能在附近的空气中说出／规定的天空下，醒悟又一次落入迷茫／又一次再一次被第一次繁衍／我被城市限制，被语言归类／出生的风暴指定了结局"（《说你们》）；"我跟着人走／正如我此刻跟着时间／我不敢大声／一辈子漫长莫测的前途／谁敢说自己硬得过石头"(《故宫》)。

　　我们发现一个高傲的诗人深感自己"被限定"的地位，变成了一位"谦卑者"——"我深感惭愧我丰盛的衣饰／我深感惭愧我高傲的双眼……我需要我愧对最初的流水／我需要从骨头里深感惭愧"(《惭愧》)；"但是你的骄傲如带刺的高山／我只能聆听／我只能跟从／在你的家中／我仅仅有一份谦卑的食谱"(《太阳》)。

　　在《刀子》一诗里，"我"则渐渐变成了一把刀子，那是永恒之风吹拂下黄金般的勇气——"一把鲜明的刀子是另一种曙光，是另一种弃我而去的语言／整整一个朝代，我跟踪一把刀子……整整二十年风暴占有我玻璃的双眼／我洁白的骨头向喊叫逼近／整整二十年／在温暖肉体的包裹下／需要一把刀，一把开锋的刀……因为勇气是稀少的黄金，因为／黄金将我挤到了沙漠上／在风的永恒吹拂下我／我变成了一把刀子"。

　　"我"有时也是一位神圣的疯子，"我"陷入神圣的"热恋"，在《热恋》中他写道——"我或者朝疯人院大笑／我认为他们的疯狂是薄冰的疯狂／他们的疯狂还不如我疯狂的一个指头……陷入热恋的只能继续热恋，这便是人／作为人所唯一拥有的最高消遣"。

　　"我"也是一个静悄悄等待神圣者来临的人，甚至一只燕子的来临也似乎是一种期待——"因为认识燕子，所以我欣赏他的来临／他的建设与哺育／等到等待叩门，燕子飞去／燕巢又一次空虚"(《等待》)。

　　"我"还是一位"追问者""深入者""彻悟者"。在《深入》一诗里，他自问："我能否深入泥土？深入花？……我曾经深入过最早的稻谷？人类手上的／第一粒火种？"而在《向下者》中，他完全成了一个彻悟者："向下看，与鸟一起生活的人／春天离他们越来越远／我看着花开，我看着他们在流水中／在漂撒的羽毛中将一生度完／来自底层的草最终在泥土里／落入归宿／泥土是他们的根，他们的家／与灰土一起将宿命低吟／成绩与清明一起下雨／正如相反的鲜花，他开花在枝头上／正如鸣蝉歌唱在高处／鹰将道路铺开在天空上／／我看着这一切发生／我又转身走开，我微笑／我不表态／我把手放在了季节的门外"。

梁晓明《开篇》中的"他"是"灵魂吹拂者""布局者""无情的洞察者"，是"宇宙活力的代表"，是"最完整者"，是"一切的裁夺者"，或许"他"本身就是"一切"。

"灵魂吹拂者"——"在四季停止开花的地方／一个人来到我面前／他带着正反两只手掌／他带着一枚游魂的徽章／他突然出现，穿着黑夜的布鞋／他吹拂我"（《最初》）。

"布局者"——"在他的布局下／属于我的时间只剩下一滴水，仅仅是一滴水"（《说你们》）。

"无情的洞察者"——"在第一滴雨中他高抬着双眼／应该有一把刀／使我们的空气看得更远／让我们重新看到隐蔽的鲜血，晶莹发亮的／坚硬的骨头……他说：／现在还是冰雹，现在还是飘蓬／现在的水中／那失却脑浆的水／正一浪一浪在将我们掩埋"（《声音》）。

"宇宙活力的代表"——"而那迥然不同的人／那诞生于玻璃中，那将高山为坐石／那遇风就长／顺水而下的人／他的脚印在你我的脚印中显得歪斜／凌乱，而缺乏章法／他不仅从过去中解脱，他更从／现在的事物中得到解脱／他甚至将明天也提前挥霍"（《他》）。

"最完整者"——"在腾挪的棋子间他推门出现——／那不能被称作人的人／在所有的人中他是最完整的人／真正的人恰恰在大地上不能被称作人"（《问》）。

"一切的裁夺者"——"是谁？在不在的地方他永远存在／这位缺席的裁夺者，是谁"（《深入》）。

"作为'一切'的他"——"他或者将自己的鲜血涂抹在太阳

上……他的声音比黑夜更黑／比光更亮，比翠绿的橄榄枝更加迷人／是乞丐中的乞丐，是政客中的政客／是两条大河中更宽的那条河……在姑娘的翘望中他比老人更老／在老人的回首中／他比幼孩更无知／更莽撞"（《击鼓》）。

"你"在梁晓明的《开篇》中出现得不多，但"你"有时比"他"更可亲可敬。这种"亲在"关系在《太阳》一诗中得到体现——"我总是歌唱你，从瓦片的缝隙／茶杯的沿口，从上班途中／哪一刻我抬头时不遇见你？／在梦中，甚至／低头的时候／你也在我的目光中踱步"（《太阳》）。

而在《允许》一诗中，梁晓明对神圣者的歌颂达到了顶峰，也达到了开始创作以来抒情的最高音：

> 允许我的精神在风中坚定，在歌中胜利
>
> 在最小的石块中说起永恒
>
> 允许我在树中生根
>
> 在广大的荒漠中我寻找到水分
>
> 允许我第一口喝下这神圣的露珠
>
> 你双重的眼帘
>
> 允许我走过你的膝前，像一个人
>
> 身上是坚硬的白骨头与
>
> 太阳上笔直流下来的血
>
> 允许我飞过你的门楣，堂前
>
> 如夜晚的流莺
>
> 因为你我发光
>
> 我展翅……

是的，诗人梁晓明在透明中飞翔，他接受神圣者"善良的大雨"，他继续飞翔。

第三章

现实与超现实：

梁晓明诗歌中的自我

引　子

　　梁晓明的诗歌无疑是 20 世纪 80 年代以来中国诗歌的一个重要成就，他的《各人》《玻璃》《开篇》等都是当代诗歌的名作。自我的、浪漫主义的、超现实主义的、蔑视生活现实的诗，是他的创作的一脉，但现在"那种独立和恣肆狂野的气象好像已成上辈子的世界，我甚至能感到它已独立地渐渐地离我而去，就像一个好朋友一样"。但在骨子里，梁晓明还是依然故我，仍然渴望"披发赤足而行"（他说过"披发赤足而行，明显地有着蔑视生活的态度的生活"）。只是现在，他似乎更多地企图去承受现实而不再仅仅是蔑视现实。"现实把头摁到大地上"，是的，社会现实总是以铁的意志制约着人。可是，如梁晓明所说，"我的诗歌哲学总是忍不住要落到快乐与希望的字眼上，我相信这是人类生存的最根本的理由"。沿着自我，梁晓明展开他的世界；沿着自我，梁晓明力图进入超现实的世界，而现实仍然躲藏在里面。现实和超现实其实在梁晓明的诗歌世界里是一个复杂的图景。

　　在梁晓明的诗中，我们看到更多是一个个昂扬的形象，但也在里面呈现着一种挣扎、突围甚至挫败感。一些人，包括梁晓明自己，认为在他的诗歌中有两种倾向：一种是表现为浪漫主义和超现实主义的有理想情怀的诗（代表为《歌唱米罗》《告别地球》到《开篇》），而另一种是则灰暗地表现人生窘境和极端行为的诗（代表作是《各人》《玻璃》等）。但其实这两种倾向是交缠在一起的。所以，在这篇文章中，尽管似乎比较多的是涉及前一类的诗，但我们仍然可以从中看到梁晓明的总体创作倾向。

最早醒来的光芒：浪漫主义与超现实主义

像大多数年轻诗人一样，梁晓明也是从浪漫主义起步的，他最早的偶像是惠特曼。当意气风发的他背着惠特曼的诗集来到城市的时候，他感觉是来征服这个城市的。梁晓明肯定被那个在惠特曼诗歌里隆隆作响的"自我"所震撼和唤醒了。这是多么庞大的"自我"，如此豪迈和激昂。

惠特曼——美国现代诗歌的源头，伟大的浪漫主义诗人，伟大的创新者，旧传统的毁灭者，偶像的破坏者，《草叶集》中最核心的诗歌就是《自己之歌》，是"我自己的情感和个性的其他方面的表露——它从头至尾是一种努力的结果，即要把一个人，一个有个性的、活生生的人（我自己，一个生活在 19 世纪后半期的美国人），不受约束地、完整地、真实地记录下来"。抒写自己，是惠特曼的一贯主题，也是梁晓明诗歌创作的一贯路子。来自惠特曼的影响主要不是技术上的，梁晓明通过学习很快掌握了更现代的诗歌表达方式，这种影响是精神气质上的，是一种契合，是一种对自我的确认。从这种浪漫主义的天性和理路出发，就不难发现尽管现代诗人大师众多，他为什么特别喜欢圣-琼·佩斯、埃利蒂斯，而在中国的古典诗人中，他又特别对李白、苏东坡津津乐道。

但要说到和梁晓明的创作真正休戚相关的，则还是首推"超现实主义"。"超现实主义"是 20 世纪的流派，但有人却也把它称为浪漫主义的尾巴，一条强有力的尾巴。在一首名为《超现实主义》的诗里，梁晓明这样写道：

> 这些不大吃饭的人
> 近来和我谈纽约的广播
>
> 飞机是鸟的爸爸
> 天空是日本昭和的微笑
>
> 我想到一本书里我的名字三次出现
> 梁晓明到底是什么意思？
>
> 我的裤子是不是裤子？
>
> 我为什么要长一双很漂亮的眉毛？
>
> 坐在床上担心广东
> 担心被单是另外一个我
>
> 突然跳起来和我谈苏联

在这里，我们看到的是一个浪漫的、飞扬的自我，在时空中自由穿梭，离开了（"超现实主义"者则认为是深入了）现实。有时，梁晓明被看作是 20 世纪 80 年代"南方超现实主义"的代表之一，所以，要了解梁晓明的诗，有必要了解他创作的背景。

"超现实主义"作为 20 世纪最有影响的文艺思潮之一，最早兴起于法国，它对诗歌、电影、美术等艺术的发展都产生过很重要的影响。"超现实主义"在20世纪80年代文化热潮中被介绍到中国，对许多中国诗人产生影响。首先，"超现实主义"是作为一种解放力量呈现的，在艺术观念上给人以最有效的影响，在艺术形象上给人以最直观的打击。布勒东、艾吕雅等正统"超现实主义"的诗人，佩斯、夏尔、埃利蒂斯、聂鲁达、巴列霍、帕斯、索因卡、阿莱克桑德雷、狄兰·托马斯等所谓"边缘超现实主义"诗人，以及米罗、达利、唐吉、德尔沃、恩斯特、马格利特等"超现实主义"画家，对当代诗歌有很大的推动作用。

"超现实主义"有几个特点是特别新颖的、引人注目的。第一，梦。它承继弗洛伊德的学说（但并不严格），对"梦的领地"进行孜孜探寻，梦吸附了个人的无意识，也如荣格所说，它也是集体无意识的深渊，"在梦中，我们就披上了居住在原始黑夜中的那个更普通、更真实、更永恒的人的外衣。梦正是产生于这些连成一体的奥秘之中"。布勒东说："梦幻，作为被压抑的世界的象征和超现实的范畴，一种认识方式，甚至可能是最有启示性的精神活动。"正统的"超现实主义"的诗类似于梦呓，它把梦中的形象翻译成词语。第二，反抗。"超现实主义"自命是一次革命，是对父权社会的反抗。在他们看来，这是超现实主义的一个主要方面。反对权威，一种开天辟地之感，是许多"超现实主义"的态度。在梁晓明的诗歌与言谈中，它也是一直存在的。第三，"语言的神奇性"。诗人追求语言的神奇性，他们的语言特别自由，他们认为，用通常的语言很难表达梦幻世界，因此，人们经常要赋予日常语言以奇迹，"语言的神奇性"，是这些诗人一直探求的。这种语言是形象的，类似于舞蹈。梁晓明在超现实主义阶段的诗歌，在语言和意象上，都强调舞蹈性。他说过："我希望诗歌像舞蹈。我非常喜欢这句话，我曾经想象和努力地去做到：诗歌就像舞蹈演员踮起的足尖，那足尖点在舞台上的一连串舞步便是诗歌,你由一个舞点不能彻底地领悟诗歌,因为它仅是一部分,你必须看完整个舞蹈,甚至整个舞蹈看完了,你还是不能完全理解。因为它并没有告诉你什么。注意:它只是引领你,暗示你,启悟你。"

特别值得注意的是,"边缘超现实主义"诗人使这个运动产生了最大的效应。"超现实主义"诗歌并不是法国"超现实主义"诗歌运动兴起以后才有的,情况比较复杂。有几种情况:第一类,是先驱者,像佩斯就是一个先驱者,"他远远看起来像是一个超现实主义者";第二类,似乎是平行的,比如英国的狄兰·托马斯、德国的萨克斯等,在语言风格上与"超现实主义"诗歌有相近之处;第三类,受到影响但变化了的。这类是多数,这些诗人在受法国"超现实主义"诗歌影响或激励后进行创作,如希腊的埃利蒂斯把"超现实主义"看作是欧洲大陆的最后一点氧气,但他抛弃了"自动写作"等"超现实主义"的教条,与他类似的还有西班牙的阿莱克桑德雷等。然而,最值得注意的是,这个西方世界掀起的文化运动由于其本身具有的解放力量,逐渐成为第三世界诗人发出自己声音的武器,从而产生了大量的"边缘"意义的"超现实主义",他们适当采用"超现实主义"的艺术手法,来控诉殖民文化的后果、反映自己民族的"神奇现实"并力图发出自己独特的声音。聂鲁达、帕斯、巴列霍、桑戈尔、塞泽尔、索因卡、沃尔科特等是其中杰出的代表。

聂鲁达、埃利蒂斯和佩斯好像是梁晓明最钦佩的"超现实主义"诗人。有一次梁晓明写道:"我又想起聂鲁达,当马楚·比楚高峰矗立在他面前,当他写下'美洲的爱/和我一起攀登/每一块石头都溅出回声'时,我们能说,你聂鲁达又不生活在马楚·比楚高峰下。我们能这样说吗?我们只能和聂鲁达一起攀登,一起感受,一起叩问和追索,一同经历死亡和最后的歌唱。"

　　埃利蒂斯的《理所当然》是梁晓明读得最多的诗篇之一，这是一组伟大的现代颂歌，又是"超现实主义"的又是浪漫主义的。它也是一组自我之歌，"那个真正是我的人，那个确曾是我的人"，那个本质的我，超越了平庸的现实，在歌唱，那个诗人是神奇的："我张开嘴，大海便高兴"，他放声高呼："那是太阳，它的轴在我身上。"而佩斯，这位当代诗歌界最伟大的人物之一，一个真正伟大的天才，只写了十多首诗。他认为，诗歌是一项、首先是一项天才的事业（这个观点与早期梁晓明的意见完全一致）。在他的《远征记》里，他写道：

> 我建造了我自己，用荣誉和尊严
> 我在三个重大的季节里
> 建造了我自己
> 它前途无量
> ——这片土地
> 在它上面我制定了我的法律

　　在这里，诗人是君主，是立法者、征服者、城市的缔造者、美的发现者。佩斯的诗里"满是最高级形容词的长句，具有古希腊歌队所特具的崇高气质"，它带着传统咒语的力量，它是精美的颂歌，也是肃穆的咒语。最令我们惊叹的是其中充溢的一浪高过一浪的自豪。梁晓明1987年4月写有一首题为《读完圣－琼·佩斯壁灯点燃窗前沉思》的诗，它似乎并不太像佩斯的诗，但具有相当的自由度和开阔性：

> 太阳这幅棉被掀开我的头发时，正好从砖瓦间
> 伸出舌苔
>
> 正好指甲在被人议论，正好我派遣

我的脸去菲律宾游览美景

热带像一条带鱼游进我的眼睛里时
正好从钟楼上
伸出屁股
光滑可爱，带着青斑，好像刚从大麦的麦尖上

生长出微笑与青铜的宝剑

当悲伤点燃房屋的寂寞，孤独
绕着我的门楣舞蹈，把脚尖踮着我的耳轮唱歌时
我已经波浪一样关心起水面
把快乐羊一样
向世界赶开

我沿着煤气管道走进各个家庭，把他们鞋子里的黑暗

全部倒光
在一小杯酒中我站在岸上
呼吸中花朵盛开

蜜蜂在窗帘上跳舞

光芒水一样漫过大桥

我手掌翅膀一样向天空张开

自由与纯粹：米罗、米罗

　　梁晓明在一篇文章中说："霍安·米罗的'一滴露珠惊醒了蛛网下睡眠的罗萨莉'及'小丑狂欢节'时，我全身都被震动了，当我看到肢体也有它自己的语言，而小虫子、凳子、椅子、灯管、手风琴、铲刀、所有的动植物，甚至各种器具都竭力地扭动起自己的身体、在竭尽欢乐地舞蹈时，我当时就想到，这就是我的诗。在这种理念的支撑引发下，我从 1985 年一直写到了 1988 年才终于写完。像《歌唱米罗》《读完圣－琼·佩斯壁灯点燃窗前沉思》《荡荡荡荡我躺在蓝天大床上》及《给加拿大的一封信》等。"可以这么说，"超现实主义"艺术附体在米罗一个人身上，对梁晓明的作品产生了真正的影响。在梁晓明的诗里多次出现"米罗"这个词，这是一个人，一个画家，也是一种精神、一种自由的象征。《全世界都在等待阳光》这首诗的意象很容易让我们联想到米罗的画：

　　　　我就悠闲自在地走上阳台，想象自己在半夜

　　　　悄悄跨出栏杆，从六楼看自己的身体像一架摔裂的

　　机器。

　　　　大腿这个零件便倒挂在围墙上和

　　　　走拢的星星们一起叹息

我眼睛鸟一样停立枝头，我左脸上
蝴蝶纷纷起飞

梁晓明还写过一首名为《向米罗致敬，半夜我披着窗帘起飞》的诗，这也是他比较著名的一首诗：

天空飞翔我的脸

我眼睛是星星照亮的，在陶罐上发亮的刀剑中
我的指甲因为太阳而日夜生长

山坡向大海张开他倾向唱歌的嘴巴

一万里的喇叭与飞出去的鸟
我搭手在栏杆上
细数去而复归的羽毛

沟壑扩展我的家，当手掌离开钥匙
大雪老远就击打着拍子
把指头按满在我的窗子上

半夜我披着窗帘起飞，提着泉水的灯笼
天空回转身惊诧我头顶跳跃的黑发
我浑身的瓦片都点亮着蜡烛

墙壁竖起了道路，帽子飘飞起旗帜
梯子向上升起我的脚

一首纯粹的诗在风中挽着苹果出现

在翘望的树林与太阳高高飞翔的下巴上

灯罩与音乐歪倾着脸

默默坐在大麦丰满芳香的桌子上

下面，我们来分析一下米罗的创作，从而企图找到与梁晓明诗歌的契合之点。"超现实主义"绘画和诗歌一样，都是这个运动产生的巨大成果的领域（"超现实主义"在小说、音乐等领域没有什么大的影响）。"超现实主义"绘画影响了契里柯、卢梭、恩斯特、米罗、达利、唐吉、德尔沃、马格利特、高尔基等一大批大师，但为什么独独米罗最受梁晓明青睐，这个问题可能连他也难以回答，其实他也很喜欢达利和马格利特，但在诗歌和文章中从来没有提及。我想，在偶然中也有一些必然，我试图进行一点分析。契里柯显然是很伟大的"超现实主义"画家，但契里柯式的逻辑性非常连贯的非清醒世界（契里柯对梦的洞察），加之形而上学的美学，沿袭罗马时代的画家的风格以及厌世主义，显然不太合梁晓明的口味。而达利的癔症式的偏执，他的画作中那些荒谬绝伦的、狂野的幻象，那些用像照相一样的、学院的技术画出的真实得令人可怕的世界图景，尽管震撼了梁晓明，但也并非他的最爱。同样，卢梭、马格利特这样的"逼真超现实主义"画家的场景可能由于缺乏一种年轻的乐观主义者所要求的纯粹性，而没有成为影响的中心。

考量米罗的伟大创作，至少有几点是值得关注的：

首先是纯粹性。罗伯特·休斯在《新艺术的震撼》中说："米罗无疑是超现实主义者中最纯粹的画家了"，这也是布勒东的意见

（他说过："也许可以把他看作是我们当中最富于超现实主义特征的一个人。"）。休斯指出："一种漫无边际的幻想带来了一种狂欢节的气氛"，这就是米罗画作给人的感受。"超现实主义"，按布勒东的说法，"用炽烈的兴奋把儿童时代最好的东西复活过来。童年最接近人的真实生活——儿童状态，在这种状态里，一切事情都合在一起，实现对自己的有效而无风险的占有。"米罗就是这样一个真正纯粹的人。作为一个纯粹的诗人，梁晓明也是如此，对纯真抱有坚定信念。休斯研究了米罗早期绘画，指出："他是一个拥有一切感觉，又不为自己的任何欲望感到羞愧的人。"在这一点上，也与梁晓明的自我观相吻合，表现完全的自我，恰是他的诗歌的主要声调，"梁晓明"这三个字一直是推动诗歌的主导动机，他一直坚持"个人写作"。

　　其次是诗性和自由感。米罗本来就是一个诗人，他是夜晚、音乐、星星之子，他很早就醉心于兰波、马拉美、雅里的诗歌，巴赫、莫扎特的音乐更是使他陶醉。米罗所追求的"纯净而有诗意，诚实而又自由的思想"是晓明所特别赞赏的，艾吕雅说："他（米罗）画的是形象化的诗歌。"他是绘画界最抒情的诗人，他的很多画作都标有"超现实主义"诗句式的题目，米罗的早期画作就是极为抒情和自由的，到了20世纪40年代，经过了各种多变的经历包括拼贴时期，"他制作了一些标题为星座的小幅水粉画，这些作品是他最错综最抒情的构图，又恢复了他20世纪20年代的优美和华丽"（阿纳森《西方现代艺术史》）。梁晓明本质上一直是个抒情诗人，他们在气质上是相似的。

　　最后，是关于这个最典型的"超现实主义画家"的若干意象。英国学者彭罗斯在他所写的《米罗》一书中指出：米罗的作品以"鸟的形象最为频繁。女人和鸟有着一些共同的特征，二者都使人迷惑，都有柔和的绒毛、诱人的色彩，跳舞或飞翔时优雅的动作以及令人陶醉的声音"。"梯子"也是经常在他的画中出现的形象，彭罗斯说："梯子则变成了纯粹的图案符号，深入未知的领域，它的形状暗示着运动与变化，鼓励人们随着它所指示的方向，超越地球的束缚和限制，逃离物质的世界，到达精神的王国。米罗经常使用梯子的象征，因为它生动有力地表达了米罗本人的欲望，他想超越有缺陷的日常生活状态。"而最能表达米罗内心感受的是"星空"的形象。彭罗斯说："米罗热爱不可企及之物，他与星星不可思议地融为一体，他的感情强烈而持久，但是，他采用的表达方式是形象的明确的，具有更为直接的有感染力"的星空，表达摆脱可怕现实的希望，追求超然尘世的境地。这是神秘的宗教，没有尘世，闪耀着儿童的秘密，这是领悟的形象，让我们泅向宁静而纯粹的彼岸。星空，这是生命的缩影并在太空运动。我们对于星空熟悉而陌生，它超然物外又与我们日日夜夜所居住的空间融为一体。米罗自己说："我想用符号和形象来表达这种情绪和极度的痛苦，我在沙滩上画画，让波浪立即把它们冲走，或在空中设计各种图案和流动的线条，它们像烟一样飞上天去拥抱星星，逃出希特勒和他的同伙建立起来的臭气熏天、腐朽败坏的世界。"

　　正是在米罗精神的激励下，梁晓明写下了《告别地球》，也写出了《歌唱米罗》这样的由衷颂歌：

> 我看见米罗跳出我的眼睛，他向往墙壁
>
> 那些裂开的缝隙表示他的生活
>
> 他从我手掌的栏杆上跳下
>
> 他奔向广场，他最后的家
>
> 他可以安放画具与日子

可以让风悄悄越过旗杆，收集白云
抽屉里分别贴上标签，安上乌贼鱼
鲸鱼，蝉与口琴

张开翅膀：异国情调与本地方言，
告别地球与把天空放下

异国情调是 20 世纪 80 年代写作中一种很普遍的音调，这也是浪漫主义与"超现实主义"诗歌的一种"通病"，由于不堪承受灰暗的现实，他们把目光转向渺不可及的国外——那里，自由、奔放、充满希望、生机勃勃、神秘莫测。外国，也是一种可能，一种突围，一种勾起乡愁的力量："最好我死在外国／这样我还有家乡可以想念"（《最好我死在外国》）。在梁晓明的早期诗里，有太多这样的情调，他写过很多这样的句子："曾经把虾仁当美国吞下""和栏杆一起微笑""座谈非洲的头发""我和我是巴黎的二户人家"（《我和革命越走越远》）。"去年读书我读到美国／读到日本脸上的皱纹"《长大我变成了一根筷子》。"我想告诉你德国的红胶水／我的秤盘里称着地球／／欧洲和非洲是我准备脱掉的大衣／／加拿大是我的一只袜子"（《中国历史》）。

可是，很快梁晓明就放弃了这种对地理名词的热衷，在《告别地球》与《歌唱米罗》里，这种太一般化的异国情调已经没有了，取而代之的是日常生活中的物象。在现实的表皮下，梁晓明发现了一种"痉挛性的美"，而即使是在非现实的梦境中，日常的物象也俨然是主角。现实与非现实浑然一体，平庸的现实中突然涌现出诗意，在纯诗意中也出现了日常生活之物。这种混合使诗产生了一种喜庆和狂欢的特性，就像米罗的一些拼贴式的图画，在紊乱中仍然保持着一种天真和纯粹。由于想象与意象在一起滑翔，诗篇呈现出碎片中的和谐。

拿《歌唱米罗》一诗来说，它本来是充满"异国情调"的——西班牙、米罗、超现实主义以及宏大、普遍的物象——大海、星星、女人、鸟、云、太阳、月亮等。但令我们感到吃惊的是，诗歌的绝大部分意象是中国的，诗歌充满"超现实主义"的"行话"，但又操的是"本地方言"。请看一下这些丰满、流动和穿梭的意象吧——山坡、阁楼、史书、童年、玻璃、公共汽车、香蕉、包子、乌贼、大麦、小麦、古井、葵花、口琴、牛奶、菠萝、麻雀、牛排、青菜、蚊子、纸牌、椰子、蜡烛、自来水、栏杆、秧苗、萤火虫、雪山、蜻蜓、天山、弄堂、茄子、柿子、金鱼、葫芦、棉被——全是日常生活与个人记忆中的物象。

显然，梁晓明一直是一个深具创造性的诗人，他以个人的方式承受着也改变着"超现实主义"对他的影响，他用自己的经验给予诗歌以生命力。米罗的画也好，其他受他激赏的诗人的创作也好，都只是为他提供了一种新的自由和更大的解放。他一直为他个人写作，个人经验对他来说是第一位的。异国情调与本地方言，这些最后都统一在他的个人经验中。在《歌唱米罗》的结尾，我们可以看到这种合唱，在故乡小城，在月亮上，在米罗的脸上——在现实、艺术与梦想所共享之地，诗歌找到了归宿：

> 我也被太阳的目光追赶，于是我转向你
> 这片头发上的海滩，飞跃与鱼
> 扭弯脖子的葫芦与歌声

安置梦想的港湾

船

我轻轻把故乡这座小城拆开

一块一块贴到月亮的脸上，以后

米罗

你的脸就是我唯一的家乡

《告别地球》写于 1987 年，是《歌唱米罗》之前梁晓明最重要的组诗，它们都是梁晓明"超现实主义"时期的代表作，"大地把人摁在大地上"，"超现实主义"则帮助他发现神奇（这种神奇在梦中、在幻觉中、在想象中、在艺术中，也在青春特有的激情中，当然，也在平淡无奇的日常现实中，"超现实主义"的倡导者鼓励人们去把这种神奇找出来——无论它在哪儿）。这种神奇仿佛奇迹，可以把人从僵化的家庭、工作和社会环境中超拔出来。这是奔向太阳、月亮、外国和梦幻的力量，竭力挣脱枷锁，向上、向上飞去。《告别地球》首先让我们看到了需要告别的那个灰暗的地球，特别是诗人在这个灰色地球中的命运——

冬天像饭一样使我的鸟儿不见踪影

我只是一个零件，被日子这架机器

反复震动

跌落的时刻是一声叹息

我一直带着叹息长大

美景是一时的欺骗

我们匆匆忙忙地奔向美景，太阳在天上冷笑

一辈子深深的沟谷，堆满了烂泥、破碗、断树枝

地球或者说现实处境对诗人来说是墙，围墙，甚至人只能生活在狭窄的瓶子里：

瓦片与深井组成我的房子

跳跃的马群曾拉开我的心事

围墙围到我脚背上生长起青苔

瓶子里装满我的叹息

因此，诗人只好"告别"：

太阳每天摸我的头发，月亮每夜制作梦想
我敲锣打鼓欢迎飞翔，仔细观察老鹰的翅膀

他在心中涌动起"英雄"的梦想，那是歌，那是如此美妙的歌：

只有歌声向歌声表示向往
波浪就等于手掌一样

只有海洋向海洋演奏天空
桅杆便竖起衣领希望

让光芒都流到栏杆的背上

让地球像一张太阳的嘴巴

当雄心被寂寞的外衣引诱
在大脑激荡起锣鼓的家乡

当大鹏又一次飞过我的头发
麻雀像我穿破的短裤
看自己像看一棵路边的梧桐

叶子是一张时间的笑脸
蚯蚓
在地底下运动
它和泥土
相亲相爱

春天蝴蝶又穿上花衣裳

是啊，这是如此动听的歌曲。梁晓明在很大程度上是一个赞歌作者，他内心被这种东西吸引。但仅就赞歌而言，他所礼赞的对象是有变化的，最早是异国情调，后来是吟颂所有飞翔和舞蹈的事物（《歌唱米罗》《告别地球》等），然后开始歌唱大地——故乡与亲人（《敬献》），最后他把天地作为完整的世界景观，吟唱天地神人共有的奇迹（《开篇》）。

《敬献》是梁晓明的一组非常重要的诗，它在梁晓明的赞歌系列里面起到承前启后的作用。诗人曾经这样写道："把天空放下，我又被大地吸引",是的,这首诗写于 20 世纪 90 年代初,在经历一段极为灰暗的日子之后,这组诗可以说是一种疗救与康复,相信在写这首诗时,他带着一种幸福感。诗里面有这样的一个故乡:

> 太阳将走远的人们一一唤回,我的身边
> 草地和悬岩闪闪发光,香料使一座小城茂盛
> 大道走向南门,火焰将童年照亮
> 他们在白纸上写满了波涛
> 他们在岸上开口倾诉
> 一片月光将所有的家庭插满鲜花

诗里面有一位这样的父亲:

> 他的双手抚遍了宝剑,他的眼睛的光辉
> 在宝剑的光辉下将禾苗看遍
> 将每一块庭院的空间丈量
> 他宽头的皮鞋
> 梦想又一次
> 从咯吱叫喊的阁楼下走过
> 抽屉深藏勋章
> 他喜欢在风中乱走,在风中,
> 他张口就出现一条大江
> 在早晨的风声中,他宽大的裤脚呼呼有声
> 大雾没有解决
> 他的睫毛还没有闭上

可是,虽然这组诗是"敬献"给别人的,但令人吃惊的是,梁晓明还是以很大的篇幅讲述了自己:

那个简单的男孩，弄堂的鄙视者

谁？把最初一张灰色的纸牌

高举着越过

梦中逐渐开阔的世界

把最初一滴玻璃的露水递到他手上的

又是谁？那个漂亮的卷发少年

在舞台上将手风琴的音阶占领

将他满头的热情挥洒在每一张翘望的小嘴上

……

我和时间把日子分隔成赞颂与承受

走这么远，我站在自己的堤坝上

我独自站到自己的高塔上

手里拿着一柄小刀

为树叶和孩子们亲切握手时

唱出的歌曲

在他们背后

我终于说出了太阳和我姓名中天空的节拍

对梁晓明而言，《敬献》确实是敬献给故乡和父亲的，但同时也是献给自己的，献给失去了的童年，献给那个"漂亮的卷发少年"初次展翅呈现的热情和光亮。在一种充满现代感的语言中，他伴随着手风琴声，带着乡音赞颂着。他回到了土地，但依然在心中回响着天空的节拍。

酸、甜、苦、辣：超现实中的现实

在梁晓明一些早期的诗以及对诗歌的表述中，他似乎竭力回避现实、贬低现实，表现出的是一个"弄堂的鄙视者"，一个世俗的反对者。一度，他说过："诗歌与人们的时代已呈背离的状态，我们的社会生活与行动也早已摒弃了诗歌的心情与标准，当人们的眼睛开始朝向现实睁开的一刹那，诗歌便被弃绝了。追本溯源，浪漫主义的诞生，与人类生活和诗歌的分离有着密切的关系。""披发赤足而行，明显地有着蔑视生活的态度。"是的，一度，他认为，他的生活，至少是他诗的生活可以回避灰暗的现实，呈现一个更有激情的、更丰富和纯洁的世界。所以，异国、古代、童年、梦境借想象滑翔，并在白纸中涌现出来。但现实，一种把人摁在大地上的力量还是在背后制约着人。一个宿命的万有引力把人五花大绑在阴暗潮湿的地上。

其实，梁晓明一直没有生活在顺境中，他不是时代的幸运儿，他从小镇来到城市，但这个城市并没有欢迎他。依靠一种乐观和自信，他才在压抑的工作环境中生存下来。而诗歌对他而言，是唯一的氧气。他在其中呼吸，在其中呼唤并找到自我。赤足披发而行、翘望天空、披着床单飞翔，都是一种诗意的生活，在一种自负和蔑视中，他承受着并不想承受的灰暗的生活。他期望"让狂妄像一只破茶缸／让幸福像一条脏短裤"式的恣意的生活，可是，生活还是在背后，作为一种诗意的反面而存在着、控制着人。《各人》和《玻璃》都是反映现实的冷漠和残酷的一面的。《各人》像是一首"生活流"的诗，梁晓明在诗中的语气几近嘲讽；《玻璃》比较复杂，在自虐深处涌现了近乎圣洁的力量。这都是梁晓明自己所认为的"另一种诗"，他诗歌与性格的另一面。其实，他并不总是分裂的，在很多作品中，现实与超现实是混合在一起的，被他所蔑视的现实生活甚至在赞歌中也会泄露出来，是的，一个被扼住的歌喉最想唱歌。

尽管我们说梁晓明主要是一个赞歌作者，但他也确实写下了足够阴暗的诗句，"幸福来到我身上／一秒钟／幸福又抬起别人的双腿"，"想起爸爸的一根棍子"，"办公室像时间一样脱我的帽子"，"你站在门口你不进来你这只蜘蛛／老想把别人抓进你的网里去"，"那制造垃圾的人／是我的邻居／在半夜谋划我围墙的高度"，"红灯指示生活"，等等，都反映了现实对心灵的压制。下面的几段诗也很好地反映了他的心境，在总体的超现实的情景中，这种阴影特别触目惊心：

> 我的背后好像有扇门
>
> 我骑车从大街上拐弯的时候
> 好像有支枪正透过玻璃瞄准我
> 好像我后颈上就有枪口
>
> 每次穿裤子总感觉什么地方有枚图钉
>
> 总想把手上的黑皮包甩掉
>
> ——《背后》

有一只皮包老想装我

有一张布告老想抓我

有一只鼻子老想气我

想叫你走出我的门槛

想说我自己是柄旧拖把

永远被别人捏在手上

这个城市像只大烟灰缸

谁的烟蒂都想往里扔

——《我感到我一直是块毛巾》

他从月亮的瓦片上走近广场

他们在疯狂地弹着吉他　嘴巴在歌唱

桌盘上剩下来的鱼肉和菜汤

苍蝇和麻雀都在飞翔

看——甜蜜的电影，血液和眉毛一起鼓掌

——《我必须永远沉思默想》

　　但在梁晓明早期最好的诗里，不再是光明与灰暗、礼赞与诅咒的双重对立，而现实本身充满了酸、甜、苦、辣。《忏悔诗，杭州的一次酸、甜、苦、辣》是一首对他来说很重要的诗，是生活的复杂镜面的奇异映射。这里有"超现实主义"、爱情、弟弟的疾病、生活的阴影、变形的工作场景、污秽、单纯、放浪、桎梏、理想主义与残酷的自虐，等等：

　　那次我把脚试着伸进糖纸，我把我的指甲

一片片揭下来，我要看白帽子里面的那些黑发
我把嘴唇贴在她额上，这是第一次，
几块石阶上人的声音在门口点灯，我像只大狗熊
我跟你说，那是轮子的错误，那是锁的错误。
那是蚂蚁的脚，我轻轻对你说，看，门外是一片晒
谷场

我的手指从香蕉边滑下，以后羊群见我就逃，
我本属兔，我趴在墙头悄悄窥视洗澡的白云，
我不敢喘息，一辈子我将这样死去，一只
臭虫，八只脚，一件膨针衫黄色勒紧我的锁骨

打字架打字夹我把袖套脱下来，窗外有船向伦敦
驶去，铁锚从我耳朵里拔出，扶着栏杆的手，
许多瓦片围绕着我的脚跳一种非洲的抖肉舞，

我永远是裤子，被枯干的树枝举在头顶。
北风在我的头上倒酒，我的脸上都是呕吐物

巴拿马桑巴悠扬的五部曲，在圆桌边我不敢看
朋友们的红光，
他们的脸膛浸着啤酒

我走出门口，三个男人围着我要票，一大群人的
眉毛突出，我往墙角蹲去，我又跳上单杠
我要逃，我把我的昨天浇上柏油，我爬上
八楼顶，从一只袜子里往下跳去，

以后我永远在空气中行走

你好吗？一辈子你是我唯一的红寺庙

以后他在筷子边抽烟，或者在铁栅栏前
等待弟弟，那只电话永远使他难受
声音永远抓住他的脊梁骨，医院像只鸡
每晚啄他后脑上的那块疤

他最后在脸盆边想念双层床，想念
别人的大衣挂在你雪白的蚊帐上

他最后死在铁轨上，手臂像木头飞向菜田

我和时间把日子分隔成赞颂与承受

　　梁晓明的诗歌是他自己的"自我之歌"，他一直在变化着，甚至在同一个时期也写出不同风格的作品，所以，随着对世界认识的加深，他的诗歌也从原来的抒情、浪漫、快节奏向着慢节奏、沉郁发展，他的诗观也随之改变。

　　他在《一种节奏缓慢的诗》一文中说："我忽然想写一种节奏缓慢的诗！一种完全是由内心在说话的诗！它不同于情感说话的诗。情感说话的诗，在我看来，忽然觉得是那么的轻率、毫无意义和缺少价值。""所以，我此刻也反对辞藻华丽的诗，那是制作。还有浪漫的抒唱，那是人生的奢侈与浪费和泡沫。""我需要在诗中出现的是一整座实在的山，一片粗粝的石滩，一间瓦房，一盏灯，一座充满孤寂骚动和冷漠的城，一整个大陆和一个人……他们在人的生存经历中必然是切实存在的，每一物体都必须独自领略过风吹雨打，每一个词的出现都是一段生命的呈现。'让意象在一条看似毫不相干的线索上各自发光'。"

　　而在《九句话》中，他也说："我希望找到的每一句诗，每一个字都是从艰难生活中提炼出来的一串血，一滴泪，一段梦想，叹息和惊醒，它必然充满沉思，向往，深入人心和现实存在的反映。它是生命内在的视野，是一种经历，体验，观看的沧桑与总结，在总结中发展，开阔新的存在与启示。""我现在反对辞藻华丽的诗，那是制作，还有浪漫的抒唱，那是人生的泡沫。最后是才华横溢，这个词误导和害死了多少本可以成才的青年诗人。"确实，这已经和过去的诗歌观念有天壤之别了。

梁晓明的个性里有极端的因素，所以，他的断言也有极端之处。而翻看他的诗集，他的诗作有极端的抒情，也有极端的叙事；有极端的浪漫，也有极端的残酷；有极端的超现实，也有极端的现实。当然，更多的情况是更复杂的，在抒情与叙事、浪漫与残酷、现实与超现实之间。一个人的诗观不能完全地贯彻在创作中，一个诗人也不能完全控制自己的诗作。所以，我没有听信梁晓明早期的浪漫主义诗学和天才观，也没有完全听信他后来的反浪漫主义诗学与反天才观。其实这两种东西一直是他血液里面的两部分，时而融合，时而纷争，但任何一方都没有彻底消失。

自我，是梁晓明诗歌的主导动机。这个自我在时间中漂浮，变幻着自己的形象。前面的每一个部分都在展示作为诗人梁晓明的自我的各个方面，而在文章的这最后一节，我期望有一个更凝练的表述。我相信，正是这个在诗歌中得到再生的自我，在自我的分裂和团圆中丰富着自身。那是两个自我，一个浪漫一个现实，一个向上一个向下，一个向往大海一个在孤独中自虐。

那个浪漫的自我那么恣意地生活着，他说"我本属兔，我趴在墙头悄悄窥视洗澡的白云"，"荡荡荡荡我躺在蓝天大床上"：

> 闲暇把脚掌插在云彩与云彩中间，听
> 阳光水波耳边唱歌，看鸟翅膀
> 拍打姑娘翅膀
>
> ——《荡荡荡荡我躺在蓝天大床上》

这是多么昂扬的自我啊：

　　我炊烟一样

　　舞蹈起自己的大腿和肩膀

　　波浪一样

　　我放纵起自己的肋骨和胸腔

　　教堂一样

　　我欢迎灰尘和空荡荡的奶牛场

　　和桅杆一起朗诵屋檐，和猎枪一起梦见电影院

　　　——《一朵桃花像大海以前外祖母经常开放的头发》

　　在早期梁晓明的诗里，"梁晓明"这三个字作为姓名动机，常常出现在诗中，比如《等待陶罐上一个姓梁的姿态出现》这样的诗，以及这样的诗句：

　　如果我吸着烟，一脚跨到

　　空气与手掌的栅栏外面

　　如果我忽然站到墙上，伸出手指点向美国

　　我推开门，看见梁晓明这几个字顺着阳光的台阶

　　笔直走到头发的屋顶上

甚至诗人的自我与诗歌是具有同一性的：

　　诗歌沿着我两条眉毛向后脑发展

　　诗歌拥抱我每一根头发

　　在每一块头皮上它撒下谷种

　　诗歌在我的鼻孔里醒来

　　醒来就迅速张起篷帆

　　顺流而下

诗歌冲破我的嘴唇

可以听到鸟声和太阳

云彩向波浪打招呼的声音

诗歌翻山越岭找到我的手脚

它穿过天空发现我的眼睛

明亮像一块少见的玻璃

甚至照出了它的胡须

它两鬓斑白为了今天

有一张喉咙好安排它露面

诗歌流着泪靠在我肩膀上

诗歌站在我耳朵上歌唱

——《诗歌》

但渐渐地，生活的压力、年代的嬗变、时光的流转、心境的改变，让梁晓明的诗风大变，他诗歌中的自我也随之转变。他的诗有时显得冷酷、充满嘲讽，迷惘而尴尬，这就是我们要承受的现实，这就是我们要承受的改变："泥浆在道德的后门口 / 悄声细语地 / 把污秽歌唱"。而在《夜》一诗中，他倾诉着心中的黑暗，这个自我拒绝展翅，它听凭自己下坠，唯恐下坠得还不够：

我要写一首长诗。

一首比黑夜更黑，比钟鼎更沉

比浑浊的泥土更其深厚的

一首长诗。

一首超越翅膀的诗，它往下跌

> 不展翅飞翔
>
> 它不在春天向人类弹响那甜美的小溪
>
> 它不发光，身上不长翠绿的小树叶
>
> 它是绝望的，苦涩的
>
> 它比高翘的古塔更加孤寂
>
> 它被岁月钢铁的手掌捏得喘不过一口气
>
> 它犹自如干涸的鱼在张大嘴巴
>
> 向不可能的空气中索求最后一口
>
> 能够活下去的水

诗人的灵魂和生活处于不定和动荡中，他在惶惑中求索：

> 在人生的惶惑中，成熟的石榴最早开口
>
> 正如秋枫，坚定
>
> 而后又落入迷茫
>
> 路在问，河流在问，招展在人头上
>
> 鲜红的旗帜，那无主的风
>
> 一遍又一遍把大地拷问
>
> 是谁在拯救？是谁在指示我们不断诞生？
>
> 坚定而后
>
> 又落入迷茫
>
> 一片又一片代表春天的树叶
>
> 在我的心中不停地坠落

更悲凉、更凄惨，一切都在死去，花死去、鸟死去、太阳和星星死去、春天死去，而宿命稳步走来，要淹没一切，自我陷入绝望：

花的死，鸟的死，太阳死后星星去死

这样无望又痛苦的归宿啊

你总是步履稳重地向我们走来

无论我欢呼、忽视、向往

或者鄙视

你总是如操场上列队的士兵

你是威武无人能阻的军队

你手持着枪刺向我们走来

有哪一个人能够逃避？有哪一个春天

最后不被落叶彻底扫尽？

可是"没有希望恰恰萌生出最大的希望"，一首诗，一首长诗，
一个真正的自我，一个自我背后支撑着的世界，以一首长诗的赐予
来给诗人以拯救：

没有希望恰恰萌生出最大的希望

悲剧在珍视中挂着泪出现

但我又怎能逃避我内心这一块冰冻的冬天？

那最后一片洁白而又纯净的

白雪的呼唤？

无梦的时间将又一次将我

渺小的身躯彻底掩埋

是这样的一首诗，此刻

它恰如一颗星星隐去最后一点光芒

它无以题名，它自我的手中

正缓缓地写出！

在寒冷和绝望的背后，一种纯洁展现了，那个自我感到了自己

的渺小，也正因为渺小才能感受到宇宙的宏伟，时间的冰凉。诗不再是光亮，而是一种消隐，是在更大的事物中的自我遗忘。正是在这里，我感到了一种蜕变，梁晓明的诗变得更加有力、更加开阔了。梁晓明变了，但又没有变，他保持了基本的东西，保持了一种旷达的人生景观，但又更加沉潜，他的自我更少偏私，内在的冲突趋于和谐：

> 我最初的朋友是大海　如今
> 我最后的朋友还是大海
> 我低头无语，虚拟的冷漠的悬崖之下
> 我工作，我狂想，我读书
> 我努力遗弃幸福这一张马蹄莲的脸
> 却无济于事，我抬头
> 我只好默数比我更嘹亮的
> 黑暗和群星
>
> 　　　　　　——《已立之年》

王自亮

1958 年生于浙江台州。先后担任浙江省台州行政公署秘书、《台州日报》总编辑、省政府办公厅研究室主任、吉利汽车集团副总裁、浙江工商大学教授。

著有诗集《三棱镜》（合集）、《独翔之船》《狂暴的边界》《将骰子掷向大海》《冈仁波齐》《浑天仪》等，批评集《鹰的蒙太奇》。

作品入选《青年诗选》（1981—1982）、《朦胧诗 300 首》、"全国年度诗歌选本"等，翻译成英语、西班牙语、葡萄牙语、意大利语等。

2014 年，诗集《将骰子掷向大海》获首届"中国屈原诗歌奖"；2017 年，长诗《上海》获第二届"江南诗歌奖"；2019 年，组诗《长江传》获首届中国"头条诗人奖"。被评为"名人堂·2018 年度中国十大诗人"。

第 四 章

诗歌的合欢树：

王自亮和他的诗歌

绕道、迂回和回归

　　阅读王自亮的诗歌，是一种艰辛的跋涉。诗人、诗评家陈超说过：读王自亮的诗，不仅要有大视野，要有对诗篇的每个细部的"细读"和"细察"，甚至"有时还需要一点体力"。是的，这是一种同时要求阅读者具备充沛的智力和体力的诗，一种面向大海波涛的诗之波涛，一种混合着海水、泪水和汗水三重苦涩的诗。这是一种开阔的诗，也是一种微观的诗。这是一种密实的诗，体现一种强有力的社会学旨趣，但这也是一种虚无和表达匮乏的诗。这是一种对表现细节近于心醉神迷的诗，但它仍然执着地"寻求整体性"，只是要求理性的龙骨恰如女人们的乳托一般自然。

　　自亮诗歌给我们带来的感觉是，这里有时间的诡谲和残酷、有男人的迷思和女人的神秘、圣地的贞洁和城市的欲望，这里有异域的芳香带来的感动和来自荒蛮之地的激情邀请，有大海以及大海的所有奇观，也有来自尘世玫瑰的气息、玫瑰的盛开和凋谢。在所有这些诗歌的中央舞台上，站立着一位诗人的形象，但它绝不是一个单纯的形象，而是一个"复合的灵魂"，少年、青年、中年的每一个自我形象在对峙着，这位诗人有过的所有的阅读体验、所有的人生经验会像腐烂的落叶进入黑暗大地一般的无意识空间，然后会在适宜的气候中，在情绪和灵感的诱惑下破土而出。

　　读着自亮某些有着巨鲸般力量的诗篇，感受着被这种密集的诗行抽打的快感，而诗思的绵延和深邃，让我联想到法国哲学家保罗·利科和他的哲学。我所理解的利科哲学的卓异之处是：他并不急于建构个人视点的完整的哲学体系，而是通过对过往哲学观点的"释读"与"对质"，建立起一种"迂回"的、遍布"长程"与"小径"的哲学路径。利科通过长期思索，道出了"从自身到自身的最近道路就是透过他者"的深刻结论。这就向我们昭示：真正的自我永远都不可能是自洽的，自我如果沉陷于某种独白主义，就是苍白的、快要衰竭的。真正强有力的自我，为了发现、认识和发展自己，必须时时越过自我，去注意、寻找、发现和理解由"他者"所发出的意义之玫瑰，必须透过对尽可能多的"他者"的绕道，同多种多样的他者进行沟通、对质、相互理解和转化，然后以隐形的翅膀折返自身。上帝、他人、自然、历史、文化、语言、文本……所有一切在自身之外的"他物"，恰恰可以构筑那些最强健的自我之船的龙骨。

在一封回信中，自亮提到了他对利科的看法："觉得他（利科）对主体和个人同一性的考察，涉及问题的根本。通过他者指明自身，正是我多年来所努力的。我甚至认为，文学尤其是诗歌，就是处理他者与自我，世界与本原，语言和意识，存在与建构，叙事与本质的关系，而之中存在着'主体间性'的新大陆，其意义不亚于哥伦布发现美洲大陆。绕道、迂回、长程，都是值得的。有一次读利科的《一个作为他者的自身》，一下子被深深吸引，甚至觉得他对诗歌创作过程解释的有效性，是其他使我们云里雾里的哲学家难以企及的，虽然他并不特意为诗人写作，为文化批评写作。从'我思'的破碎和退出，到迈向一种自身解释学，最终达至'自身与他者的交织'，真是精彩至极！"

绕道、迂回、长程，是的，透过尽可能多的绕道，再回到自身，是王自亮的生命历程，也是他诗歌的主要底色。我想到：杜甫、屈原、莎士比亚、歌德、但丁、哈代、艾略特、庞德、史蒂文斯、奥登、佩索阿、佩斯、策兰、夏尔、沃伦、帕斯、聂鲁达、沃尔科特、米沃什、辛波斯卡等一大批"长程诗人"是怎样地激励着他啊，他不被一些所谓的天才的炫技迷惑，力图写出更宽阔、更平衡、更综合的诗篇，自亮好像就是一条他赞美过的大鲸，从经验的大海到语言和哲学的大海任性遨游，每一道海波都仿佛是它的背鳍。

自亮经历过多次的人生转折，多次的绕道。务过农、教过书、学过手艺、上过大学、做过媒体、从过政、下过海，现在他一边在高校教书，一边倾心于文学创作。在亦师亦友的洪迪先生的点拨下，他在接近知命之年重新找到生命的舵，重新迂回到激情和生命的光源：诗歌和诗歌写作。关于这一点，自亮自己有很好的陈述："我的忘年交、诗人兼批评家洪迪先生，有一次突然问我，'你的天命是什么？'我一下子愣住了。年近八旬的他说出了两个字：'诗歌。'这使我猛醒，一种很深沉的情感被搅动了，那就是生命与诗歌的内在关系。"

自亮是一位不倦的行脚僧，一年大约有四分之一的时间在各地旅行或做田野调查。王自亮在随笔集《在地图上旅行》中说："旅行是爱。"在他的诗文中，我们可以跟着他穿越罗布泊；我们可以和他一起到达滇藏之间，然后来到青藏高原上欣赏"水尼玛"；我们可以和他一起夜渡长江；在西北，他看到了古长安坚定的背影；在北京的雪落时分，他看到"大雪覆盖着一个黑色生灵／宽阔的背部"。在该书的"异域志"部分，我们看到他在英国和俄罗斯等地的旅行，但他把旅行印象化成了展开跨文化对话和呈现内心戏剧的舞台。比如在俄罗斯，他目击到的是不再有激情的乌托邦，那些自由的云或穿在裤子里的云或竭力抑制着渴望的云又成了孤魂野鬼。在雨水中，莫斯科大雨压境，"空地肿胀，橡树纠结在一起，/松鼠无处可逃，就像当年的/布哈林"，他看到那些灵魂中已经长出了丛丛白发：

> "古老的空虚沿着脉管流淌"，
> 莫斯科狂傲而庞大，复杂又单一。
> 那些往事，那些尖顶，任雨水流布。
> 都市的远景？麻雀山？帝国与
> 帝国重合，正如雨水叠加雨水。
> 柳芭告别醉醺醺的专制，迎来蛮横的
> 三角肌，塔吉雅娜却在窗前叹息。
> 这里没有多余的人，不需要
> 无所事事者。雨的刺刀直抵浮雕。
>
> ——《莫斯科》

而从阅读上而言，自亮是一个典型的杂食主义者，这个"好客"的形象也像是一条大鲸的形象，他只是在大海中张开嘴巴，他不相信有他消化不了的东西。他说："我接受一切人对我的'影响'，从荷马到达达主义，从先秦诸子到王阳明。不管如何在我的精神体内还是受到长期形成的'偏好'和'选择机制'制约。这里既有先验的因素，更有生活这位大师教导的成分。可能，鲁尔福、克劳德·西蒙和卡彭铁尔对我诗歌写作的影响，不亚于兰波、惠特曼和沃尔科特，列维－斯特劳斯的人类学著作，抵得上三打诗学高头讲章，虽然我对好的诗学抱有深深的敬意。语言逻辑哲学比后现代文学理论更吸引我，对午夜出版社胆识和眼光之激赏，也超过了我对企鹅丛书的敬仰。即使是诗歌本身，我愿意接续的是《离骚》

与《野草》的传统。在屈原和鲁迅那儿，既有人事，也有自然。"

　　自亮感到庆幸，他有机会深入时代与生活的现场，个性气质受到了时代精神和偶发机缘激发，作为"自我"的自亮一直与现实、时代保持了必要的摩擦力，使他可以与所有场域中的"他者"长期地对质、对话与和解。既是辩驳又和解的结果，也是内心与自然交合共振的结果。

　　自亮不是一个诗歌风格显著的诗人。这一点似乎和加勒比诗人沃尔科特很像，沃尔科特曾说过："我无风格可言。"可是没有风格正体现了沃尔科特博采众长的特色。就像布罗茨基评价的那样："你可以说他是自然主义的，表现主义的，超现实主义的，意象主义的，隐逸派的，自白派的，等等。"因此，沃尔科特的诗歌是"亚当式"的。正如沃尔科特或聂鲁达的诗歌，自亮的诗歌从气势到视野也体现出"亚当式"的强力风格，自亮的诗有强有力的命名性，就是他自己常说的"重写"或"重估"。

　　自亮对世界本身充满好奇，因此，他"对题材、地域和风格，已经全然不感兴趣，也不分什么抒情和叙事，具象与抽象，前卫与传统。我希望我的诗歌刚柔相济，长短齐举，抽象具象并置。我希望拥有十八般武艺，我想写出生活史诗和存在之歌，讴歌万物并揭示人性，袒露胸襟且含蓄如歌。我喜欢游走于两者之间：事物与精神、发散与回敛、微妙与开阔、遮蔽与去蔽、芜杂与纯粹。贯通主脉，气象万千"。这是他的新理想，为了容纳这一切，他转向了史诗风格的创作，比如《冈仁波齐》，比如《滇藏之间》，比如《时间胶囊奏鸣曲》，比如《沪杭之间》，比如未定稿的《上海》。

　　绕道、迂回、长程，是的，可是，并不是自亮的刻意追求。他说过："读了许多书，并不重要；走过许多地方，并不重要；有过许多不同的职业或人生历练，也并不重要。"自亮把西方著名经济学家和政治哲学家哈耶克的"自生自发秩序"理念移植到诗歌领域："也就是说，诗人在其自身的展露和发展中，也可以遇到类似的现象，犹如一株植物，由于种子、土壤和气候的关系，以及某些机缘因素，在他身上展现了一种'自生自发'的奇观，以至于枝叶纷披，气象万千，造就一派'精神气候'。"不是有意为之，但事实上，绕道、迂回、长程，成了自亮人生和诗艺的不算特征的特征，人生的曲折和历练让他不再乞灵个人的独特性，也不再刻意追求灵感或天才的瞬间，反而成就自亮诗歌的奇崛和开阔。

多重身份的转换、绕道与迂回，无数次的行走，使他得以细察生活的每一片花瓣，它们的芳香、果实和凋落。一切的他者，圣者、普通人、女人、自然、社会、历史，都进入他的内心，相互对质、沟通、印证，最后变成诗篇，但是，它们仍然保持了生活的原质性，它们依然是一个舞台，一个自我与他者交织的角斗场，它期待唤起每一个读者的命运感，期待参与到每一个读者的内心戏剧。

"拱桥，从溪涧的呼吸中诞生"，这句诗是自亮写泰顺廊桥的诗，而自亮的人生与诗篇，也是一种充满廊桥的人生和诗篇，这些大大小小的廊桥缠绕着、迂回着、贯穿着，在其上下，是空气、呼吸、韵律，是生活的蒸汽，是时代的幻影，是普通人在其间浣洗的溪流，也是宇宙银河的沉寂。

绕道、迂回、长程，是的，可是在长程的迂回和绕道之后，诗人还是要回归的。诚如自亮所说："诗人是内心与事物之海的船长。理想的船长（诗人）应该掌握着天象、航向和船只内部的所有细节，掌握着词语的涌流和诗句运动的方向，洞察那些将要陷入精神灭顶之灾的可能性，有着眺望新岸的敏锐。他有一种与生俱来的控制力和驱策力。当然这个品质的背后，隐藏着超验性（有时幻化为某种灵异感）、人格力量和内在视野。"这是一种"内视"的品质，

"一种将梦幻、死亡和爱，以及表象世界搅拌在一起，最后凝结为诗歌混凝土的力量"，这种"内视"有时可以在最外在的风景中显现。在《滇藏之间》的结尾，我们看到梦、爱与死亡在山脉的顶峰凝结成的诗歌的混凝土，在落日的余晖中，我们真切地听到了回归内心的神秘召唤：

> 没有人能够回到自己的家。只要他
> 到过横断山脉：兀自的美，低语的神秘；
> 只要他来过丽江，上过玉龙雪山，
> 脸色苍白过，战栗过，缺氧过，
> 没有人能够不改变自己就能回家。
> 只要他和我一起，站在三江汇合处，
> 被浩荡天风吹拂过，被阳光揭开
> 轻薄的肌肤，被巴松措的空气
> 冰镇过五回，到过炉霍古战场，
> 他就回不去了，除非把一部分灵魂留下，
> 留在甲朗到左贡的苍茫余晖下：
> 不让他绝望到顶点，他就不想回家。

冈仁波齐或神的踪迹

当代大哲学家列维纳斯认为：神早已远逝或逃离了，或者说，从人的角度看，可能从来就没有在场过。但是，他却通过他人而晓谕"我"的责任，在他人身上留下一些"踪迹"。"踪迹"这个命名揭示了神与人的分离性，揭示神的不在场性。神不仅现在不在场，过去也不在场，但又留下"踪迹"在他人的脸上。沿着列维纳斯的路径，我觉得可以做一些延展，作为一种至高的存在，神先于一切神学，他神秘地普照着每一个真正的诗人的心灵。列维纳斯在《塔木德四讲》中区分了物的神性和人的神性，肯定了他人的神性，肯定了个体人格的神性存在。

自亮的许多诗作通常是从物的神性开场的：

> 信仰是展布和提升。大自然，/启示录式人物，垂直的鹰和/横流之沧海，水、光，它们与心交织。/喧哗中的宁静。锋利中的驽钝。/迅疾中的迟缓。无情中的温情。/连续中的间断。血液中的水沫。
>
> ——《滇藏之间》

> 十一月大地冻裂，十二月石头开口。/冰川之上混合着碎冰与脏雪，/那是神"失足"坠落后的痕迹。/止热寺

里，果仓巴大师与狮面度母／默视人们徒步，骑马，磕长
头，／就在冈仁波齐冷峻的北侧，／神披着霞光，近在咫尺，／
倘若神有鼻息，人就存在于他的呼吸中。

——《冈仁波齐》

这是"云彩和石头接吻，阳光洁白如盐"的地方，他认定：
"这里是道路的开始"，从中诗人听到了"神的音节"，感到山风和
溪流打通了他全身的血脉。

但是，自亮的诗歌更关注的是人与神的相遇：

在拙朴安静的庙宇旁，我趑趄不前，／想到了传播之
艰辛，先行者的伟大——／影响深远的格鲁派，辉煌的萨
迦派，／古老的宁玛派，使我浮想联翩。／语言，多么苍白
无力。眼神，手语，／还是会意的点头，仰视的姿势——／
是什么造就了信仰？也许是光线和声音。／况且，从生到
死，都有一段格言，／一道启示之光，饥渴而静谧——／物
质、交换与精神，迁徙与融合。

——《滇藏之间》

他发问，人为什么要寻找神，为什么要攀登：

为什么非得征服梅里雪山？难道／所有一切都需要征
服，或者膜拜？／在飞来寺，登上海潮堂，雪山真容／显
露，背景的天空，深蓝或是靛青，／雪山的雪，被染成浅
棕色，阳光／涂抹，风在雕刻雪山：逆向的风——／正如我
们被时间雕刻。卡瓦格博峰／倒映人类的绝望，原来，绝
望可以／这么美，这么庞大。

——《滇藏之间》

是的，巨大的山峰倒映着的是人的绝望，是现代人的迷乱，但绝望的悲剧性力量可以创生出一种巨大的美，绝望的悲剧性力量让人领会到神的伟大，让人努力去寻找他存在的可能性，他隐匿的背影，他出现的"踪迹"。

也许，神，作为一个绝对的他者，会在一个普通人身上显示"踪迹"，这时候，"他"就有可能幻化为"她"。她是四郎德吉，她是一个普通的藏族姑娘，可是她也是女神，她的歌声显示了她的神性：

> 德吉，我的女儿，我的花朵，/多少次听你唱歌，无法相信/那歌声，竟然从如此娇小的身躯发出。/你的笑靥是一道光，积雪与柴扉。/你的牙齿，你的眸子，你的声音，/没有一样不带上原野的魅力，/你还说，仅仅歌唱家乡是不够的。
>
> ——《四郎德吉》

在列维纳斯的哲学论述中，有两种他者，一种是传统意义上的"他者"，可以转化成同一或自我的他者，这是"相对的他者"，这不过是另一个主体的伪装，在西方哲学传统中，这种"他者"已经被许多哲学家论及，列维纳斯承认这种"他者"有其价值，但他认为这不是"他者"的真正含义。还有一种"他者"就是列维纳斯称之为"彻底的他者"或"绝对的他者"的"他者"。其特点是这种"他者"绝不能还原为自我或同一。

在《四郎德吉》平稳、舒缓的叙述中，作者暂时抑制住了主体的抒情性，向我们描述了这些绝对的"他者"，在主体的零度中，我们结识了这些离神很近的人：

　　我结识了你的亲人、土地和家。/一座深红色的圆木
藏居，/村子右侧的房子，你的居所/坐落在一片黄绿色
青稞田里。/妈妈，抱住好久不见的你/喜极而泣，不停
地抹眼泪。/爸爸服从格鲁派的戒律滴酒不沾。/清晨，阿
拉站在窗口盘头。/大伯用刀切食牦牛肉。/雍错和她的
丈夫换上了盛装/邻居们用双手摁着木棍，/伸出头，噘
着嘴，一探一探地/去青稞面里叼糖果，就像布谷鸟。/63
岁的石匠四郎次让，/正在用斧凿细心地雕刻尼玛石；/留
髭须的画匠嘉绒扎西，/用画笔照着印子在墙壁上补色。/
他转身时还说了一句——/"庙不倒，颜色就一直在。"/
德吉，我的女儿，我的花朵，/我明白根本上你是属于
神的。

　　这里有最朴素的人性和神性，它们交织在一起，列维纳斯指
出："即使有一片土地真的是神圣的土地，人的神性也比土地更为
神圣。"在这样朴素而又感人至深的诗篇中，我们感受到了神的踪
迹的在世性，体会到了人的神性自身的神圣性。

　　在《冈仁波齐》一诗中，我们再次和这样一些携带着神性一如
他们的呼吸的人相遇：

　　看一眼女孩湖水般深湛的眼睛，/她们鼻梁挺拔，双唇
圣洁，双肩灵活，/那细腰丰乳令人心智迷乱……/当她们
美丽得连时光也无法摧毁，/我们这才明白谁是神造的，/
谁是石头分蘖的，谁是赝品。

　　我们可以看到他们，也可以听到他们唱的歌曲：

　　看一看吧，那双有力的手/在高原强光中，在藏野驴

注视下，/抚摩着孩子们尚且软弱的肩膀。/一支歌，一支歌早已出口，/搭成一座座帐篷，那儿有凝血的皮革，/昆虫与草叶轮替，神祇/将时间让渡给这些坚忍的人们。

"冈仁波齐"，神迹和人力的混合，是的：

> 冈仁波齐，神迹和人力的混合，/没有人的抵达，神就会隐匿。/当我们看到这位80岁的古格宣舞传人，/就会意识到神迹终将断裂于肉身。/银饰在一个老迈的躯体上晃动，/白发像深雪覆盖了烟熏的脸庞——/我们没有办法分辨性别（也无须分辨）/神的姿影时断时续，无人能见。

"神的姿影"如风，如烟缕，如鱼游过的水痕，如鸟振动过的云朵，但它是存在的，只是"无人能见"。

可是，如何与他相见？必须通过灵视，通过内心的触发。一旦涉及诗艺的神秘性，列维纳斯的"他者"的绝对外在性理论就由于过于伦理化而面临阐释学上的困难。我想，我现在可以通过另一位法国哲学大师德里达的理论来尝试做出更精细的解读。德里达指出：在文学艺术活动中，一种自我在场和自我绝对亲近维持着书写和阅读的快感。这种特殊的自恋是以排斥外在空间、他者等作为代价的。写作必须面对质料产生一种"自我触发"的创造过程，德里达认为：自我触发就是生命。没有自我触发，就没有书写。"自我触发"的进行呈现了一个没有外在界线的形象，在快感中维持着自身对真理的服从。诗人作为主体的"充分在场的价值保证着诗歌的道德和真理"。德里达这里指向的还是语音，尤其是"自听自说"的独白性自恋经验：这种在场只能在内在的自听自说中才能完成。德里达并没有取消或否定这个"我"的存在，他只是强调这种自我触发的幻象性质。在"自听自说"的声音的绝对内在性中，外部空间、他者和身体等已经介入：

> 手持经幡不停转山。难道
> "圆周"是觉悟的路线？一种声音，
> 敲击着朝圣者，这是多重慰藉，
> 像夜晚的霰雪呈现于日出时分。
> 这里不宜稼穑，神的天庭
> 谁能上去耕耘？谁敢提及口腹？
> 冈仁波齐，这圣地之名
> 早已化为一种声音，触动人的内心。

　　这种自我触发具有很强的现场性，需要一种非常强的综合平衡力，自亮自己也有比较好的陈述："具体而言，在材料、言辞和情境面前，在线索和片段面前，诗人唯一需要的，是一种情绪饱满的瞬间把握，这种把握能力正如北岛所说，是一种'危险的平衡'。我们想抓住思想的飞鸟，想捕捉思绪的闪电，也想越过表象的鞍马，靠的是什么？靠的是敏锐、不凡的身手，更靠一种综合平衡能力。"《冈仁波齐》一诗的最后，我们看到了这种综合平衡能力的体现，诗人用鹰的视野融合了自然与尘世、人性与神性、批判与仰望：

> 落日也史诗般壮丽。在冈仁波齐
> 和广大戈壁之间，鹰注视着
> 阴影的扩展，风暴撼动尘世灯火，
> 星辰们正在嘲弄王朝的自信。
> 当肉身与灵魂先后熄灭，

罂粟、匕首与光芒，就会刺穿
星辰的寂寥，狮虎的睡意，切开混沌的记忆，
苦难将成博物馆中的化石。
当人成为人，神就会用黄金
锻造舒适的卧榻，环视高原。
哦，冈仁波齐，巍峨而神秘，如同传说。
它是时间本身。即使大地冻裂，
也不以石头的名义开口说话。

尘世的玫瑰：凝视、欲望或自由的话语

就这样，仿佛尘埃一样，我们来到了这个尘世。我们努力注视着这个尘世：我们唯一的尘世。思想史家伯林观察到：人往往会向一种非现实性弯曲。在《现实感》一文的开头，他说："人们有时候会逐渐讨厌起他们生活的时代，不加分辨地热爱和仰慕一段往昔的岁月。如果他们能够选择，简直可以肯定他们会希望自己活在那时而不是现在，而且，下一步他们就会想办法往自己的生活里引入来自那已被理想化了的过去的某些习惯和做法，并批评今不如昔，和过去相比退步了。"

确实，有许多诗人把自己天鹅的脖子转向了古代或近代的某个幻境，逐渐在无聊的超尘拔俗中丧失了自己的现实感。王自亮的现实感来自近代中国和当代中国的内在张力，这从他接受一个报社的采访时表现出的矛盾表述就可以看得出来。当时的问题是："如果有时光机，你最愿意生活在哪个朝代的杭州？"自亮是这样回答的："我还是愿意生活在当下的杭州，尽管有很多遗憾和不满足，但是一定要我说出最愿意生活在哪个朝代，那我只能选择民国的杭州，如果你把民国也算作一个朝代的话。虽然那个时代杭州还是比较保守，虽然鲁迅一再劝郁达夫不要在杭州定居，我还是觉得那个时候的杭州适合我：民风渐开，交流频繁，西学东渐，离上海又近（说不定你还能在西湖边碰到张大千、徐悲鸿或李叔同呢），文化

底蕴如此深厚，又面对着宁静的西湖，生活在杭州，我会觉得很惬意，很放松。"

　　后面还会论述到自亮一些史诗性的作品中的近代和现代的纠缠、交缠和互否。这里重点分析他的诗歌中对现实的凝视以及对现实的"出神"。

　　凝视，在凝视中，目光有了重力，有了停顿，有了抓攫力。《凝视对眼睛的胜利》是一首比较抽象的、带有形而上学力量的作品，作品题目来自法国哲学家雅克·拉康说过的话。从20世纪30年代开始，拉康就在讨论视觉性的问题，讨论观看行为对想象性主体的作用，以"镜像阶段"和"想象界"来规整它。但在1964年的研讨中，拉康显然对"凝视"概念做了激进化的处理。拉康在与萨特、梅洛－庞蒂的对话中提出了自己的观点："眼睛与凝视——这就是对我们而言的分裂，在那里，驱力得以在视界领域的层面呈现。"在此我不想引入有关驱力的漫长讨论，只是想说明：拉康关心的并不是主体在可见与不可见性之间的穿行（如梅洛－庞蒂那样），而是主体的分裂，"眼睛与凝视的分裂"，或"凝视对眼睛的胜利"。主体的观看已经不再是主体自身的看，而是由他者的凝视结构出来的，它活在一个悖论性中，如果眼睛总是用幻象来掩盖创伤，那么，凝视则把主体引向根本性的匮乏，引向存在的碎片。

　　　　每个事物都瞪大羚羊的眼睛
　　　　十字架，预示着血的教堂

　　　　每粒尘埃都在凝视
　　　　对着镜像、街区和枪战片海报
　　　　从少年的西码头晨雾
　　　　到魅影重重的电影院台阶

　　凝视者一动不动是因为
　　忧伤只有瞬间那么永恒

　　每个灵魂毕生只凝视两次

　　一次因爱的来临太迅疾
　　以至于睁大眼睛怀疑
　　一次是临终之前
　　七句言论只说出三句

　　原质的凝视，正在修补
　　秘密欲望的无情崩溃

　　盲目上帝伸长的手划破世界
　　世纪之间的脱臼，更为恐怖
　　仿佛看到一个活起来的
　　木偶，让我们长久凝视自身

　　尼采说："当你凝视深渊的时候，深渊也在凝视你。"是的，"每个事物都瞪大羚羊的眼睛"，十字架事件，真实的血、想象中的血和象征的血一同流淌。"每粒尘埃都在凝视"，在诗人自己的回忆中，现实和想象同眠于同一个海床，老城的街区、放映之外的影院、雾码头，诗人在回忆中凝视，这种"原质的凝视"，朝向自我也朝向上帝，朝向故乡也朝向这个"脱臼"的世界，朝向爱欲也朝向死亡。

　　《凝视对眼睛的胜利》一诗是自亮用隐语向我们抛来的一个哑谜，一个迷人的哑谜。没人能够解释这样的诗，只是我们可以找到一些朝向它的"踪迹"。

王自亮通过观察和凝视获得诗歌的透视力，无论是写自然还是写人类活动都是如此。在他写自然物象的《黑蜻蜓》中，他在描写的表面之下，不满足于"驯服的看"，而是去凝视和透视，看到凝聚在黑蜻蜓身上的生命原力：

> 傍晚黑蜻蜓飞舞／黄蜂一样的黑蜻蜓／大群黑蜻蜓，像战略轰炸机／来到街道的纵深地带寻乐／黑蜻蜓不顾一切地飞／只是腹部的黄色条／透明的翅翼，保存着／物种特征，联想的残余／黑蜻蜓飞舞，凶悍／而快速，它们必须宣示主权／否则，就会被捉／而且死无葬身之地

葡萄牙大诗人佩索阿称："艺术是色情的最高形式。"佩索阿的这个观点让我们想起弗洛伊德的观点：艺术是性欲的升华。在王自亮的诗中，有时也勃发欲望的原力。他的《暴风雨》充满了狂暴的原欲：

> 暴雨之前的风含有草屑味／铁锈味，木樨味，洋葱味／在一阵呼哨和咳嗽之声中／掀起女孩裙子般掀起荒野／闻到赤裸男女身上散发的所有气息／来自汗腺的，荷尔蒙的／来自睾丸底部的，女性／私处的，渗出汗珠，略带咸涩的气息——／这么说来，暴雨是大地之爱

欲望的暴雨席卷而下，大地和天空都在欲望中发抖，酒神巴克斯在尽情狂欢，玫瑰一直赤裸到子宫，而思想和哲学则像鱼干一样被扔在地下室的干燥箱里。但是，像这样的充满荷尔蒙和精液气味的诗歌并不占自亮诗歌的主流。在他的大多数诗歌中，欲望已经戴上了面具，在乔装打扮后再粉墨登场。

哲学界的太极高手拉康说："人的欲望就是他者的欲望。"欲望把人及其创造活动，朝着欲望所向往的目标披露出来，并把欲望之

所向当成异于其自身的"他者"，从而构成了"作为欲望者、作为情感发生者和作为情感感受者的人"及其原先就有的一切"他者"所交错组成的新世界。而起初被视为"他者"的一切，不知不觉中转化成为主动地控制原来自以为是"主体"的人，使原来处于主体地位的人，转化成为其原来的他者的他者。这种"欲望的辩证法"不是黑格尔意义上的辩证法，而是欲望满足在根源上的不可能性与在这种不可能性中追寻可能性的辩证法。

王自亮致Mademoiselle Michelle的《尘世的玫瑰》，在我看来就是一首体现"欲望的辩证法"的佳作，表面看这是一首情歌，但在实质上，它是东方与西方、欲望主体和理性主体、男性与女性、相遇与歧途、异国和本土、混血和纯洁、历史与现实、艺术与生活、宗教与世俗等的交互反射。先看第一节：

> 我们相遇了。通过九条峻切的道路／与你见面；通过歌声、忍冬和法兰西／与你对视此刻。我，放弃蒙马特高地，／放弃虚荣的过去，放弃帝国排箫、大运河
>
> 与你接近。鼻息与眉宇之虹，蓝紫色／眼影：与你相遇是一场无根据冒险／第七条道路是蓬皮杜中心的黄色管道／第八条是礼赞与惊美的光芒，我的爱
>
> 谁有九条性命？必须走上第九条道路／才与你最终相遇：那是穿越蒙古高原的猛禽／塞纳河的回流，广袤寂静中的峦影与草色
>
> 那是你的美，你的淡蓝气息与玫瑰色丝巾／你的歌曲是黑色路标，自匈牙利群山／指示我奔向你，亲受大地无

边的华美

　　王自亮有过这样的感叹："如今我们差不多丧失了爱和担当的能力，感知的能力和审美游戏的能力，这很可怕。诗歌即爱的显现，就像神迹，哪怕只是一朵温柔的、险遭蹂躏的矢车菊。当人类敢于赤裸的时候，总会暴露出其兽性的胎记，而诗歌是一朵美好的，开在深渊边沿的花朵，遮蔽了这种胎记。诗歌是野蛮、愚昧和专制的消解剂，也是爱情的现代巫术。"确实，自亮创造了自己的巫术，独一无二的语言，他由此写出了他最好的爱情诗之一：

　　　　你有一种混合之美。斯拉夫气息
　　　　与巴黎侧影，在你脸庞上彼此走近；
　　　　美就是各种和解，树叶消融日光，
　　　　凡属大美必有渊源，有家世可考。

　　　　你的美貌无须惊世骇俗，不必感召；
　　　　我忽略身份与阶梯，但确信美有等级。
　　　　你的肌肤，呈现裸麦的颜色，天堂
　　　　郊外酷似伊甸园，我定将栖身于此。

　　　　领略你的美，气息是索引，是序言，
　　　　直视你异常危险，有失明之虞；
　　　　我自海边而来，我有刀刻的眼睑。

　　　　你，马背一族，身姿优雅如微风掠过，
　　　　没有痕迹；你的棕发正为高卢轻拂——
　　　　穿越激流，向着黑夜，牝马敲击落日。

奇观世界：蓝鲸即将爆炸

　　虽然这几年地域对王自亮诗歌的影响已经没有以前那么明显，在自亮的近作中，他通过彩虹般的复杂跨越企图处理更多个人、他人和时代的噬心主题。然而，正如他所说："地域对诗人的创作当然有重大影响，特洛伊之于荷马，'约克纳帕塔法县'（一个邮票般大小的地方）之于福克纳，彼得堡之于曼德尔施塔姆，楚地之于屈原，其影响是无法低估的。台州，对我来说，始终是个根，是生命意识和诗歌创作谱系中根本无法抹去的地点，一个不是三言两语能说清的地方。地域对诗人的影响，除了基本意象、文化根系和血脉贯通之外，还有一种气息和氛围上的无形影响，甚至，方言也会影响一个诗人的创作。如果有人把我称为浙江诗人，我得赶紧纠正他说，我是一个台州诗人。"

　　自亮是一个来自浙江台州的诗人，一个来自东海的诗人，但更是一个以海的胸襟和尺度进行创作的诗人。自亮说过："大海既是一种现实，也是一个符号。大海与诗人的关系，应该是对象和参照系，而不应是诗人的名号。我年轻时喜欢写与大海有关的一切，包括渔村、礁石、海风、滩涂和渔民，写船与桅杆，罗盘与铁锚，有些诗篇为人们所称道，如《小时候，我拾过鸥蛋》《渔村》《肩膀》，等等。现在我也没有觉得这些诗歌完全失去它们存在的价值，但我已经不满足于这样写大海，或者说写这样的大海了，我更热衷于把生活当作大海来写，我们的历史、文明和存在，不也是大海吗？"

可是，当我们展读诗集《冈仁波齐》的第六辑《东海纪事》时，我们会有这样的疑问：自亮的这些诗中的大海、鱼类的意象和以前有什么不同？生活之海如何与真实之海邂逅？在一个"祛魅"的世界里，如何"复魅"一种逝去的生活？如何表现"奇观"，如何用记忆中的"奇观"来抗衡机器复制时代的社会奇观对人性的奴役？可以让一条奇怪的鱼引着我们走向历史、文明和存在的珊瑚丛吗？

《虹》是一首可以用多重视野来观照的诗。首先，虹是一条鱼，一条可以吃的鱼，它的死亡引来了人和苍蝇的兴奋：

> 我见过那条刚刚捕获的虹／就在离门口不远的鱼摊上／怪异，丑陋，庙堂一般神秘／几乎无法阻拦众人围观它／嗜酒的黄包车夫，因为便宜／买下血淋淋的虹肉穿过大街，／引得苍蝇一路紧追，嗡营不已

其次，这是作为诗人的"我"观察的对象，"我"凝视着它，可是又感到它可能也在凝视"我"：

> 我那时喜欢看虹，很有耐心／扁平的身体，像放大的蝶蟓／数了数，有五对腮孔，胸鳍巨大／身体侧面，住着退化的神／盯着被劈开的虹看了半天／无端生出一阵带有凉意的恐惧／于是急忙退出人群，怕被虹认出／夜半钻进被窝咬我：它的快意复仇

再次，借由作为诗人的"我"的玄想，这条怪鱼逐渐戴上了人类的面具，也有了人类的心灵：

> 虹的眼光是远古的，又那么新 / 浑浊、无奈，常怀灰
> 黑色的妒意 / 对它而言，世界是一道朦胧的光……我所看
> 到的那条虹，任人宰割 / 俯身于鱼贩的长条桌上，孤独 /
> 且显示邈远的强悍：一个帝国

最后，在记忆的后视镜中血淋淋的虹肉变成了一条完整的虹，
这条完整的死虹在诗人的血液中活过来，进入了诗人的脊椎，成了
"化石中的化石"：

> 幼时看到的那条虹，业已游入 / 我血液之涡流，泛起
> 它的橙黄 / 至今我仍觉得虹如一种水怪 / 进入我的脊椎，扩
> 展疑虑与不安 / 层层叠叠的纪元中，它是三叶虫 / 是化石中
> 的化石，最近的奇迹 / 虹，一个无所依傍的家族—— /海啸
> 幸存物，岬角窥视者

停止进化，停止进入我们的时代，它保持本能和野性，它保持
"事物的完整"，通过这样的描写、抒情和沉思，诗人又"复魅"了
海底的奇观：

> 分不出哪条是魔虹，哪条是 / 雕虹，也分不清刺虹与
> 蝴蝶虹。/ 这些词儿并不古老，企图 / 与虹一样停止进化，
> 保持事物的完整。/ 不必分辨了，这个家族就是 / 异象、
> 耐心和残忍的综合体。/ 浮游中的虹，是奇特的战车，/ 雄
> 体腹鳍边缘，早已退化成 / 交尾器官，将精液注入雌鱼体
> 内，/ 那阵急促的陶醉，染红了波浪。

这首诗非常好地体现了自亮运思的特点，用他自己的话说是：
"既有现实的摹写，也有玄思的成分，而多种职业的历练，相对开
阔的视野，特别是所经历的'文革'（一知半解）和改革开放（全

过程），使我的玄思和想象力获得了一种根基，一种质感和分量"。

　　法国思想家居伊·德波在1967年出版的《景观社会》中着力分析了当代"意象统治一切"的景观社会。从20世纪中叶开始，随着电视的普及，电子传媒在西方世界的崛起，西方社会进入"文化消费"时代，全球化的浪潮也席卷了中国这样的后发国家，明星、时尚与广告的迷雾蒙住了大自然的脸。当视觉意象统治一切的时代来临，社会的生产就变成了意象的生产。德波把他所理解的马克思关于人"受抽象统治"的看法发展为关于受"意象与幻觉"的统治。他指出：如果说商品社会的产生体现了"从存在到拥有"的转变，那么这时社会的产生则体现了"由拥有向展示"的转化。在我们今天这个"眼球经济""网红经济"主导的时代，奇观已经退化为商品的包装，存在被颠倒为刻意的表象，自然与真正的人类文化失去了往日的魅力。而诗，正是一种"复魅"艺术：

　　　　运送中的死亡鲸鱼
　　　　并非风景

　　　　台南。一条体重50吨
　　　　17米长
　　　　业已腐败的抹香鲸
　　　　在拖车上爆炸
　　　　鲸鱼的内脏与血
　　　　洒了一地
　　　　行人沐浴于一片血雨中

　　　　死亡鲸鱼再次出现
　　　　不在惊悚片中

此刻一条蓝鲸的尸体

被海水冲上纽芬兰岛

一个沿海小镇的石滩

这条长约 25 米的

蓝鲸尸体

体内充满了甲烷，鱼头变成一个大气球

已经开始发臭

随时爆炸

由于无法分解尸体

皮肤膨胀

像一个会呼吸的灰色橡皮袋

而这鲸鱼的幽灵

在海湾前方漂浮

像一艘不肯沉没的船

——《蓝鲸即将爆炸》

　　这首诗的灵感，来自 2004 年台南抹香鲸爆炸事件以及 2014 年BBC的一个报道："一条蓝鲸的尸体被海水冲上了加拿大纽芬兰岛上一处沿海小镇的石滩上。镇长表示，这条长约 25 米的蓝鲸尸体由于体内充满了甲烷，其头部膨胀成了一个大气球，并且已经开始发臭，可能随时爆炸。"

　　与前面阐释过的《虹》不同，这首诗似乎并不来自王自亮的个人经验，但真的如此吗？美国首位桂冠诗人沃伦说："几乎所有的诗都是自传的片段。有时我可以循着一种想法追溯片段的回忆。不过，我没法使那些引起回忆片段的事件具有意义。它得在多年以后自己产生意义。一两行逗留在你的头脑中，突然它碰上了什么。某种东西使它获得成功。"表面看，《蓝鲸即将爆炸》一诗中的内容大多来自两则新闻，但记忆仍然在顽强地起着作用。波兰诗人米沃什关于布罗茨基的札记中有这样的话："抒情诗应是被保留的自传，即使只有十分之一被保留下来。"是的，与《虹》一样，《蓝鲸即将爆炸》也仍然是自亮的自传，是一种他自己创造的诗歌奇观，是反当代奇观的奇观诗。在他的"独航之旅"中，他追随着抹香鲸和蓝鲸，他想象着抹香鲸和蓝鲸像那条神秘的虹游进了他的血液和脊椎。这些庞然大物和神秘的虹一样会死，但堪称真正奇观的是：在它们死后，它们会用爆炸来回击海神，它们甚至在死后仍然在航行，这难道不是一切伟大艺术和思想的命运吗：

> 而这鲸鱼的幽灵
> 在海湾前方漂浮
> 像一艘不肯沉没的船

在本文中，我没有一一清理出王自亮的个人词源，但大海以及与之伴生的一切（迷雾、涛声、鱼群，"朝阳与落日，船的两只眼睛"，"西码头的晨雾，容貌姣好的女子，潮汐，庙宇，八爪鱼，烈日下的樟树，大陈岛的巉岩，一个个远比海明威生动的船老大"，等等），一定构成了他最重要的个人词源。当代一位重要的诗人和诗评家陈超写过一篇名为《精神重力和个人词源》的文章。文章中有这样的段落：

"优秀的现代诗，不仅是特殊的修辞技艺，也是诗人试图揭示和命名生存、历史、生命、文化中的噬心困境所产生的'精神重力'。而且，这种'精神重力'体现在现代诗中，也并非类聚化的'代言人'式表达，而是来自诗人个体生命体验所浸润的'个人词源'。在现代社会，先锋诗歌要为捍卫个人心灵感受的价值而申辩，诗人虽然要处理个人经验中的公共性，但更专注于公共经验中个人的特殊性。诗人寻求个人化的语言，个人化的书写、命名能力，常常将公共化的语词变为个人'发明'般的新词，像是汲于'个人词源'的深井。同时坚持这两个维度，有助于我们在新的历史语境下如何衡估'诗与真'的关系问题。在此，'精神重力'与'个人词源'，是在对话关系中展开的两个相互激发、相互平衡、相互吸引、相互赠予的因素。正是成功的个人心灵词源，赠予精神重力以艺术的尊严；而精神重力，则赠予个人心灵词源以具体历史生存语境中的分量。"

从以上两首诗，以及其他的诗歌，我们都可以看到"'精神重力'与'个人词源'，是在对话关系中展开的两个相互激发、相互平衡、相互吸引、相互赠予的因素"。陈超把自亮的诗整个看下来，认为："他是一步一步走来，一步一个脚印，从80年代走到现在，已经是一个非常成熟的诗人。他的诗和新世纪以来的诗相比，和流行的写法相比，写得很有重量，同时也保持了必要的涩的感觉，这是80年代那些诗人的特点，不愿意写得特别光滑，一种触及的感觉，一种摩擦的感觉。"

"一种触及的感觉，一种摩擦的感觉"都是指一种精神重力的隐现，像《虹》《蓝鲸即将爆炸》以及其他的许多诗歌，不仅仅是自传，不仅仅是深挖个人词源的泉水，而是作为人类的"精神尖兵"，在生活与社会、人生与政治、生命与意识、存在与语言的交互摩擦与邀请中获得真正的奇观。自亮说过："对人类来说，诗歌是'精神尖兵'。尖兵，就意味着强大的洞察力，意味着勘察、寻求和清除，让'后续部队'顺利通过，摘取凯旋。而诗歌的穿透力，既显示在生活—社会、人生—政治层面，也体现在生命—意识层面，最后抵达存在—语言层面。诗歌写作，意味着勘探存在与语言之矿脉。诗歌是诗歌本身，也是自身之镜的景深和返照。"他在梦想着"更高的航行"：

> 栖息海湾，是更高的航行，
>
> 船，再次被目光遽然托起。
>
> ——《船》

诗歌的合欢树

　　王自亮是一位典型的坚守德国哲学家哈贝马斯所定义的"现代性"（以人文主义、民主、市场经济为主要的骨骼）的知识人，与哈贝马斯不同的是，在审美的现代性上，他比较包容从尼采到巴塔耶、福柯、德里达和鲍德里亚等人的诗性哲思，倾向搁置这些法国后现代思想家的政治学意蕴。

　　英国经济学家、思想家哈耶克是自亮特别折服的反乌托邦思想家之一，哈耶克的"演进理性"和哈贝马斯的"交往理性"都强调理性对一个现代人的基本内塑作用。可是，在当代的诗歌和艺术中，审美乌托邦和情调主义占据了大多数的空间，仿佛诗人或艺术家真的是在"艺术自主性"的小天地中独舞的天鹅。在普遍的蔑视理性的气氛中，在被自视清高的"独眼巨人"们占领的舞台上，自亮向"独白主义"喊出了自己的抗议，他要"驳斥天鹅"：

　　　　已到对优雅的事物予以清算的时候了／尤其是天鹅，它的野性，固执／对事物发出神经质叫嚣／不分场合地展示羽毛／特别是，走进湖沿就能看到的／那种专横，眼睛里的波纹／冷漠入骨，这令人不寒而栗的天鹅／带着一身刺鼻的体臭，向着天空／旁若无人的样子，装蒜的神态／是世界诞生之后的丑闻／天鹅向东，向西，向南，向北／

咬断与良知之间的纽带／翻身钻进淤泥，将屁股向着神话
撅起／对着贫穷的衣衫和街巷之光／发表言不及义的演讲／
变身、幻化，突现剧中／紧迫情势时操纵魔法／恢复禽性，
最终是／天鹅落地，虚拟之桥应声垮塌

——《驳斥元鹅》

　　这种所谓的"雅艺术"，虚伪、空洞，不与外界或他人进行理
性的交往，而只是撒娇般地"对事物发出神经质叫嚣"，这种叫嚣
是专横的，且已经"咬断与良知之间的纽带"，这不过是一种可鄙
的返祖现象，并不促成艺术的任何的进展。

　　坚持理性、坚持人文主义、坚持包容式民主、坚持对话和开
放，这是我对自亮其人、其思、其作品的基本认识，这在根本上是
一种"好客精神"。由此，我们可以引入德里达的后期思想。德里
达的后期思想与哈贝马斯思想在争论中既体现了彼此的差异，也达
成了一些共识：就是对政治独白主义的拒斥。2003 年 5 月 31 日，
面对美国对伊拉克开战造成的危机，哈贝马斯和德里达联名在德
国《法兰克福汇报》和法国《解放报》发表文章《论欧洲的复兴：
首先在核心欧洲捍卫一种共同的外交政策》，呼吁欧洲人尽快行动
起来振兴欧洲。德里达后著文道："我非常赞同他的权威性的前提
和观点：从超越欧洲中心主义的角度重新定位欧洲在国际社会中的
角色；从康德哲学传统出发，重新确定和改进国际法及其相关制度，
特别是联合国，以便建立一种新的国际权力分配机制。"

　　德里达发现了好客的规则：自我与他人、主人和客人、个人和
公共等对立双方的转换。德里达"好客"的概念是一个由可能性和
不可能性构成的悖论。前者可称之为好客之法，后者可称之为好客
之道。好客之法是说权利和义务总是有条件的，它决定和衡量宾主

的权利、职责、义务。无条件的好客之道是把自己的家给予外人，使其独立，不求名分、回报、补偿，即使是最小的要求也能满足。陌生人被给予无条件招待，不需任何确认或质疑，是纯粹的、开放的接受。德里达认为：列维纳斯思想的危险之处就在于，过分强调好客的"纯洁性"或者绝对无条件性，如同强调在政治生活中伦理的无限性一般，是很危险的。

从上述的可能性和不可能性出发，我们翻阅自亮的所有作品，可以看到他总体上的"好客"，以及有时决然的"不好客"（上文已经述及）。

从"好客"的角度看，自亮绝对是一位文明之子，一个文艺复兴式的人物，他像拉伯雷笔下的主人公一样，有巨大的食欲（不过，是从生理上的，转变为文化上的）。他是一位音乐发烧友，音乐的缭绕支撑着他的诗行的旋律线；他是一位视觉艺术的爱好者，对电影和绘画艺术有全方位的了解。他是一个经济学和管理学的研究者和实践者，一位社会调查者和真诚的记录者。他是一个旅行家，把所经的世界上的每个城市、乡村和每处风景转为他的饕餮盛宴。而对他的诗歌产生直接影响的思想家、历史学家和作家，他自己在文字和言谈中提到的，就有这么多：

思想家：老庄、王阳明、哈耶克、波普尔、维特根斯坦、利科、哈贝马斯、德里达、鲍德里亚、德勒兹、阿甘本、巴迪欧、布尔迪厄、别尔嘉耶夫、舍斯托夫等。

历史学家：司马迁、布克哈特、汤因比、布罗代尔、布洛赫、科林伍德等。

小说家：曹雪芹，"有三个人值得我推崇，那就是卡夫卡、加西亚·马尔克斯和卡彭铁尔"，帕慕克、克劳德·西蒙、鲁尔福、卡尔维诺和翁贝托·艾柯等，也使他心仪。

诗人，太多太多，还可以再细分：

中国诗人："中国古代诗人里，屈原、杜甫和李商隐对我影响最大，而现当代诗人里，冯至、卞之琳和昌耀对我有很大影响……我和洪迪先生一样，认为鲁迅是个大诗人。""中国诗歌传统有'大传统'和'小传统'之分。所谓大传统，指万民景仰的'古典诗歌'，包括《诗经》、楚辞、汉赋，李杜、苏辛，直至近世的古典，包括《红楼梦》和黄遵宪。而'小传统'，是广义的民间诗歌传统。有古谣谚、竹枝词、梨园戏和傀儡剧中与诗歌相关的成分，也包括了敦煌变文、愿文和曲子词，诸宫调，弹词，宝卷，明清时调，吴歌越谣，直至天台山的寒山拾得诗，还有蒙古英雄史诗和民间叙事诗，藏族史诗《格萨尔王》，白族民歌（我认识一个白族民间艺人，结成忘年交）和大小凉山的彝族谣曲"等等。

西欧诗人：荷马、但丁（"但丁是人性的'肉中刺'，但丁从窄门给我们带来令人目眩的光芒。但丁的'建筑'和所划分的圈层：内心、地狱、炼狱和天堂，体现了精神、事物和宇宙的对应关系，至今岿然屹立，或运行不止"），"莎士比亚和但丁是我心中的文学'神灵'。伟大的歌德和无比杰出的里尔克，总是牢牢占据着我的心灵"。"对于波德莱尔以来的现代主义传统，以及从叶芝、希尼、R.S.托马斯到兰波、勒内·夏尔、圣－琼·佩斯等人想象力与现实感的高度结合，充满灵性和物质感知的诗歌，我是非常乐于接受的。卓越的勒内·夏尔，综合了雨燕、闪电和岩石，尤能俘获我心。"

东欧诗人："我对俄罗斯白银时代诗人群（特别是曼德尔施塔姆和茨维塔耶娃），策兰、米沃什、赫鲁伯、赫贝特和希姆博尔斯卡等诗人，却是如此亲近，似乎有着天然的家族式的血脉联结。他们的苦难意识和'更深地穿透普遍的黑暗'的介入性，是我异常体认的。"

　　美洲诗人：艾略特（"那么艾略特呢？在寻找精神荒原的历程中，充满了戏剧性的发现。《四个四重奏》如何教会了我们歌唱和叙述，如何将哲学与诗歌做出一体性熔铸"）、庞德（"最近几年，我的手提包里永远有他的《比萨诗章》，这是最高意义上的戏剧，一出由末世景象和时间组成的戏剧"）、沃伦（"沃伦独特而有力的声音，贯穿大地与血缘的声音，一直召唤着我，也令我心碎"）、沃尔科特（"沃尔科特所有的诗，就是一个主题，把加勒比海当作爱琴海来写，历史的激情和特洛伊战争有了现代版的呈现，希腊式的内心冲突和悲剧，有了转世的感觉"）、阿什贝利（"现代废墟中的细节"）、聂鲁达、帕斯、博尔赫斯。"至于奥登、沃伦、史蒂文斯、克兰、弗罗斯特、沃尔科特、毕肖普，确是我的至爱。""如果把影响我的诗人缩小到三位的话，我就会举出三位诗人，第一是聂鲁达，第二是沃伦，第三是沃尔科特。我的'野心'就是以他们的方式讴歌亚洲，'鲸食'东方。"

　　王自亮以惊人的"好客"接待这些"他者"，他有一种隐形的内塑力量，让所有的影响在"自生自发"中建立自己的秩序。哈耶克的"自生自发"理论本来是应对市场提出的经济学概念，但自亮把它化为诗歌概念：当"我"的经验（包括梦、回忆、思考等）和他者的经验——那无比庞大的他者经验——构成了一个更庞杂、更复杂的市场。可是，与此同时，难题也出现了：那么，如何保持自我的同一性呢？如何从这千孔的芦笛中奏出"一个"声音？这是难的。但绝非刻意，在某些时刻，仅仅是在"若有所思"之中，诗歌的合欢树上有了真实的风，叶子开始摇动，阳光从叶子的阴影中流下来，春天来了：

　　　　此刻是力量、生机和隐秘的喜悦

夹竹桃、樱花与悬铃木——
雨水浸泡之后的暴晒
连痛楚也根系发达
阳光催促植物背起行囊
大自然把一切经验都化为色彩和形体

在我眼中，这个春天
没有旁若无人的遛狗女人
没有打太极拳的美髯长者
那些在大樟树下嚼舌的老妇
和癫痫病人，也最终消失

春天，就是树木和河流
是会议中的藻类，向苔藓致意
是打开的欲望，烘热，直接
是融雪之后挺胸的岩石

我，就站在家门口
思忖着横断山脉的春天
究竟如何

——《若有所思》

如果说，《若有所思》主要是诗人与自然以及隐匿在自然中的造物主的对话，那么《废弃的车站》就是他与荒草、藤蔓、时间、历史、记忆、喧闹的他人、轰隆隆的时代进行的对话。

每个车站都曾经是中心
所有情感的汇集处

> 没有人能忘记离别的触目惊心
>
> 并且会指出一个车站
>
> 所吞吐的人群和烟雾
>
> 如何与怅恨交织
>
> 撕心裂肺的哭喊回荡在广场上空
>
> 喷射成无数细长的水柱

车站，处于我与你、我与他、我与它的相遇处，然后，你、他、它都来到了诗歌中，都成了"你"。马丁·布伯说："当你我相遇，我不再是原来的我，你也不再是原来的你。但这并非你'影响'了我或我'改造'了你，而只是，你与我相依而'共在'。当你我相遇的那一瞬间，我才成为我，你才成为你。或者，在你我相遇的那一刹，你才呈现为你，我才呈现为我。"

诠释学大师伽达默尔在《真理与方法》中系统阐述了现代意义上的对话哲学，他把人与物、人与人、人与世界之间的关系概括为理解和对话的关系。事物在对话中得以展开，在倏忽之间，我们与某种自我世界经验中还未遇到过的事物相遇。真正的对话所蕴含的是一种"我—你"的伙伴关系。伽达默尔的后继者哈贝马斯则形成了交往行为的对话哲学，他认为，应重塑交往理性，建立"主体间性"，即自主、平等的主体间的平等、合理的交互关系或交互作用，以实现人与人之间的平等、人际关系的和谐与社会公正。

跳出德国哲学的传统，我们在不同体系的思想中也找到一些近似的观点，比如雷茵霍尔德·尼布尔——这位 20 世纪美国最具影响力的神学家、思想家、基督教现实主义的奠基人——在他的代表作《自我与历史的戏剧》中，也把人视为一种不断"对话"的存在。尼布尔坚持：人只有在与自我、他人与上帝的对话关系中才能实现自我的本质。

车站是一个情感的中心，告别曾是它永恒的圆舞曲，现在到了要告别它自己的时候：

> 眼前这座车站
> 就像一个患有肺病的瞎子
> 空洞而盲目地喘息着
>
> 即使最后关闭的时刻
> 也没人想到它会遭到废弃
> 车站，从不拒绝任何一个旅客
> 哪怕他是个哑巴，浑身
> 发烫，从五百里之外踉跄而至
> 没有人会想到它
> 从大门里传出的是空无
> 而不是因失窃而挥拳叫嚷的声音
> 没有人会想到它有一天
> 突然关闭，被废止，如同雪天弃婴

自亮在知识上的好客没有使他变成一个迂腐的人，他没有成为一个书呆子、一个由于背负了太多别人的东西以至无法把自己的腿站直的人。由于所有的知识都在"自生自发"中融化为滋养心灵的养料，诗人就逐渐具备了"综合平衡能力"，但自亮认为，光具备这种能力还远远不够，因为综合平衡能力强的经常是一些比较平庸的诗人，杰出的诗人还必须是真正的哲学家以及兰波意义上的"通灵人"：真正的诗人还得具备"——对寂静的倾听能力，对虚无的建构能力。倾听就是言说，建构就是解构。你能在寂静里听到轰鸣，表明你有内在听力。而建构虚无是为了消解虚无，这是迈向

'存在'的首要问题：为了超越语言而返回事物那里。——对'生活—生命—存在'的'三位一体'建构的能力，特别是生活的提升能力、对生命的萃取能力、对存在的探究能力，以及对'永恒'（过去—现在—未来'三位一体'）的理解力。——对把握'灵异'和洞悉事物内部秘密的超凡品质，向'灵感'索取诗意和语言推动力的能力。——对事物的细观默察和幻化功能，对自我和他者关系的清晰叙述，携带哲学命题进入诗歌母题，并能予以艺术传达的能力。——对时间和空间等纯粹领域的把握能力，和来自生活本身的无意识汹涌，内心的扩充与满盈"。除此以外，他认为，诗人的人格力量将最终决定诗人可以走多远："至于我说的'人格力量'，是某种造就我们自身和指示诗歌远景的支配性力量，它太重要了。人们往往忽略了一点，其实最后决定一个诗人走得多远的，是人格力量的投射，而非多么精明机巧，如何左右逢源。"这种"人格力量"重要的一方面是悲悯："悲天悯人的品质和扩展的内在同情。"这是对曾经存在过的一切的悲悯，甚至包括了对那些不值得悲悯的事物的悲悯：

> 远远望去，这座车站还活着
>
> 但已经没有气息
>
> 没有从四面八方传来的声音
>
> 惊恐的、失落的、兴奋的
>
> 假嗓门，真功夫，各种姿势的人
>
> 都不再出现，只有窗户和门
>
> 在风中摇晃；没有拥抱
>
> 没有哭泣和诅咒，也没有汉堡
>
> 只有走廊、墙和长条椅
>
> 野草疯长，葛藤攀缘而上

洗手间的涂鸦，那些女性生殖器

和贩卖毒品、枪支的记号

连成一片，成为图形墓志

悲悯之后，在找到了他者和别人之后，我们还要找到自己，我们应该在诗歌中体现自我的同一性。利科向我们发问：谁在说话和行动？谁在叙述故事？谁负责任？这是人生的根本问题，也是诗歌的根本问题。从车站出发，分离，回归，再出发，无数次地迂回，向远处、向深处迂回。在利科看来，迂回的过程并不是消极的、无意义的重复，而是向着创造的可能性开放。直观和自我透明这样的短程是远远不够的，只有通过"长途迂回"才能向新的可能性开放。

多少次的出发、分离、回归、再出发。这个车站一直没有触发王自亮写出作品，但它突然被废弃了。这时，车站"迂回"到了现实的背后，与自身拉开了辽阔的距离，从而成了"我"可以与之对话的他者。当"车站"不再作为实体，而是作为意象丛林和整体象征再次迂回到记忆深处的时候，意义突然向诗人敞开，像所有在春天盛开的花朵一样。

利科的伦理哲学警示我们：认真对待他者，也就是认真对待我们自身，也就是认真追求良善、美好的生活。在现实生活中，人不断通过"实践智慧""见证"和"证实"了这一点。而人的信心是有指向和目的的，即：与他人一道并为了他人在公正的制度中过上善的生活。然而，在具有信心之前，我们首先要面对失败，面对绝望。只有在绝望的沃土中才能够长出希望的种子。废弃的车站像一个失败的巨人，由于被阉割和掏空而显得真实，由于自怜和虚弱而易于同情他人。是的，"每个人都曾有过一个车站"。在车辙和脚印交织处，在人生的废墟里，忧伤一直向我们垂泪：

> 哦，无数次到达这座车站
> 从来没有看到它这么高大过
> 因为空旷，这废弃的车站变得恢宏
>
> 一个被阉割和掏空的巨人
> 发出假声，唱一支虚弱的歌
>
> 车辙和脚印交织之处，忧伤
> 就像盛开的勿忘我
>
> 是的，这些事物与我们须臾不离
> 每个人都曾拥有过一座车站

可是，它终于被废弃了。这首浓郁、雄浑、哀而不伤的诗歌也走向了它的结尾：

> 现在，它被废弃了——
>
> 就像一朵枯萎的花，一座危楼
> 一只中枪的鸟雀，一张旧报纸
> 一个不知所终的流浪汉
> 一副突然喊坏的嗓子

这首抒情诗并不太好解释，其实诗人的天才部分是无法解释的，这首诗就体现了自亮的天才。它是多声部的、复调的，自我、他者、魔鬼、天使、上帝，都在其中穿插、迂回。它是一种音乐的织体，回忆与现实、沉默与喧哗、情感与思索都在交织。它是戏剧性的，失败的巨人，每一个人的具体的欲望、忧伤，在最后突然同一了。车站的命运是所有人的命运，车站的废墟是所有人生的废墟：一朵枯萎的花，一只中枪的鸟，一张旧报纸，一个流浪汉，一副突然喊坏的嗓子……突然间，人性之弦被拉紧了，像就要绷断。

还有就是语气，一种"铁、木头和艾草的语气"。正像陈超说的那样，"有铁、有木头，还有艾草，这些都变成了一种语感、语调、语气"。这种语气可以看作是自亮的生命原力对知识的融化和吞噬。

废弃车站的碎片和野草、叹息和假声、贪欲与悲伤经过长长的迂回，在一首诗中重新凝聚起来，这也是一座建筑，一座崭新的更恢宏的车站，在它的高高的月台上，"可以远眺'绝对场景'——存在、爱与死亡"。

在此，我重新吟诵自亮的那番演讲："夜已深，黎明尚未抵达。诗歌的合欢树在浅吟低唱，如泣如诉。"

沈苇

1965 年出生，浙江湖州人。大学毕业后进疆 30 年，曾任新疆作协常务副主席、秘书长，文学杂志《西部》主编。现为浙江传媒学院教授，成立沈苇工作室。中国作协诗歌委员会委员，中国诗歌学会常务理事。

著有诗文集《沈苇诗选》《新疆词典》《正午的诗神》《书斋与旷野》等 20 多部。作品被译成英、法、俄、西、日、韩等 10 多种文字。

获鲁迅文学奖、华语文学传媒大奖、十月文学奖、花地文学榜年度诗歌金奖、刘丽安诗歌奖、柔刚诗歌奖等。

第五章

从多元文明的百感交集中
感怀人性中基本的朴素和美丽：

沈苇和他的诗歌

诗人沈苇

沈苇是中国当代不可多得的抒情诗人之一。他从南到北，不断在大地上漫游，他的抒情诗歌可以跻身当代最感人的诗歌创作之列。作为中国西部最有代表性的诗人，他"以潮湿的方式进入干旱和坚硬"，他的诗歌从个人感悟入手，进入生命的干燥与潮湿中，进入大范围的文化混血中。他像"一条章鱼，匆匆掠过古老的海底"，尽量去汲取所有文明的养料，这包括江南的文化与自然，也包括本来就呈现为多元复合的西部文明。

但沈苇不想做地域性的二道贩子，他的诗并不是文明的地图，而是力图在文明的丰富性中揭示一些基本的东西：基本的人性和基本的人与自然的关系。一方面，他是吸收过"地狱乳汁"的孩子，一个激情的生命的拥有者，"万物的激情在肉里生长"，他尽量舒展自己的生命原力，同时把自然力也作为自我的延伸。另一方面，他的诗里透出一种忧伤，一种正午的忧伤。这种忧伤并不颓靡，而是体现在对正面之美的肯定中。面对西部的辽阔，他感到忧伤，"现在他的心灵有了一点辽阔，却感到自己的无知在放大"；面对时间的长廊中渺小孤苦的个人，他感到忧伤，一个个底层生命的切片，反映了生命中的基本部分：苦难和苦难生活的终结，美好和美好生活的流逝。

正如沈苇所说的那样："诗人必须用本真的嗓子说话，必须在最基本的事物中取胜"。真正的诗歌是类似于"宇宙的还魂术"的，因为它创造了永恒的"瞬间"，使"瞬间"孤立出来，像傲视时间流逝的孤岩：

> 每一个持续的瞬间，丰盈高过了贫乏 / 意义从无意中
> 升起
>
> ——《新柔巴依》之三十一

沈苇的若干个人图腾

雪豹。在《新疆词典》中，沈苇对雪豹有这样的描写："雪豹是边疆生活的一个图腾……雪豹是放大了的猫和缩小了的老虎，它结合了战士与哲人两人两种角色——既在一定高度生活，又到低处去捕猎——它是根与翅混合的灵兽：小巧，敏捷，双目如炬，克制着高傲的兽性。"这种"根与翅混合的灵兽"确实是沈苇所追求的诗人境界。事实上，诗人的一个诗学手记就是以"雪豹手记"为名的。

雪豹是孤独的，对诗人而言也是如此，"优势不在地域，而在每个人身上，一厢情愿的神话只是谵妄而已"；雪豹是一种混合体，一种自然的中间色，而一个真正的诗人在沈苇看来也应如此：诗人是"一个调解人、和事佬、心灵与自然间的浪子。当他完成了自己的使命，就从那里消失，腾出一个空间，让人类心灵与大自然交谈、协奏、合唱"。雪豹几乎是雪山上的耐心的大哲，其实大诗人不也是这样吗："所谓大诗人都是些健康的清醒者：灵魂的高度自洽，行动的高度自觉，作品的高度自足，具备耐心、隐忍、献身的精神品格，把握好'魔'和'圣'之间的'度'，达到一种原则、一种标准。"事实上，雪豹已经是沈苇的一种个人象征了。

大鸟或白肩雕。记得"大鸟"是沈苇主编的名刊的刊名，大鸟也是沈苇的重要图腾。尚在江南故土时，他就觉得自己是要飞翔的。他命定是一只鸟，因为同属于江南和西北，而只好飞梭般往来于天空中："我的肺在远方鸟一样飞翔／而呼吸依然停留在桑叶的一张一合中／停留在雨打草尖的微微战栗中"（《故乡：丝绸之府》）。

　　显然，荒野中最出色的漫游者是大鸟，而一个诗人在漫游大西北时找到的唯一知音可能就是大鸟。在沈苇的《新柔巴依集》中有这样的句子："漫游大西北，仰望中亚巍峨的高山／我寻访一个地区的灵魂，学习福乐的智慧／漫漫帛道供我们上下求索，去了解一点／生的秘密，爱的秘密，力与美的秘密／从天山到昆仑，永不停息的是沙漠的浪涛／是大鸟的飞翔和新夸父的逐日运动／小小的爱与伟大的爱展开了奋飞的翅膀／让落日的圆满下降，请新月的福祉上升！"大鸟是诗人"寻访一个地区的灵魂"的最好伴侣，也许正是诗人自己灵魂的象征。

　　当然，我们可以把大鸟说得更具体一点，说：这是一只白肩雕。在沈苇的另一组仿《柔巴依集》的《金色旅行》中有这样的句子："向下，一只白肩雕滑翔，如血残阳／在瞳仁里汹涌，燃烧起俯瞰的洞察力／它，时光的驯兽师，来自天空的培养／一双利爪突然抓住大地的苍凉"。

　　火炉或火浣布。沈苇是一个热情的人，尽管有时也对生活消极失望，但从总体上他仍然对生活充满渴望，他是一个用内心的火焰生活的人。他说过："我想用一位热恋中的情人、一个疯子、一名婴儿、一条狗、一只蚂蚁和一丛荆棘的眼光来看看世界。"他在火焰中燃尽自我中心主义。"我承认低低飞过的太阳是我唯一的祖先。"太阳、火焰和在火焰中变得清洁的火浣布，在他的诗里都成了他灵魂炽热的象征。他写道："我渴望有一件火浣布的衣服，时常在火中洗净、洗亮，这样，当我一手在火炉中煨制土豆，一手就能像洗衣妇一样，洗去灵魂皱褶中的污垢和病菌。我知道，火不是用来燃烧我的，而是用来考验和锻炼我的。火在提醒我：保持灵魂的炽热。"尽管生活总是充满艰辛，但是在"异乡建设故乡"的决心并不会动摇，诗歌在他看来就是一块火浣布的婚纱，就是火焰与玫瑰的合一，是热情和美的握手，所以他要"赞美天山女儿！高高的婚床铺满/神奇的玫瑰，火浣布的婚纱披身/目光清澈如水，抚慰游子向西的荒凉/指尖流淌爱意，要在异乡建设故乡"（《新柔巴依集》）。

石榴。 石榴在沈苇看来是新疆的象征，而在我看来，也是沈苇诗歌的肖像之一。他写道："我理解的新疆，就是一只咧嘴歌唱的石榴，一杯浓郁鲜美的石榴汁。瓦雷里认为人的灵魂像石榴一样，内部有着迷宫般的结构。我甚至觉得，石榴树不是从泥土中长出来的，而是生于阳光中，阳光是它唯一的土壤，也是死后唯一的归宿。"

石榴在中亚的爱情中是眼波的流盼和爱情的炽热，据说，在最美的维吾尔族姑娘身上可以飘出石榴的芬芳。在《石榴树下》一诗中沈苇写道："在石榴树下，吃完一只馕/就着伽师流蜜的甜瓜/盛夏。石榴花火焰/在高于头顶的地方绽放/混合正午的阳光粒子/涌动起伏，拍打低垂的天空/躺在石榴树下多么清凉"。

石榴是火焰和阳光的伴侣，是美和热情的聚合处，它把失去的时光悄悄唤回。从另一方面来说，石榴由于其内部的精密和饱满，成了一种诗歌智性的象征。一种内容充实的、结构精密的，同时又焕发出美和热情的诗，不正是沈苇诗歌的内在追求吗？

荒野。 荒野是一种坚忍和广阔，沈苇在荒野中找到了他诗歌的支撑，找到了在绝境中的生命的壮美。他说："荒野兼有灵魂净化器和想象力孵化器的双重功能。寂静与荒凉并未取消生命，只是把生命推向了绝境。"他向那些坚忍的植物学习：胡杨，红柳、梭梭，沙枣、荨麻、葡萄、桦树、白杨，最后，他自己也成了沙漠里的废墟的一部分："废墟的一角塌了他一只受伤的肩膀……荒原显现他的肉身，如同显现一株牧草、一只黄羊。荒野是从他体内铺展开去的，无边无际，像海。他知道，他知道。他有一条活着的丝绸之路，联结湮没的城市、死者的心跳。"

事实上，荒野也等待着人们去抚触："荒凉静静卧躺，像一个病重的人／轻轻一碰，就艰难地翻身，发出呻吟"（《秘密国度》）。正是在荒野上，沈苇找到了抒情诗最辽阔的牧场，"人类驶向荒原是驶向一种抒情信仰。异质化的荒野上，叙事的资源几乎等于零，而大抒情的自由在此找到了一处生存的息壤。苦吟时代诗人置身荒野，吸纳阳光与扬尘、天籁与地气，他的肺叶是被太多的痛楚和喜悦涨满的帆。……他唱出了苦吟时代的一个强音。他唤醒了荒野，在荒野建立起自足的'抒情自治区'"。

正是荒野养育了沈苇诗歌的新境界：一种深沉的慢的诗歌，一种大融合的诗歌。他写道："荒野是一种慢，跋涉者因狂想而抵达另一种快——飞翔与升华。"他的大融合观念使他感到"他的血跑在另一个人身上"，在古老的文明的遗弃地，在自然力最欢畅的荒野中，他看到了："杂色的羊群，婴儿一样的眼睛／瞳仁中渐渐放大一位综合的上帝"（《大融合》）。

沈苇创作活动中呈现的多重混血

第一重混血——地理的混血：在江南与西域之间

在沈苇的《新疆词典》中，作者写了一只"移民青蛙"：这只青蛙本来生活在淫雨绵绵的江南，"终于有一天，这只青蛙产生了一个大胆的念头，离开水塘，去远方流浪。它下定决心，奋力一跃，跳向远方，跳向干旱的内陆。这一跳是命运的转折，一个新天地在眼前敞开了"。

这只青蛙是沈苇自己。这种命运的转折，他在诗里也写到了："当我出生时，故乡是一座坟墓／阳光和田野合伙要把我埋葬／于是我用哭声抗议／于是我成长，背井离乡，浪迹天涯"(《两个故乡》)。

有人不停地问诗人为什么来新疆，"我一时难于细述，就回答：'为了蒸发掉自己身上多余水分呀。'离开水的故乡去新疆沙漠蒸发多余的水分，看来是命运的必然。但危险性依旧存在，蒸发太多的水分变成木乃伊，所以我得保持自己的湿度——蛙皮的湿度。罗伯特·勃莱说得好：'恪守诗的训诫包括研究艺术、经历坎坷和保持蛙皮的湿润。'我同样记住里尔克的教诲：'一个人只有在第二故乡才能检阅灵魂的强度和载力'"。

沈苇生活在某种分裂症中："一半在雨水中行走，一半在沙漠里跋涉。"

"在新疆待久了，我会如饥似渴地思念家乡，思念家乡的小镇、村庄、运河、稻田、竹林、桑树地（那里留下了多少童年愉快的记忆啊），思念家门口的小路、水井、桂花树，一天天衰老的父母……只要回去呼吸几口家乡清新湿润的空气，吃一碗母亲做的香喷喷的米饭，还有炒青菜、咸肉蒸冬笋，我的思乡病就会得到治愈。"在许多诗篇中，沈苇以湿润的、饱含柔情的笔致写到自己的江南故土：

> 雨水倾向劳作，倾向村庄，缓慢着车轮的转动／我的祖先在雨水中洗脸，向着土地诉说衷肠／我的祖先背影模糊，大片汗水抚慰庄稼／他们在生活的责任中表达／稼穑的寂寞，镰刀和麦穗的锋芒
>
> ——《故土》

> 但我从未真正离开过——／沿着旧宅的老墙，青苔又爬高了三寸／天井如同从前，睁着一只空洞的眼睛／一只废弃的森林木桶，张大嘴巴／承受过太多雨水的叹息
>
> ——《多年以后》

而在西部生活的某些瞬间，一曲民歌就能勾起他对往昔的记忆："漏雨的房顶，镰刀上的铁锈，母亲蓝布衫上的几个补丁。我是水乡苦读的孩子，煤油灯的黑烟熏得我至今仍在流泪……"

可是，在老家待上一段时间，譬如一两个月，他"又受到另一种思乡病的折磨了，就得赶紧乘上几天几夜的火车，回到新疆去。似乎在几千公里之外，在大漠、戈壁、草原、群山之间，有我一个世袭的难于割舍的故园"。水和沙漠对沈苇都是生命的需要："现在水和沙漠已成为我生命中的两大元素。在同等地珍视它们。也许我的前世是一个胡人、一个骆驼客、一个丝路驿站的邮差，也许我还

娶过一位美丽的粟特姑娘，她会跳动人的胡旋舞，也许我还会说阿拉伯语，只是出生时把它忘在了前世。我越来越觉得自己正在变成一个混血儿，半个江南人和半个西域之子混血的'杂种'。……我既能听见故乡雨水的淅沥声，又能感受到古丝绸之路上悠远的驼铃声。……我曾是一株水边的芦苇，我把自己移植到了沙漠。"

南方和西北都是沈苇生活中不可或缺的，"我经常告诫自己，辽阔，再辽阔些，同时细微，更细微些。辽阔是新疆对我的启示，细微是南方对我的提醒。我从两者获益良多，心怀感激"。新疆生活带给沈苇的东西是一目了然的，但江南气质给沈苇的西部诗歌带来了同样珍贵的东西——他发现了西域内心深处的女性之心："在西域粗粝、坚硬的外表下，一定藏着一个阴柔、温婉、细腻的西域，藏着一颗柔情似水的女性的心。是女性用月光般的乳汁，滋润了西域干裂的嘴唇和沙漠荒芜的心田。想想新疆的地名，楼兰、米兰、尼雅，就像一个个美丽姑娘的名字。想想石榴、玫瑰花、羊脂玉、都散发着女性馥郁的芬芳和肉体的光芒。当我的朋友滔滔不绝地谈论男性英雄的时候，我却想起了那些美丽动人、光华四射的西域女子：十二木卡姆的搜集整理者阿曼尼莎汗、身上散发沙枣花香的香妃、远嫁西域的汉公主细君和解忧、在库卡河畔治病救人的瑞典女传教士洛维莎·恩娃尔……"

正是在他生活的乌鲁木齐，他感到了混血的精神已经融入他的灵魂，也融入他的诗歌：

　　让我写写这座混血的城／整整八年，它培养我的忍耐、我的边疆气质／整整八年，夏天用火，冬天用冰／以两种方式重塑我的心灵／……现在，我缓步进入人群／我要记住一双双流动的眼睛——／那蓝色火焰的摇曳和凝视／

> 无论是汉人、维吾尔人、哈萨克人、蒙古人/……整整八
> 年，我，一个异乡人，爱着/这混血的城，为我注入新血
> 液的城/我的双脚长出了一点根，而目光/时常高过鹰的
> 翅膀/高过博格达峰耀眼的雪冠……
>
> ——《混血的城》

但是，沈苇也知道，地域也是一种陷阱，而"诗人必须跳出地
域主义迷人的陷阱，走到人类主义和理想主义的正道上去"。他认
为"一旦地域间的壁垒打破，当丰富性和差异性上升到心灵的高
度，仍是一个十足和谐的'共同体'"。地域本身并不是一个诗人可
资炫耀的资本，必须进入背景性的东西中去，必须更进一步：到人
类的基本问题中去寻找诗歌的真相。

第二重混血——文化和文明混血：江南风情、西部文明及中亚诸文明的汇通

我们知道江南文化也是复杂的，而中亚文明本身就是一种
混血。

沈苇的作品中有不少对江南水乡文明的深情描写，这在《庄稼
村》一诗中有最突出的表现：

> 雨水带来生活的凄苦，在田野上/在杂乱的草垛上，
> 弹奏出忧伤的旋律/笛声若隐若现，仿佛来自地球的另一
> 边/各家的门关着，路上空无一人/沈志权和凌珍女，我
> 的父亲和母亲/正在阁楼上谈论水稻的长势、蚕茧的收
> 成/以及明天又要返回新疆的儿子/轻声的叹息飘向村庄
> 上空

但是，沈苇并不满足于对农村生活的一般描写，希望能进入文

明的集体记忆中，在《清明节》中，他这样写道：

> 死去的亲人吃橘红糕、糖麦饼、猪头肉／最老的一位
> 颤颤巍巍，拄着桑木拐杖／最小的一个全身沾满油菜花粉／
> 年轻人喝着醇香的米酒／死去的亲人在忙碌，赶着死去的
> 鸡鸭牛羊／进进出出，将一道又一道门槛踏破／他们爱着
> 这阴天，这潮湿／将被褥和樟木箱晾晒雨中／他们只是礼
> 貌的客人，享用祭品、香烛／在面目全非的祖宅，略显拘
> 谨老派

　　这里面既有现场，又有历史的回声，时空在这里交错、混合。在《南浔》一诗中，小镇的现实生活也和风俗性的东西融合起来，一边是地域性的，雨、河边、垂柳、香樟叶、睡莲、跳过水洼的狗；另一边是风俗性的，杨梅酒、哼着越剧的行人、菜市场上的叫卖、绮靡的绝恋：

> 雨停之后／有人在街上哼着越剧／一条狗跳过水洼，
> 在桥头张望／雨水一度中止生活／现在又恢复了往日流逝
> 的韵律／像小镇一位平和的居民／我爱着菜市场里的气息
> 和叫卖／像今生今世的留恋／雨滴仍在屠夫们的案板上
> 跳跃……

　　虽然沈苇很少涉及南方的城市主题，但他在对南方农村和城镇文明的描写上是很有特色的，可以说完全抓住了江南的气韵。

　　说到中亚，文明的混血在这里是最剧烈、最典型的，"在这个地球上，你恐怕难于找出第二个像西域这样多元文明共存的区域。这里曾使用过的语言文字多达数十种。由于丝绸之路这一伟大的纽带，它成为中国、印度、波斯和希腊四大文明独一无二的融合区。

尽管整部西域史中许多鲜活生动的篇章和细节已化为遗址、废墟和沙尘，湮灭于时间与历史的暗处，成为消失不见的部分。四十多个民族共居的现实以及他们的面容、肤色和血脉中，你仍然能读出西域往昔多元的丰美和绚烂"。

在刊登于《世界文学》上的《异域的教诲》一文中，沈苇写道："新疆沙漠就是一个海纳百川的地方。这是一个重要的瀚海，给予人们包容性的目光以及对多种历史回音的耐心倾听。多民族的共居，闪烁的面影，宗教氛围，现世主义歌舞，无限图案……这些构成了活着的传统，醒着的传统。在新疆的现在时和过去时中，你常常能感受到浓郁的印度味道，阿拉伯味道，波斯味道，乃至希腊味道。"而在一次访谈中，他谈道："现在我更加迷恋背景的东西，在若隐若现的背景之下强化个人的声音和抒情的尖锐性。"新疆对沈苇最大的诱惑就在于它的广阔和丰富，这可以抵消江南文明的相对单纯和绮靡。

在《有时我觉得》一诗中，沈苇有种化身万千的狂喜感："有时我觉得自己是古代阿拉伯人中的一员/……我华美的衣袍取缔沙漠的蛮荒/而我的驼队，踏上了丝绸之路/比许多人的梦想走得更远/我的香料运达长安、杭州/……有时我觉得自己分裂成许多个人：/黑人，白人，黄种人……我不知道/世上为什么有那么多种族，那么多阶层/……我是我，也是他们"。

在《残章》一诗中，在湮没的古道，他遇到自己的前世：

　　牧羊人，骆驼客，或丝路邮差/我娶过她，绿洲蒙面女子/从撒马尔罕到喀什噶尔，没有一朵奇花/胜过她脸颊上的一颗美人痣。

在《新柔巴依集》中他写道：

清风和泉水来自天山，异族的热血／渡过我全身，内
在的矛盾放下各自的干戈

他恍然中看到了一条新的丝绸之路，穿过他的身体：

大玫瑰和向日葵下，亚洲的心脏／跳动如新生的处
子，如不倦的羯鼓／丝绸之路，一条穿越时空的长线／连
接着死去的心和活着的心！

第三重混血——诗歌混血：在西方现代诗歌与中亚诗歌文化的双重影响之下

作为一个现代诗人，他必须是精通现代诗学的。沈苇也是如此，他一直在阅读那些经典大师的作品，而《正午的诗神》正是这种阅读和精研的结晶。在一次访谈中，他谦虚地把这本书说成是"基础读物"。《正午的诗神》一书"选择50位外国诗人……对从荷马到希尼的西方诗歌传统进行了一次梳理，目的正如书的封底所说的'勾勒天才的精神肖像，传达大师的旷世之音'。——写《正午的诗神》，最大的收获者还是我自己。我经历了一个学习、倾听、理解的愉快过程，我仰望过一座座高海拔的山峰，我建立起自己的参照系和价值尺度"。

从技术层面上看，正是对邓恩、布莱克、荷尔德林及至象征主义大师们，直到诸如米沃什、布罗茨基、希尼、沃尔科特等当代诗人的研究，使沈苇的语言具有不可置疑的现代感。但是，从另一方面来看，中亚诗歌传统同样给了他极大的帮助，也许这方面的影响更重要。这种从技术直到背景的学习，使沈苇的创作和别的诗人拉开了距离，确立了他作为典型的西部诗人的主要诗学特征。

欧马尔、苏非主义的鲁米，还有哈菲兹、鲁达基、纳瓦依、鲁

提菲、萨迪，也别忘了阿拜，这位哈萨克文学之父，"由于性格中的尖锐、孤愤和咄咄逼人的批判锋芒，我将其称为'草原上的鲁迅'"，以及敦煌出土的突厥文《占卜书》和某首发掘出来的景教诗，都让沈苇陶醉其间。他说，"中亚诗歌是世界文学的一部分，对我来说是有独异价值、非凡意义的一部分，它通过地理最终成为我心灵的一部分"。

沈苇在诗里写到了很多他钟爱的中亚抒情诗人，在《叶尔羌》一诗中，他写的是最主要的十二木卡姆套曲作者、乌兹别克斯坦诗人纳瓦依：

> 十六世纪快过去了／天空蓝得像麻扎镶嵌的琉璃／岁月疯长的荆棘逼他写下心平气和的诗／如果诗歌之爱不能唤醒／又一个轰响的春天／他情愿死在叶尔羌一片薄荷的阴影下

在西部，诗歌首先是由游吟诗人（阿肯）传唱的：

> 一碗羊奶中漂浮的月亮起航了／一个马腹里藏着乌孙墓和大毡房／远逝的荷马啊，仍活在放浪的阿肯身上／如果冬不拉开始轻轻地弹唱／不是因为手指的移动，而是风／送来了罂粟的摇曳和草尖的战栗

> ——《哈萨克草原》

相对宏大叙事的古代草原史诗，沈苇更喜欢那些草原上的碎片：短诗，因为它们质朴、亲切、真实而直指人心。草原上的爱情诗，最为清新，最为真挚，最为炽热，关键的一点，它散发着草原健康的气息——忧伤中有阳光的明净，痛苦中带点蜂蜜的甘甜。"这是维吾尔诗歌的共同特点：变忧伤为欢愉，变消沉为乐观，变

否定为肯定。正面的美总在他们的诗中赢得绝对的胜利"，沈苇认为这种诗是"一种地域大跨度带来的混血、杂糅、包容、隐忍的特征，一种悲欣交集、哀而不伤的正午气质。这正是我个人喜欢和追求的"。

在追求这种诗风的过程中，欧马尔的《柔巴依集》起到了最为重要的作用，"欧马尔的现在主义和享乐主义散发着中亚的健康之美，有阳光的热烈和明媚，有肉体的芬芳、温度、迷醉和痛楚"。"感伤的快乐主义"令沈苇十分着迷，是的，"享乐带来了忧伤，忧伤带来了深刻"。1996 年夏天，沈苇写了一首《新柔巴依集》，模仿《柔巴依集》的古典调子，并慎重引进当代性。这组仿作显然也是一种创新。而后来的《金色旅程》则是《新柔巴依集》的续作，由于谨慎，沈苇并没有滥用这种格式，他也许要用一辈子时间去完善他的亦新亦旧的诗体。

正是建立在对多元文明和多元诗学的深刻认识上，"混血的诗"这一概念被沈苇郑重地提了出来，"这基于抒情诗不是一个狭隘的概念而应该有更大包容的考虑，'混血的诗'正是一种杂色、综合、立体的抒情诗，它是我的诗学之梦"。

沈苇诗歌中的个体与他者

个体诗学：肉体与圣灵的交响

肉体和肉体之美是重要的，时光飞逝，人生短暂，享乐主义是成立的。在《少女们开遍了大地》一诗中，沈苇写道："少女们开遍了大地／她们手里的小小暴力，如一只只红石榴／咬开就是爱"，是的，我们必须咬开近在咫尺的美，不然我们会错过人生最美好的东西。在他的《效外》一诗中，我们可以看到这样的句子："而我惊讶于身旁的事物／大地的轻声呼唤停房我的名字／你的乳房，你的腰肢，你的大腿／那令人窒息的美，仿佛初次造就／仿佛初次的河流与山峰，微微颤动"。

沈苇是一个热爱美人与美酒的汉子，他总是喜欢写到美人，不管是汉族美人还是异族美人。《美人》一诗写的是一个"散发着膻腥"的"野生的精灵"，当把她放玫瑰花液里浸泡三次并种植到旷野上，她就散发让人头晕的好闻的芳香："她的美带点毒，容易使人上瘾／但她是柔软无力的，在风暴的争夺中哭泣／一束强光暴徒般进入她身体，使她受孕／她抵抗着，除了美，不拥有别的武器／美是她的面具，她感到痛苦无望的是／她戴着它一辈子都摘不下来"。

有意思的是，诗的最后显现的并不是享乐的狂喜，而是一种伤感和忧郁。沈苇写过这样的话："但诗人在享乐主义中遇见了忧伤——忧伤是闪耀的灯不眠的眼，是透明的美觉醒的痛——他注定要爱上享乐中的苦行。诗人的忧伤气质构成了对享乐主义的最大质疑。"诗人争辩道："我是说过，写作是为了与'美'做爱，但那是难度极大的做爱，也并不是意味着写作就成了一门'美学'。当美成为'美学'之日，正是美离开我们而去之时。"诗人为什么会有忧伤？是因为他们有爱，"爱拯救霎时间。这就是我们通常所说的'火中取栗'。爱增加时光、火和香味。"

在沈苇的正午诗学中，很值得注意的是他所说的"正午的忧伤"："你将忆起一些美，一些温暖／衰老身体上的胎记，姑娘唇边的美人痣／但除了左手和右手的相握／你抓不到另一只手，一起痛哭，消失／你活得不够漫长，所以还在孤零零地燃烧／但风景熄灭，天空渐渐暗淡／灰烬的余温会保佑你的后代／天鹅唱着挽歌，低低的飞翔擦伤了湖面"（《正午的忧伤》）。

而从主要的一方面来说，沈苇是当前诗歌界少有的有理想主义情结的诗人之一。在他的《我理解的诗与诗人》中，他真挚而充满豪情："我想写出这样的诗：它应该包含了宇宙之蜜与尘世之火、天空的上升与大地的沉沦、个体的感动与普遍的战栗、灵的高翔与肉的低吟……它有一个梦想：包含全部的地狱和天堂！这样的诗直接面对阿莱克桑德雷所说的人类基本主题——爱，悲痛，恨和死亡，面对人性中一切原始的本质的事物说话，并且正如罗丹所言：要点是感动，是爱，是希望、战栗、生活……"

沈苇在访谈中提到："诗歌又到了一个苦吟时代，这个时代的写作必须进入十倍的荒凉，重新拾起诸如'灵魂''精神''信仰''牺牲'等字眼，将它们擦洗干净，放到应有的高度和位置上去。"诗歌在他看来是一种苦修，在《金色旅行》中，他写下这样的句子："新的一页，疼痛是未来的经典／是骑手是箭射向无垠的疆

域 / 是苏菲的苦修，刀梯上一个萨满的跋涉 / 是北风的尖锐和太阳的慷慨使金色分娩"。

灵魂的升界书从一开始就植根在沈苇的诗中："太阳对面，世界只剩下清澈和透明 / 谦卑的群山承受光芒的洗礼 / 像领取一次不可多得的圣餐 / 并无嘹亮的颂歌，并无火的沐浴 / 但黑琴鸡的叫声已在幽静的山谷响起"（《神性的正午》）。

沈苇从来没有说他已经到了什么不可及的高度，他只是在途中："通天的路敞开着，但我愿意留在阶梯上 —— 我爱着这悬崖上的日复一日陡峭的攀登。"在沈苇看来，至高的物象正无限依赖于低矮的事物："飞鸟的正午，太阳滚进十个村庄 / 黄塔碧寺，琉璃反光，感恩的颂词 / 来自泥土中的嘴巴。时候到了，启示近了 / 卑微低矮的事物接纳了最高的景象"（《新柔巴依集》）。

他者诗学：历史与现实中的人性关怀

哈萨克文学之父阿拜说："人道是从爱、正义、感觉开始的。它们无处不在，无处不需要。这是造物主的安排。……谁的爱、正义、感觉超越他们，谁就是圣人，是智者。"这也写出沈苇的心声。在沈苇的诗中充满了人道的精神，不是强者对弱者的同情，而是一种感同身受。

在表面的多元混血的深处，沈苇仍然在追求一些单纯和朴素的东西。比如童话和纯粹的爱。在沈苇看来，"童话是保存在世上的最后一点体温"。在《多棱镜中的时间》中，他有这样的句子："只有孩子们不懂得流逝 / 把地球当玩具来玩 / 转动它，又命令它停下 / 有时看一看南极的企鹅 / 有时瞧一瞧非洲的大象"。在《新柔巴依集》中，他写出了面对纯粹之爱的战栗："沉醉的时刻，迷狂的时刻，爱推动 / 众人的车辇，也旋转这孤独的星球 / 从窗口向外看，爱着的人比他自身强大 / 被爱的事物也与往日有所不同 / 我抓住天体的竖琴，

爱的光芒刹那间 / 将我笼罩，使我成为战栗不已的一株！"

真正的爱是对自恋的废黜，沈苇写过："如果我仅仅专注于个人的痛苦，那是一件多么羞耻的事。每一个时代都是现在进行时，也是过去进行时和将来时。——每一个时代都经历着别的时代，别的时代的恶、动荡和不幸。个人，一个加一个的'个人'，无数活生生的有血有肉的'个人'，正是无情时间的食物。面对人的'美味'，以及那种怯懦的退缩性和易碎的暂时性，时间总有一副好胃口。"在时间无情的鞭击下，人是可怜而又可怜的生物："在如此卑微的生活中，我能说些什么 / 最多说我爱我自己 / 但我遭到嘲笑和惩罚 / 以至于每当开口，便仓皇四顾 / 好像自己犯了大罪"（《回忆》）。是的，他没有陷入诗人常见的自恋恶癖中去，而是用爱去敞开自己："勿忘水草有痛，蛤蟆有歌，小丑也有灵魂 / 勿忘一颗体验的心胜过十个昏睡的身"（《勿忘》）。

沈苇说他有多重灵魂，所以可以感受到各种不同的人甚至动物的感受。他说："一个诗人身上必须活着十个或者十个以上的灵魂。为什么我时常感到疼痛？因为他人的苦难也发生我内心，碰一碰，一千张嘴巴在我身上发出呻吟。"

沈苇最感人的创作是关于一些渺小的事物、被遗忘的小地方和一个个低微的被时间折磨着的人。

这种渺小的人和事，可以是一个地图上找不到的小地方：

> 在一个叫滋泥泉子的小地方，我走在落日里 / 一头饮水的毛驴抬头看了看我 / 我与收葵花的农民交谈，抽他们的莫合烟 / 他们高声说着土地和老婆 / 这时，夕阳转过身来，打量 / 红辣椒、黄泥小屋和屋内全部的生活
>
> ——《滋泥泉子》

可以是一只蚂蚁：

　　但是，有谁会注意一只蚂蚁的辛劳／当它活着，不会令任何人愉快／当它死去，没有最简单的葬礼／更不会影响整个宇宙的进程

　　　　　　　　　　——《开都河畔与一只蚂蚁共度一个正午》

可以是几个羞怯的哈萨克少女：

　　青河的哈萨克三姐妹，傍晚时分／推着一车枯柴过河，寒露抓住了裙裾／灵兽般的眼睛闪烁，毡房升起炊烟／正好用来安放她们的羞涩和顺从

　　　　　　　　　　　　　　　　　　——《金色旅行》

可以是被长年的辛劳毁灭的老人：

　　风箱用旧了，像一个老人困难的呼吸／迎向微明的曙光／不是被激情点燃，而是被习惯驱使／农人和他的耕牛走向荒芜的田野／步履迟缓，睡眼惺忪，哈欠一个接一个／灰布衣衫和麻木外表下／骨头已被长年的辛劳扭曲、毁坏

　　　　　　　　　　　　　　　　　　——《清晨的劳作》

　　"我的大半截早已入土"／他自嘲道，好像谈论的不是自己／而是一株植物和它的顺从

　　　　　　　　　　　　　　　　　　　　——《农民》

可以是谦逊的盲歌手：

> 他可能已听到一点天籁／但他谦逊，遵循着万物共鸣的法则／他练习着公鸡、鸽子、百灵、布谷鸟的歌声／时常，他的嗓子像一块磁石卡在它们的喉咙里／从高音区到低音区，如同从故乡到异乡／中间有太多的荒凉地带
>
> 　　　　　　　　　　　　　　　——《盲歌手》

可以是三个捡垃圾的苦命的女人：

> 三个人，每人背一只编织袋／比身体足足大一倍／里面装纸板箱、旧报纸、破皮鞋／几只干瘪的苹果／一小包虫蛀过的大米
>
> 　　　　　　　　　　——《三个捡垃圾的女人》

这种渺小的人和事也可以包括在 20 世纪 50 年代末的大饥荒中的一次短暂的爱情：

> 爱情赞美诗／在人民公社废弃的猪圈／他们蓬头垢面地相爱／在雪花、寒风和一床破棉絮下／他们瑟瑟发抖的爱情／比一只煨熟的土豆更烫
>
> 　　　　　　　　　　——《大饥荒时代的爱情》

这种渺小的人和事也包括那些被遗忘了的伟大：洛维莎·恩娃尔、守墓人和他的女儿、沙漠中执着的植树人。

在《无名修女传》中，诗人凄切地写到这个高贵的无名修女就这样把自己奉献出去：

> 你献出自己，提炼自己，浓缩自己／将自己变成一粒小小的药丸

而边陲的守墓人只是工作着，完成着自己卑微的使命：

> 麻扎上空，一轮圆月超越了寂静／像一块燃烧的白
> 银，熔化在／守墓人和他美丽女儿的身上／这一老一少默
> 默完成工作，默默离去
>
> 　　　　　　　　——《守墓人和他的女儿》

在《沙漠里的西西弗斯》中，诗人写了一个倔老头，一个和大自然抗争而本身也体现为一种自然力的倔老头：

> 我是在绿化一个梦吗／不，不，我只是个倔老头／喜
> 欢和沙漠对着干／但人根本不是对手／这一点我有自知
> 之明

"我是在绿化一个梦吗"？这是每个诗人应该问自己的问题，在沈苇看来，回答应该是肯定的，他坚持认为："乌托邦任何时候都不过时，它说明世界可以是另一个样子，人还有别的活法。乌托邦脱胎于人类的理想之梦。谁没有自己的乌托邦？问题是你爱着哪一个乌托邦。是一个空中楼阁？还是既有根又有翅的那一个？"

沈苇以感人的真诚和勇气，为这个时代留下了一个有根又有翅膀的乌托邦——这就是他的诗歌。

阿九

阿九，原名李绚天，1966年生于安徽广德。浙江大学工程热物理学博士（1992），加拿大不列颠哥伦比亚大学化学工程博士（2002），曾在浙江大学任教。

在《北回归线》《阵地》和《外省》等诗刊发表作品；作品被收入《中国新文学大系·诗卷》《中国先锋诗歌档案》《四海为诗》等20多种诗歌选本，并在《中西诗歌》《当代国际诗坛》等杂志发表译作；著有诗集《兰园学报》，译著有《拉金诗全集》《第二十二次别离》，合译《雷恩诗选》。

主要荣誉：2015年度诗东西翻译奖，2017—2018"后天双年度文化艺术奖"翻译奖。

第 ◆ 六 ◆ 章

神话、国家意识与悲怜：

阿九和他的诗歌

阿九其人

阿九是一个单纯平静的人，他每天似乎比前一天更沉静，他有一双清澈的眼睛，他在陌生人中有点害羞，但在熟人中他似乎也同样害羞。也许那不是害羞，他的交际能力并不差，而只是纯朴，一个十六岁从安徽小地方走出的人，依旧保持着那一块土地的清香。阿九是个认真的人，从做学问到玩游戏和下棋，都很认真。他下军棋喜欢赢，只记得赢了的棋；下围棋的时候，在高手面前也不愿意下让子棋，尽管落后很多，也一定要下完"官子"。

至于学问的高深，我们知道一点，但知之不多，因为他的领域对常人来说，是遥不可及的。一方面，他是工程热物理和化学工程的双博士，在浙江大学拿了一个，在不列颠哥伦比亚大学（UBC）拿了一个。这方面我说不上来，只记得他在浙大时老要去煤矿什么的，像一个现代的烧炭翁。作为一个诗人，这方面的知识好像一直没有用武之地，但最近的一首诗，透出了他对这一行的稔熟：

> 当你扶了一下头灯，准备钻出汽包，
> 却发现你进去时打开的那道门孔已经关闭。
> 这是一百毫米厚的钢板焊成的黑色容器：
> 它强大而垂死，嘲笑一切求生的念头。
>
> 运行车间的对话刚刚完毕，

一股工业水流就涌入这密闭的舱室。

微热的，铁腥味的血顿时从你的口中喷出，

静静地改变着炉水的成分。

这头工业猛兽吼叫着耸起肱二头肌，

把自己的血压升到 120 个大气压，

并用胸中怨恨的火焰

将水烧到足以引发暴乱的温度

——《生命的物证》

　　当然，这诗描述的只是一种煤矿工作的常识，而阿九研究的是先进的清洁燃烧技术。

　　阿九真正爱好的是国际战略、古代语言、传统文化、音乐，当然，还有诗歌。我最早认识阿九是在 1989 年，当时他在研究古巴比伦的楔形文字。后来，他通过浙大图书馆收藏的三十卷的梵英对照本《圣典薄伽瓦谭》来学习梵语。有一天他和我说，他自己归纳出几条梵语的语法了。当然，他后来又弄到了梵语语法书，这样就不用那么费心自己来归纳了。每一种古代语言都让他有学一学的渴望，苦于时间有限，他只好把目光收缩到中国少数民族的语言上。最近一两年来，他研究的主要对象是满文。他对已经过去的 2003 年的回顾里有这样的话："望着书页时间最长的是胡增益的《新满汉大词典》，里面的每一页都让我很着迷。我花了几百小时，从这本书和其他满语相关书籍里收集了 5000 多个满语基本词汇，作为自己学习满语的词汇手册。催眠效果最好的是罗世方的《梵语课本》，我十年前就把它当作对付失眠的良药。去年年底回国时，特意把它从老家带到加拿大，每天临睡时看几页，记几个梵语词，就觉得自己已经很厉害了。"

　　我在 1993 年的《歌唱者的精神素描》中，有一段描写阿九，说他认真得就像那种笨拙而单纯的食蚁兽。这个形象到今天仍然有效。只是，这个描写只关乎他的精神状态，而阿九本人的形象，倒是清瘦俊朗的。

　　阿九曾有过很多名字，比如契丹、女真什么的，但没有一个是紧身的。他的本名是李绚天。他回忆："我爸爸先叫我李巡天，就是'巡天遥看一千河'的意思，取自毛主席的一首诗。后来他觉得那首诗的题目叫《送瘟神》，心里总觉得不踏实，就把我的名字改成李绚天了，就是'阳光灿烂的日子'了。"但是，他的生活并不是都洒满阳光，长期的工科学习和训练使他很少有时间从事他所喜爱的人文阅读、古代语言的研习和诗歌创作。甚至在他成为教师以后，仍然被工作的重压压得喘不过气来，最后身心俱疲。1997 年，很少抱怨的他，在诗歌中发泄着怒气：

> 直到天亮，我还在与夜晚的警察
> 打架。在与他黑暗的精神战斗。
> 我这么累，而且是礼拜天，
> 昏睡手持着他蛮横的棍子
> 将我红润的脸打得如此苍白。
> 他甚至将我的理想打得发青；
> 他甚至对准了我的命根子
> 抽下他牛皮的鞭子。
>
> ——《在教育战线》

　　后来，阿九来到了加拿大，据他说："我来加拿大，主要是为了追随一个传说般的人物，我在这里的导师John Grace博士。"他说他从他的老师身上学到了学问，更学到了做人的道理。来到加拿大不久，多年依附在身体上的疾病竟然都不治而愈了。看来，国内生活和工作的巨大压力是一切的"罪魁祸首"。但阿九从来没有因此而憎恶自己的国家，相反，他一直是一个坚定的民族主义者，或者像他所说的"文化意义上的民族主义者"。捍卫中国的传统和文化，被他视为天职。同时，他成了一名文化基督徒。这对他后来的为人和创作都有深远的影响。他说："我觉得人生需要平淡。有方向，无目标地活着最自由。"他又说："人都是不完美的，所以不可以自认为崇高，自以为正直，自以为善良，因为称量我们的'权'或者砝码不在自己手中。"一种对命运的通透理解以及真正的谦卑，在我看来，正是他的天性与基督信仰水乳交融的结果。

　　生于国内、长于加拿大的大儿子也是这些年来阿九生活的重要组成部分，儿子的出生和每天的成长使他更感到了身上的责任。这个像天使一样淳朴善良的小精灵，也教会了他很多东西。温哥华的调皮松鼠远远躲开大人，但却不会害怕小孩，池水里的野禽也一样。是的，阳光、大海、森林和教师公正的目光使儿子的脸上充满对一切的允诺，那张嘴没有为一个脏词张开，那双手也从不明白它们可以用来打人。当阿九写作《给儿子》的时候，像是在拆开一件他舍不得的礼物：

> 而今天我最爱听的是
> 当我回家故意按下门铃，
> 木质楼梯上飘下你鼓点般的步伐。
>
> 愿你一直拥有这道直勾勾的目光，
> 一双还没学会打人的小手。
> 愿你一直拥有
> 你向我跑来时的那种确信。

月亮的纺车上绕着黎明的线团

　　阿九一直是一个以世界文化为自己家乡的人。他学习古代的语言，也用英语翻译作品，在大学里面，他学了俄语，俄语老师至今与他仿佛亲人一般。最近他想多译一点曼德尔施塔姆的作品，"为了不至于将俄语忘记"。近来，关注文化多样性的阿九不仅译一些主流国家的主流诗人，他还特别关注弱势文化，比如，他译的北美原住民的情歌、爱斯基摩诗歌与故事集都表达了这种关怀。不过，要说阿九对文学的进入，可以说首先还是从神话、英雄史诗和原始宗教入手的。

　　很早的时候，阿九就对古埃及文明（以《阿顿颂诗》《亡灵书》等为代表）、古巴比伦文明（以《吉尔伽美什史诗》为代表）、古印度文明（以《薄伽梵歌》《梨俱吠陀》等为代表）、古希伯来文明（以《旧约》为代表）有极为浓厚的兴趣。阿九曾经有一些笔记本，把很多中文的和译自英文的妙句搜罗爬梳，成为类似诗歌锦囊式的东西。阿九20世纪90年代早期的许多诗在句式上甚至在观念上都和远古的宗教赞美诗和神话言说相近。

　　最近，阿九把他的《水边席坐》和《明歌》修订了，他也修订了著名的《亡灵还乡》。这几首诗都是典型的那个时期的作品。我们特别会感到他受到了古埃及赞美诗的强烈影响。我权且称这个时期为"神话时期"。这个时期的诗是高亢的、嘹亮的、明亮的、英

雄式的。一个超自我的灵魂在歌唱。这不是"我"的歌，那是万物
有灵的自然本身在欢唱。

> 我就是那长子，以重光显耀了地平线
> 并率先闪烁的灵魂。
> 正是我，海水洗净的无花果树，
> 在黑水之上升起白帆，
> 沿着命运不定的风向启程。
>
> 我就是那离去但永不消逝的水手。
> 在你沉重的白金的导引下，
> 我确实看见，夜晚驶过的每个地方
> 都有群星收割你奇异的谷穗。
>
> ——《黎明》

　　《明歌》也是如此，阿九把现实的生活一扔，投入想象的、他
神往的世界中。在那里，"我的歌高于天山，胜过一切晚宴"，在
里面唱歌的仍然是亡灵，一个英雄的亡灵，一个高昂的英雄的精神
之旅：

> 我的欢笑就是猎鹰
> 回到"快乐"之巢，
> 因我亲见它们。
> 那寻找我的，必寻不见；
> 与我只有一条翅膀的距离，
> 却不能看到。
>
> 当黑暗包围了兰花，

智慧也回归了我的四野。

我给了他们登临的杖，并建立了群山。

它们超过了会众的双眼，

除了大海，无人将它度量。

我的心确是刻有铭文的，

确是一切往事的许可者。

我的话仅为深水打开辨认之窗。

我的每个字都是狐鸣，

招来了乌鸦之羽，

像交错的大殿，接合的檐角。

我使一切礼赞在自己手中，

因我剩下的勇气仍可伏虎。

阿九后来自己回忆说："《明歌》是十二年前写的，虽称为'明'，其实是彻底的'黑暗'，是绝望。但它也是对绝望和虚无的反抗，在想象中把自己变为一个从墓穴里走出的新生的亡灵，一个光明之子。"这个解释令人信服。一个素来低调的人为什么在诗歌中这么豪迈呢？显然它们是对日常每时每刻的束缚的猛烈冲决。

可是，经过相当长时间的沉默之后，阿九21世纪以来的作品已经看不到过去的赞歌句式，显得更加温婉了。那个英雄式的亡灵变成了一个谦卑的现代人。为什么会有这种转变呢？那是因为阿九有了基督信仰。

阿九对基督教的接受也是经过一个过程的，"我最早读《圣经》是在1988年，那时是当文学文本来读。我特别喜欢《雅歌》《诗篇》等篇章，并未想到属灵的意义。来加拿大之后，和教会的接触就多了，因为它是这个国家文化的一部分。我的许多朋友都是信基督的。""对个人而言，它是一种信仰，可以锚定人生的价值，让人对未来和死亡不那么恐惧。……对社会而言，基督教倡导的爱为社会带来了温情，让人们在生存斗争之余仍然像兄弟姐妹，这样才可能在危难时分相互关照。"但同时，从基督教的传教和历史来看，它又是让阿九困惑的。阿九说："在宗教领域，基督教是扩张性的，它的后果现在还很难去评价。"

阿九对基督教作用的矛盾心理并不妨碍他对属灵的最高价值的确信，而基督教与儒教的对话和交融的可能性，也隐约浮现在他作品的深处。

2001 年的《在月球过夜》一诗，仍然有着古代史诗的格调，一种行星的飞掠与照耀，在一切之上，有一个非人格化的自然神在主宰着。但是，不再是亡灵与神的相争，也没有了英雄。一个普通而又幻美的人卷起了此刻的尘土，进入作者的回忆，并凝结起这个回忆：

> 事情的幕后坐着一个女子。
> 她刚停下脚步，安抚因行走而卷起的尘土。
> 由于这片刻的宁静，
> 宇宙之光迅速霜结在她的发梢上。
>
> 但她很快从月球消失，
> 而我也说不准，我是否真的见过她。
>
> 要么我只是与她分享过某个黄昏，
> 在月亮上提着一根竹竿放鸭。
> 那五百个喧闹的学童，
> 我和它们有过一个真正的夜晚。

　　在我看来，《再论月亮》是阿九的诗歌从神话意识向宗教意识转变的一个征兆。那是月亮一样的东西，神秘，更倾向内心，它不是鼓励人奔涌的自豪，而是倾向于克制、隐忍，对万物有情世界表达关怀。而英雄的世界，是太阳、高山，对着它们，诗人唱出的是"明歌"。阿九在诗中说："此前我一直与云杉为伍，我的本意是想／藉着月光看清我的身体。"月光，最柔软的光线，填满和充实了一颗纯朴而敏感的心。一种由月光带来的宗教和思乡的双重情绪在作品中展开：

> 它来自地球，一个谦卑的方向。
> 朝着它，我用甜蜜的心为一个国家祷告，
> 愿她的大河流得比别人更加长久。
>
> ……
> 当我寻找，
> 一道强光穿过了我的书房，
> 让我在天使的话语上抓住他的翅膀。
>
> 但我不是天使那样卓越的事物，
> 我的本体乃是尘土，
> 我相信月亮的纺车上绕着黎明的线团。
> 当我飞行，
> 我惊叹自己对天空的展开和发扬。

阿九诗歌中的国家意识

阿九说："我是文化意义上的民族主义者。我觉得自己不应该远离中国精神，所以我打算进一步去认识中国精神，并防止自己片面地将其他文明的精神作为自己的精神背景。"记得过去有一阵他对俄国的民族主义者日里诺夫斯基表示了强烈关注和担忧（比如1997年的《歌声》就是关于他的），但近来，他更多地认同精神和文化意义上的民族主义。他看得最多是孟子的书。2003年，阿九"'抄袭'得最多的是《孟子》；我一边读它一边'写'了一本书，我给它起了个书名叫《孟子摘抄》，然后对着自己一阵傻笑"。

在阿九看来，中国精神包括许多方面："比如：内圣外王，修身齐家治国平天下的儒家理想；天人合一的人生境界；'舜，人也；我，亦人也'的平等观念；墨家的兼爱天下的情怀；墨子的'非攻'和平主义，孟子对'以燕伐燕'的非正义战争的抨击，还有孙子'不战而屈人之兵'的完美主义战争观；那种敢于提出'舜仁乎？'的怀疑勇气和天问式的追问精神；'民之所欲，天必从之'和'天之生民，非为君也；天之立君，以为民也'的原始的主权在民观念。在UBC亚洲研究所的门边，有五块石头，上面分别刻着'仁、义、礼、智、信'这五个字，这也是中国精神的一种表达。此外，那种'天行健，君子以自强不息'的自我期许，也是中国精神的一个元素，它让中华民族在低谷时也不至于完全沉沦。佛教的本土化和禅宗的兴起又为中国精神提供了另一个维度。当然，还有'中国'二字里所浸淫的文化自豪感……总之，中国精神非常多面，就跟俄国人研究俄罗斯思想时所感受的那样，它里面既有和谐统一，又有着内在的冲突。作为一种精神，它已经沉潜到了我们民族良知的深度。中华民族的复兴在很大程度上取决于中国精神的复兴。"可以说，阿九把中国文化中最好的东西都萃取出来了。尽管他知道在没有现代法治基础上的道德乌托邦是多么可怕，但他仍然首先反击普遍的文化虚无主义和文化自卑感。

我记得刚认识阿九的时候，他就在精读《诗经》，他特别让我注意其中一直被忽视的《颂》。经过对希腊、埃及、两河流域、希伯来、印度、波斯等古代文明的研习，他又回到了中国历史的源头，从中找到作为一个中国人的信心的源泉。他的《颍河故事》《射手》《国母本纪》都是这样的努力，正是在这些诗中阿九重新确立了自己，找到了自己，找到了在失落的集体无意识中的真正自我。

《颍河故事》以赫拉克利特的"我们踏进又踏不进同一条河，我们存在又不存在"作为诗的引子。这是关于尧帝时代的诗，尽管我们不能肯定尧舜时代的那些传说，但仅仅从能够出现这些传说本身来看，就证明了中国文化的早熟和发达。阿九说："这首诗表达了对中国文化的自信：尧已经够伟大了，但是他治下的一位青年却比他的境界还要高。许由已经够清高了，但他附近的一个牧童比他还要清高。"在客观的叙事背后，站着一位深具国家意识的诗人：

尧到了牙齿退休的年龄，

就想辞去一切职务，把国家交给许由。

但那个青年却匪夷所思地转身就走，
到颍河岸边亲自耕种，建造茅庐。

尧涉过同一条河水再来，请他出山的时候，
他已爱上了一个女孩，她的一垄桑树。

尧那政治正确的河北口音让他特别恶心，
他几乎是一路狂奔，到河边冲洗耳朵。

颍河正好流过许由耳翼的时候，
牧童巢父刚到河上，饮他心爱的小牛。

"不息的小河，你为何只照顾他的清誉，
却弄脏了我的小牛的嘴巴？

既然你也深爱这不醒的旷野，
何不停留一夜，与我交换意见和叹息？"

他拉着渴得要死的小牛，走到河的上游，
而将裤脚滴水的许由交给清风照料。

如果说《国母本纪》体现了对历史的故意的轻信，那么《良史》则体现了中国历史复杂的一面，良史是难的，往往要付出血的代价，"在一个焚书的行省里／一本越是精彩的书／越容易失传或被烧掉"。他没有回避那种压倒性的专制主义，但他赞誉在这种压制下依然保持的良心——一种德行和良知来自内心，不能以时势为搪塞。这种德行是比制度和历史语境更基本的东西：

而且良史写下来的话

往往不是人话。

因为在刀刃面前，是人的话就会转弯，

而良史走过之后，

我们看到的是一根折断的箭杆。

良史更不是一个巨人的挥手。

因为后者既无法挽留，

也不能使饿死的灵魂更生。

但良史可食，并且多钙。

那良史的良，

与两个永远最贫贱的词语同根：

一个是粮食，一个是良知。

而在阿九近年来最好的、最有深度的作品之一《辅音风暴》中，他深刻地思考了"道德乌托邦"的内在困境。阿九后来在一次访谈中说："道德乌托邦的破灭总会是一个很大的困扰。道（超越者）、身（自己）、人（人类、他人）之间的三角关系值得玩味。除了以道殉身、以身殉道之外，还有两种可能。孟子质问'以道殉人'，但更应受到质问的是'以人殉道'。前者是让道去迎合人性的软弱，而后者则是强迫所有软弱的人都达到道的高标准。前者也许是享乐主义，而后者则是易于瓦解的道德乌托邦。二者都值得反省：前者要去批判，但后者给人类造成的创伤更大，因而更需要痛悔。"所以，阿九一方面知道中国古代的道德学说在一定程度上仍然是中国文化的支柱，但"道德理想主义"如果没有制度层面的制约，必然会导致专制主义甚嚣尘上。积贫积弱的悲惨的物质状况、外敌的欺凌，再加上唯道德主义的思想禁锢，中国的近代历史陷入屈辱的泥潭中。

阿九在《辅音风暴》中假定了这么一个行星：

> 有这样一个行星，在他们的语言里，
> 元音在度假，辅音在劬劳；
> 在他们的诗歌和电影中，
> 元音在歌唱，辅音在思考。
> 于是，那些不准发出声音的声音
> 只能在沉默中劳作，在无声中表达。

这是人类曾经如此熟稔的生活：

> 根据当地的法律，
> 五个以上辅音聚会就是非法。
> 一项宪法修正案还规定，
> 所有元音的手中，握着辅音的选票，
> 作为交换，所有元音的口粮
> 都由辅音供应。
> 由于宪法规定了如此神圣的平等，
> 凡是操这种语言的国家
> 都享受着惊人的安定。

> 但真正惊人的是，
> 这个遥远、神奇而浪漫的国家
> 却从未记载过爱情。
> 由年长的元音组成的议会裁定，
> 情人间的耳语是对他们的蔑视。

> 这个国家所有的法庭都已经倒塌
>
> 或者亟待修葺，
>
> 因为既然元音可以随意教育
>
> 犯了罪的辅音，
>
> 而元音本身又不可能犯罪，
>
> 法庭只能是一种昂贵的摆设。

　　元音们（统治阶层）控制了媒体，控制了艺术，控制了物资，法庭成了摆设（"元音本身又不可能犯罪"）。这里没有爱情，"由年长的元音组成的议会裁定，/情人间的耳语是对他们的蔑视"。普罗大众听天由命地接受统治，他们劳作着，在死气沉沉中消磨着自己。但独裁的元音们却并没有一个安生的日子：

> 元音们休假的时间虽然很长，
>
> 但从来却不能入睡。
>
> 尽管那里的犯罪率跌到冰点以下，
>
> 元音们健康恶化的原因
>
> 却一律填着"恐惧"。

> 一天，辅音们终于体力不支，
>
> 全都栽倒在机器和公牛身边。
>
> 顿时，城市里除了歌声
>
> 没有任何声响，
>
> 连死神都不敢追忆当天的寒冷。

> 尽管所有无力起床的辅音
>
> 都在有据可查地服药，

元音们还是陷入了末日般的惶恐，
甚至气象台也参加了一场预言：
今天晚上到明天，
有一场辅音风暴。

阿九在诗中预言了将有一场"辅音风暴"，但一种真正的现代良序社会不是靠这种方式来解决矛盾的。专制主义者总是要求被统治者具有很高的德行，但这是一种"易于瓦解的道德乌托邦"。我们要了解人性本身的脆弱，而不能对人有过高的德行要求。现代的都市充满贪婪和欲望，但我们不能吁求上天来毁灭它，也不能"强迫所有软弱的人都达到道的高标准"，我们只能怀着一点关爱，照亮自己和几个身边的人。

《辅音风暴》是一首杰出的诗，它带着阿九诗中少有的调侃和讽刺的口吻，构思巧妙、立意深远，让人击节赞叹。就我的阅读经验而言，在辛波斯卡的《乌托邦》之后，这是最让我陷入沉思的诗，它在社会的诸多方面都给人启迪。

阿九抒情诗歌中的灵魂学说

在阿九早期的诗里面，灵肉二元论是在文化的意义上展开的。《明歌》《亡灵还乡》里面都有一个灵魂，一个英雄的灵魂，他们不屈、他们抗争、他们高歌不已，确实，他们死了，可是比活着的时候更强大、更自信，也好像更乐观（至少是没有任何悲观）：

当我死的时候，
一切都相会在黎明。
该有一场小雨
替人们流下泪水，
要是他们不能亲自为我伤心。

如果不是这样，应该有别样的路
引我踏向死亡的门槛。
该有一队斑头雁
与我一同离去。
该有一只海碗盛满我的血，
这流干了的血，
该有一种声音促使它凝固。

——《亡灵还乡》

这样的灵魂——他们相信会在轮回中重新找到自己肉体，灵与肉会重新合一，在时间的尽头重获新生。显然这是古代诗人的生命诉求，代表了可敬的文明儿童的乐观和憧憬。20 世纪 90 年代初，当阿九运用这些灵肉二分元素来构筑自己的诗篇时，主要是想用古代诗人们高昂的想象来抗衡无所不在的生活的黑暗，这些英雄的亡灵成了他的意志的避难所，他躲在这些英勇无畏的亡灵的面具之后。

进入 21 世纪以来，阿九的诗从形式到内容，都有了实质的变化。他更多地涉足现代诗的领域，面对更多日常的和个体的处境。这些诗来得更加真诚，诗人卸下了面具，他直面自己，和别的现代人一样，寻找一颗迷失的心。而这是亦新亦旧的思想。在阿九看来，孟子就给出了一贴良药。阿九说："孟子说，'学问之道无他，求其放心而已矣！'意思是说，做学问的指归就是寻找那颗迷失的心。如果能把自己的那颗自我放逐的、孟浪的、无家可归的'放心'收回来，就会使自己变得更单纯，更平安。"做学问是如此，写诗也是如此。

在《寻找灵魂》一诗中，阿九突然像荒诞剧中的人物一样，找不到自己的灵魂了：

> 今天晚上，我的灵魂像一片纸
> 掉在灯火通明的大街上丢了。
> 我看见许多兜售灵魂的人站在路边，
> 我肯定就是他们将它捡走。
>
> 我的处境立即有别于一般的麻烦：
> 因为由于伤心和痛悔，我

也丢了，所以无法亲自将它找回，

因为一个丢了的人是不能寻找他的失物的，

否则他们可能真的从此一起丢掉。

而"仅仅在此时，我才真的发现灵魂/原来正是我自己，我们如此不可分开/就像一根螺栓和它的螺母"。他到处寻找，向辛苦的蜗牛打听，沿着大街找，还是没有找到：

这个夜晚，我没花太多的力气

就找回了一些异常沉重的事物，

但我的灵魂还是丢了。

我的心情非常、非常沉重，

但如果有谁看到了一种事物

比它的重量还要沉重，请一定要告诉我，

因为那肯定就是我的灵魂。

《告别灵魂》好像应该叫《灵魂告别》，这次灵肉的分离不是灵魂像一张纸一样被吹走，而是它以一双央求的眼睛要求离开：

有一天，我的灵魂对我说，

她想出门一趟，看看亲人朋友。

我无法拒绝一双央求的眼睛，

就买了一张车票，清早送她上路。

我目送她乘的车子

一颠一颠地远去，

车尾巴不时冒出加速时的浓烟。

和那个走失的灵魂一样，这个灵魂也不是英雄的亡灵。它们都普普通通，在普普通通的罪和死中向往自己的源头和故乡：

和我一样，我的灵魂也来自
一个安徽的小村庄，
这说明，再卑贱的灵魂，
也会有一个故乡，
一个月亮的根据地。
我跟我的灵魂简直亲得要命。
我们谈心的时候，她亲口告诉我，
尽管犯了死罪，
她还是选择了生活。

没有灵魂的日子，
其实也非常快乐。
但几天之后，她留下的一张纸条
却让我一直惦记：
"我也许不回来了，
我也许并不知道要去哪里。"

　　诗歌写得松弛而平静，灵魂像一个平凡的人一样走了，灵和肉没有意想中的那么泾渭分明，也没有激烈的冲突，走了就和回来一样平常。快乐和怅惘都是家常的，一切那么放松。一个宽怀的诗人，一个平静的诗人，他的影影绰绰的面庞顺着诗行向远方漾去。这是谦卑者的歌曲，他们迷茫，而"迷茫正是走失者的眼神。作为迷路者，我们只好谦卑下来"。

爱 的 音 乐

　　阿九越来越感到和音乐的亲近。他说："音乐对内心世界太重要了，它兼有印象和表达两种功能。在听音乐时心中的共鸣，有时伴随的那种全身震颤的电击感，让人觉得自己就是一把小提琴，一架钢琴，一个乐符。"听音乐的时候，他很脆弱，他说："比如马头琴。有一次听央视播出的蒙古牧民、马头琴与骆驼，一下就听哭了。"在有限的时间里，他想多听一点宗教音乐，不仅听，还自己把剧本译出来，企求深入地、全面地了解。2003 年，他译了不少巴赫和别的巴洛克时期作曲家的宗教剧的剧本："音乐文献方面，包括巴赫《马太受难曲》剧本和亨德尔《弥赛亚》剧本，这主要是基于它们恒久的资料价值。《马太受难曲》里除了经文外，还有一半篇幅左右的歌词是原作者的手笔，而《弥赛亚》的剧本则是经文的摘录和组合，因此不算翻译，只能说是找出相应的经文，并做些必要的衔接。此外还有谢博的《为德意志歌剧申呼告》一文。计划进行的音乐文本翻译有巴赫的《约翰受难曲》剧本。"

　　说阿九的诗歌是一种爱的音乐，这有几方面的意思。一个是阿九诗歌的音乐性，他的作品越来越洗练。另一个则是宗教的关怀已经深入他的内心，他的诗歌呈现越来越显著的怜悯意味。

　　《秃鹰》一诗是很有意思的，这是一个孤独个体的沉思，也是一个孤独个体的陨落。一个强悍的生命与一种怆然的悲悯猛然相遇：

>　在斯阔米什，在飞禽出没的河湾
>　看一只秃鹰。
>　它坐在一个日光下的树根上，
>　先知一样地举头沉默。
>
>　在岸上，在一个举起的镜头里
>　看它缓慢地回头，
>　扫视着我的内心世界，
>　并坚持它的沉默。
>
>　它的目光缓缓扫来，又轻轻擦过，
>　当我坐在一块黑色的花岗岩上，
>　像另一只秃鹰，
>　以沉思回答对岸的沉思。
>
>　这时，它突然展翅高飞，
>　它在我开始构思一首天空的诗歌时，
>　用比花针落地还小的声音
>　将我抛入渊深的怜悯。

　　阿九近来的诗歌的指归，如他自己所说："就是一个'爱'字，在人类意义上的博爱，对他人的同情和理解。这些会让人接受与自己不同的东西。人每多活一天，就应该多爱一个人，多关心一个人。"他还说过："能够奉行爱，做一个简单而朴素的人，这就是我的终极目标。我最大的抱负就是活得像个邻居。我的朋友中许多人也天性纯朴隐逸，和他们在一起，比去为扬名立万而挣扎要踏实得多。"

　　美与善并辔而行，他所看到的普通的一切都生机盎然，当然，其中就有那个"一朵兰花改写出来的女子"：

> 她穿过黎明和湿气，像天上派来的鸽子
> 猜出了雨后的橄榄枝怀有多少心愿。
>
> 但她要戴上一块凋谢的头巾想你，
> 这个念头让她落入一面主妇手中的银镜。
>
> 从那以后，就是面对晾晒衣服的竹竿，
> 她的手也会因一场热病而毫无主见。
>
> 那是你整装出行的一个三月的早上，
> 她和鱼群一起开始在你的一生里潜行。
>
> 她是两个村庄间一座好客的小桥，
> 送别的时候，她深信一段小路。
>
> 她是一朵兰花改写出来的女子，
> 她还要去做一朵兰花，在田野清唱。
>
> ——《十年所思》

　　还有那个野鸭群的"母亲"和那个"也许只是一个叔叔"的"父亲"：

> 码头上，渡轮的发动机惊起了一群鸭子。

在用翅膀把海湾分成
赞成或反对肉体上升的两半后，
它们决定留在原来的水边。

一只，两只，一共十六只。
每次看到它们，都不多不少，
像天使的数量保持着恒定。
最前面的是母亲，
湛蓝的大海使她多产而宁静。
紧跟着是她快乐而喧闹的儿女，
渊深的大海刚好淹过它们小小的脚丫。

最后的一只一直沉默
并且几乎掉队。
但当他努力靠近小鸭们的时候，
他的眼光和嘴巴在不住地游移，
它的身体也健壮得
足以保卫这个小小的舰队。

他大概就是那位尽职的父亲，
大海最坚实的一极，
但也许只是一个叔叔。

——《渡口》

在最近创作的《方便河》中，我们听到了那来自水流，来自阿九童年的至美的音乐。水流流去，静静地漫过，从家乡的小桥到遥远世界的河畔。这些透明的水滴，这种无以为名的芳香，不是阿九

最向往的吗？而对卑微之物的小小关怀和悲怜就在这芳香的小小水
滴中闪耀：

> 沿着方便河行走，
>
> 与它一起去做
>
> 一道没有方向的水流。
>
> 与它一同出征，
>
> 平静地漫过
>
> 一个芦苇放香的对岸。
>
> 与它沙沙作响的旅途
>
> 一起被人追赶。
>
> 1972年，我从桥上掉下去，
>
> 小河却把我
>
> 还给了我的祖母。
>
> 三年之后，小河发了大水，
>
> 淹没了左岸。
>
> 我用一根竹竿
>
> 捞起了一个南瓜，
>
> 一头不知谁家的小猪。
>
> 轻轻地流吧，方便河，
>
> 像你的英格兰兄弟，
>
> 彭斯的阿夫顿河那样
>
> 甜蜜地避开
>
> 每一叶汹涌的历史。

住在一块天青石的跳板上，
像它的春天一样滴水。
像一条小河那样
关心最卑微的事物，
保持一种无法命名的芳香。

第 七 章

从月亮到故乡：

///

阿九诗歌中的乡愁

月亮，月亮

月亮是阿九最远又最近的故乡。他写了一系列以月亮和月球为题材的诗歌：《在月球过夜》（2001）、《告别灵魂》（2001）、《再论月亮》（2001）、《低陆平原的月亮》（2009）等。

在阿九以前，已经有许多作家派他的主人公到了那里。比如古罗马的琉善在《真实的历史》中，描述了一道旋风把一艘海上的帆船卷上月亮，他描述的月球人是骑在羽毛丰茂的三个脑袋的秃鹰身上的。琉善另一部作品的主人公是给自己绑上老鹰的翅膀飞上去的，他飞了三天，终于飞上了这个可以俯视人类罪行的制高点。波斯的菲尔多西在《列王纪》中，称"月亮是一盏照彻夜空的明灯，你应避免一切不义的罪行"。在意大利阿里奥斯托的《疯狂的罗兰》中，一个主人公是被四匹"比火光更红"的骏马送上月亮的。16世纪的戈德温主教的故事《论月球之旅》的主人公是不知不觉中跟着候鸟上去的。17世纪法国作家贝热拉克（就是那个大鼻子情圣）作品的主人公是依靠喷射烟火的机器向月球进发的。后来的设想还有很多：用弹射器啦，乘着一片全是冰雹的云啦，驾着一片圣女的光团啦，开着由优秀的木匠、花匠和泥瓦匠制造的宇宙飞船啦……美国作家爱伦·坡在《汉斯·普法尔的非凡历险记》中，让他的主人公乘坐热气球前往月球，这可是最缺乏想象力的一种方法了，因为现实生活中已经有了这种空中运输方式。

　　阿九并没有说他怎么来到了月亮上，反正他已经在上面过夜了："唱一首唱旧的歌，在月球上过夜。/我抬起前额为它起头，/看一颗行星鼓足勇气孤独地照耀。//它不加区分地飞越每个峡谷和山头，/照亮这个我正坐在上面的夜晚"（《在月球过夜》）。这是良善的月亮，读到这里，我又想起了琏善和菲尔多西，他们仍然和阿九坐在一起俯瞰人类："那就是我的地球，一颗奋锐而善跑的行星，/当好战还是一种美德时，/我的族人就定居在那里。//它一生在迁徙中度过，/它记忆中最猛的仇人是石阶、云塔和城墙，/那里，它失去了最初的蔚蓝色"（《在月球过夜》）。一方面，地球这一行星如果在人类的事务中滞留下来，就会失去它本性的蔚蓝；另一方面，如果它随一个女人的步伐而驻足片刻，则会使它片刻结晶："事情的幕后坐着一个女子。/她刚停下脚步，安抚因行走而卷起的尘土。/由于这片刻的宁静，/宇宙之光迅速霜结在她的发梢上。//但她很快从月球消失，/而我也说不准，我是否真的见过她。//要么我只是与她分享过某个黄昏，/在月亮上提着一根竹竿放鸭——/那五百个喧闹的学童，/我和它们有过一个真正的夜晚"（《在月球过夜》）。在这里，爱情和童年在一个童话中相遇了。

　　《再论月亮》和他所有写月亮的诗一样，是比较难以阐释的。阿九在生活中是一个偏于谨慎和内敛的人，但这首诗恰恰体现了阿九内心比较恣意和狂放的一面：

　　　　谈起月亮，我在人群之中顿显飘逸和清高。/月球上
　　住着最近的天使，/他们肯定又否定着自己的使命。

　　　　我在雪花初放的冬日踏上月亮的旅程，/撞毁在这个
　　天体伤心的一面。

　　此前我一直与云杉为伍，我的本意是想 / 藉着月光看清我的身体。/ 我说了一生的这种语言是乏力的，/ 它甚至不能拉回一根最柔软的光线。

　　它来自地球，一个谦卑的方向。/ 朝着它，我用甜蜜的心为一个国家祷告，/ 愿她的大河流得比别人更加长久。

　　我感谢那段颠倒黑白的日子。/ 当我寻找，一道强光穿过了我的书房，/ 让我在天使的话语上抓住他的翅膀。

　　但我不是天使那样卓越的事物，/ 我的本体乃是尘土。/ 我相信月亮的纺车上绕着黎明的线团。/ 当我飞行，/ 我惊叹自己对天空的展开和发扬。

　　作为一个科学家，阿九一直工作在一个比较严谨刻板的生活节奏中，但"月亮"作为一个远方的形象，是他的诗人心灵可慰藉的地方，所以，谈起月亮，他就飘逸起来，就离开了惯常的生活而显出某种"清高"（日常的清高更像一种云杉的清高，而月亮上的清高似乎是一种类天使的清高）。一个个夜晚，颠倒黑白的日子，月亮来访；一个个夜晚，他访问月亮，让他"在天使的话语上抓住他的翅膀"，月亮上的天使一半明亮一半黑暗，在肯定又否定自己，诗人不是天使但有时又像是天使，诗便是一种贫乏又带着天使翅羽的创造，在诗的创造中有一种飞行的感觉。在我的理解中，阿九似乎是在说诗意的创造就像是向月亮的飞行，人们在狂迷中的创造往往是出乎自己预料的："当我飞行，/ 我惊叹自己对天空的展开和发扬。"

　　月亮虽然很遥远，但对于一个游子，有时它是唯一一个他可以目击的故乡，他够得到它，他可以把肩膀靠到它的身上。他已经一次次表达他的心迹："朝着它，我用甜蜜的心为一个国家祷告，／愿她的大河流得比别人更加长久。"这是一个"月亮的根据地"，他的灵魂住在上面，他们可以彻夜谈心，他和月亮的灵魂成了对跖者：

　　　和我一样，我的灵魂也来自
　　　一个安徽的小村庄。
　　　这说明，再卑贱的灵魂
　　　也会有一个故乡，
　　　一个月亮的根据地。
　　　我跟我的灵魂简直亲得要命。
　　　我们谈心的时候，她亲口告诉我，
　　　尽管犯了死罪，
　　　她还是选择了生活。

故乡，故乡

安徽是诗人阿九的故乡，他曾长期生活在广德和芜湖等地。对阿九来说，故乡首先是那些流过去的河流。广德和芜湖都是真正的水乡，长江下游南岸的这两个城市河网密布，盛产鸭子，也多发水患。关于鸭子，在前面已经分析过的《在月球过夜》这首诗里，有这样的诗句："在月亮上提着一根竹竿放鸭。/那五百个喧闹的学童，/我和它们有过一个真正的夜晚。"虽然诗歌的场景在最远的月亮，可是现实的场景却来自最深处的童年记忆：安徽广德邱村镇下寺行政村方便自然村（当时还是下寺公社方便大队，现已拆并）。

至于芜湖，1876 年，中英签订的《烟台条约》将芜湖与宜昌、温州、北海四处辟为通商口岸，给这个城市带来了畸形发展的同时，法英美等国传教士纷至沓来，让芜湖成为基督教在安徽创办最早、流派最多的地区。1901 辛丑牛年最牛气的是洪水，芜湖城乡可望之地除了一个圩堤尽入水中。在一张传教士留下的老照片里，我们看到，连来自西方的高贵女士也只能屈就于腰子盆中。而国人死于窒息、饥饿和鼠疫者不计其数。1931 年辛未羊年，洪水更甚于 30 年前，尸体沿江顺流而下，凄惨无比。还有 1954 年、1991 年、1998 年、2020 年都发生了特大洪水。

而阿九的爷爷死于 1960 年，和他的死接踵而来的是一场平凡的大水："爷爷的一生平凡得无以复加。/因为没有任何事情/值得开怀一笑，/他齐胸的长髯只能用来等候/在外读书的儿子的消息。//那一天终于来了。/当时，他正在江埂上挑沙袋，/一阵晕眩竟从他空荡荡的胃里/猛烈地涌上头顶。/长江只花了两个女人的泪水/就将一条人命带走。//他下葬于1960年/流经芜湖的一场大水。/他的悼词因为无墙可贴，/只能写在一张碾得很薄的心里"（《心的纸草》）。

真正支撑起家庭的是女人们，确切地说是阿九那硬朗的奶奶和漂亮的母亲，在他的诗《两个女人的配方》里有详细的陈述："奶奶在一亩地上/生了九个儿女，养活了其中的六个。/一生的劳作给了她硬朗的身板，/让她在76岁那年，硬是在公社简陋的卫生院里/神奇地挺过了一场中风。//母亲年轻的时候很漂亮，可惜生在了/一个成分不好的家庭。/她童年最大的秘密是，/她的父亲有个当过国军军官的兄长。/外公被开除公职之后黯然回家，/靠读医书打发时间，居然成了乡间的名医。/在死于肺病之前，/他在水煎中药那种特殊的气味中/治愈了自己的一生。//她们也会为鸡毛和蒜皮争执，也会红脸，/像两个典型的女人那样，/让夹在中间的父亲里外都不是人。/直到有一天，奶奶决定回江北老家，理由是/她怕看到横山岭的那根烟囱，/她想把自己埋在老家的楝子树下。//但她们很快就原谅了彼此，/并在对方的身上看到了自己的形象——/她们都用最纯正的配方/养大了自己的儿女：/一半是奶水，一半是希望。"

这是最质朴的歌，故乡之歌。阿九是在荒年中长大的，也是在希望那稀薄的奶水中成长起来的。在《再论故乡》一诗中，阿九发出这样的感慨："如果你在一首歌里/藏入自己的童年，就能在鼓点中/听见天国的打桩声。//那是一个没有纪年的生命/在庆祝自己的心跳。/那是一个被斩断的昨天/在用体液修复着自己。//故乡是一场饥馑。/它断层般的引力带着深渊的蓝色。/那里有父亲、母亲，/还有你丢失的乳名，而这空杯里的/旱情，甚于最深的荒年"。这是一个流浪者发出的感慨。

十六岁以后，阿九离自己的故乡越来越远，父亲、母亲、兄弟和姐妹，还有自己的乳名……都远去了。童年像一只小公鸡的头被斩断，但似乎又在每个旭日的红光中复活，阿九在诗歌和梦中努力保持着童年的湿度。水乡的旱情往往会伴随大涝而来，而阿九心中的旱情往往会伴随着离乡的遥远而更显焦灼。

2006 年，四十岁的阿九回到小时候曾暂居过的方便村：

> 四十岁那年，我穿着一件棉衬衫 / 回到了方便村。/ 我童年的河水还在；一张打鱼的网 / 兀自张开晒着太阳，/ 而我们像一群特务 / 站在村头张望，/ 完全忘记了自己的使命。/ 我们奇怪的举动招来了 / 困惑的村民：老人，小孩和狗。/ 每一双亮亮的眼睛里 / 都充满了眼屎和好奇。

> 这就是故乡。它的每一寸泥土 / 都在绕着圈子打量着我们，/ 像是要攻下几个冷僻的灯谜。/ "恐怕是下放学生 / 回来看看。"母亲和我相视一笑，/ 并不急于揭开谜底。

> "你是哪个？"一个小男孩 / 忍不住跑过来问我的身份，/ 又快跑回去。"我家原来就住在 / 这个小学的大院里。"/ "我们这里从来没有小学。"/ 小朋友一个"从来"立刻令我语塞。/ 而两手空空的我 / 更不知道自己是谁，为什么站在那里。

> 那时，一路上冒着浓烟的太阳 / 已变成温和的西晒。/ 风吹过母亲的白发，/ 废弃的公路上传来一阵往日的喧闹——/ 一个新娘子 / 和迎接她的队伍。/ 一场敲锣打鼓的爱情。

　　这首充分体现诗人阿九幽默才能的诗歌名为《四十岁回故乡在村头张望》，看作者的标注却是在那次旅行之后十年写的，那个童年的小学不在了，那个曾在这小学里的大院没有了，但它的气息还在，它的纯朴还在：在老人、孩子和狗那里，在一双双"充满了眼屎和好奇"的亮晶晶的眼睛里。当然，在阿九母亲的白发和夕阳之外，故乡粗野的喧闹和爱情也还在。但是，那些河一定也还在，那河——像兀自张开的渔网似的众多的河流一定还在，它们是长江的子嗣、故乡的生命，它们从阿九的童年流过来，呼唤着他的乳名，又穿过他的身体，流向远方。在想象和诗歌的月亮上，500只鸭子和学童们仍然会混在一起不分彼此，仍然会不分彼此地纷纷下到水里。

　　《四十岁回故乡在村头张望》一诗的创作灵感来自2006年阿九的回国探亲。那次探亲他和亲人们一起来到了当年的方便村，试图找回失落了三十二年的童年。那一次，阿九和至亲们一起看到了这样的情景："亭子山、方便河（玉溪）还都在原处。令我们吃惊的是，村子的规模比三十年前还缩小了，人口减少，房屋破败。青壮年都进城打工去了，剩下留守的老人、妇女和儿童。似乎三十多年来，村里唯一的基本建设就是村头多了一间六平方米的观音庙。看到那个景象让妈妈很伤感。我和弟弟却非常激动：我们终于找到了梦中的童年故乡；她甚至比我们离开时更加破败，可是我们爱她。"

　　《琴语》一诗即来自童年在方便村的记忆：

　　　　那一年冬天，村里来了个讨饭的瞎子。

　　　　他在仓库一个朝阳的墙角坐下，

　　　　用一把胡琴，一块松香

　　　　拉出了自己荒芜而悬疑的身世。

村里的人都能根据琴声的语调
逐字听出整个句子。
但我只记得故事的第一行：
"胡琴，你在干什么？""我在要饭。"

路上行走的人都在他的跟前停下，
他们的影子也像琴声一样折叠在墙上。
许多人把钱放在他的草帽里。

那个平时话就不多的寡妇屈身投了两个钱。
第一个掉在帽子里还能听见，
第二个根本就没有发出一点声响。

　　关于这首诗，阿九自己有了非常好的解释："《琴语》是关于声音的记忆。'瞎子'这个主人公本身就隐含了色彩和空间的失缺，只有断续的声音是诗的主线。然而到了最后，以寡妇的两个硬币结束，最后连一点声音也没有了。这时，整个场面上既没有颜色，也没有方向，也没有声音，成为对死亡的一种隐喻。……在现实中，穷人之间的相互怜悯比富人的礼尚往来要动人得多，尽管谁也改变不了谁的命运。那时候，我父母从安徽广德县城下乡支援办学，住在下寺公社方便村。村里不光有寡妇，也有鳏夫，有健在老人的子女陈列在堂屋里的棺材，有夜晚的喊魂声，用步枪打鬼的声音。这些都是童年记忆里无法湮灭的部分。"

　　在这首诗里，我们可以听到多重的声音：个人记忆的声音、民族古老的哀叹和现实生活的回声。在诗人的记忆中，这个方便村在 20 世纪 70 年代前后还是一个寡妇、鳏夫、老人和鬼魂混居的村子，活像胡安·鲁尔福笔下的科马拉村或加西亚·马尔克斯笔下的马孔多村。寡妇的两个硬币让最后的声音也哽噎住了，世界宛然变得又瞎又哑，暴露了真实世界脆弱无助的部分，但也让人性的夕辉在纯朴寡妇的屈身动作中彰显出来。

《琴语》是阿九写得最好的诗歌之一。可惜他同类型的作品还比较少，也许他希望这些刻骨铭心的记忆再窖藏一些时间，直至琥珀、泪水和蜜糖能够全然化为一体。

回归，回归

诗人阿九当然是一个充满乡愁的灵魂，就像奥德修斯或埃涅阿斯一样，他许多年一直处于流浪的状态。在他写于 2001 年的《故乡》中，充满了无家可归的失落感：

> 我常在蓝天碧水边，
> 做一个回家的人。
> 无论走到哪里，我都来自外省。
> 没有一寸月光收我做她的儿子，
> 没有一间屋宇
> 情愿当我的故乡，
> 因我的背包里尽是思想的灰烬。
> 虽然我的父母自有他们的来历，
> 我却从来没有找到
> 他们所说的地方——
> 对祖先，那里是伤心之地，
> 对儿孙，那里是乌有之乡。

法国著名哲学家芭芭拉·卡森在《乡愁》中通过对奥德修斯的返乡和埃涅阿斯逃离特洛伊后建立罗马城的故事，以及哲学家阿伦特作为德国犹太人的经历，来分析何为乡愁，她提醒我们：乡愁与其说是对故土的怀念，不如说是对母语的眷恋。确实，在工作之余，阿九一直努力在汉语诗歌创作和英汉翻译工作中保持对母语的敏感度。在《故乡》中，他继续写道：

> 但是，我必须有一个故乡。/ 是的我必须有！/ 这是
> 我能喊出的最剽悍的词语，/ 是我的最强音。

对故园和故国的极度依恋让阿九终于找到了一个可以回国做项目的机会。埃涅阿斯的心里已经没有伊萨卡了，因为特洛伊已不复存在，他不得不接受了返乡的不可能。对于阿九和奥德修斯来说，伊萨卡岛仍然是真真切切地存在的，那里也需要他们。

返乡的路太漫长了，但在精神上，阿九早已返乡——在他的诗中，在他对母语和故国的思乡之情中。《搬家后，将书放回书架上》一诗仍然有阿九一贯的幽默，除此之外，我们似乎也可以从他的藏书发现一些东西："我用一把钥匙打开地上的 / 纸箱，把从旧居带来的书重新摆在书架上。/ 刚一转身，我就听见背后 / 咣当一声。那是刚刚放上去的马丁·布伯，/《我与你》一起倒下了，/ 在一个夏日的海滩，我们一起倒在了 / 被晚潮洗净的水线上。"他提到了生活·读书·新知三联书店版的《我与你》，提到了作家斯坦贝克和林语堂、语言学家萨丕尔、哲学家海德格尔和克尔凯郭尔，他也提到了印度圣人哲学家马哈尔什的著作。可是，这些人的书都倒下去了，"林语堂摇了两下，他那美国版的《生活的艺术》也倒下了。而印度先知马哈尔什身子一软，/ 一个侧歪落到了地板上"。唯一在书架上扎下根来，屹立不倒的竟然是一本"土气，矮小，憨厚，敦实"的软塑封面的《新华字典》："整整一层书架，/ 只有一本软塑封面的《新华字典》/ 还站着。这本被我翻烂了的 / 让人轻蔑的小书：土气，矮小，憨厚，敦实，/ 像一个枯了几百年的树桩，/ 野蛮

的根须死死地扣在大地上。"

这些作家和哲学家都曾给过阿九思想和情感的养料,林语堂英文版的《生活的艺术》仍然是中国人英语写作的圭臬,而马哈尔什以及所有那些印度宗教著作(如各种版本的《吠陀经》《奥义书》《薄伽梵歌》和《圣典薄伽瓦谭》等)曾给他带来巨大的快乐。然而,也许是出乎阿九自己的预料,一本小小的满载着母语泥土芬芳的《新华字典》竟然成了思想书架上最后的据守者。

乡愁首先是一种对母语的固恋,一种比境遇和思想更顽强的东西,它不一定是最强烈的,但一定是最顽固的。不管阿九去国多久,母语仍然是他的深喉音,是他的根据地,是他灵魂中最深的月色。因此,我们才有可能看到一个真正纯正的汉语诗人在他的诗歌写作和诗歌翻译中所达成的精粹和成熟。

阿九早期的诗歌一个重要的影响源头是来自东方的远古抒情诗和史诗,如美索不达米亚的赞美诗、祈祷词及《吉尔伽美什史诗》,古埃及的《亡灵书》和《阿顿颂诗》,古印度的吠陀经典和两大史诗,古波斯的《阿维斯塔》,等等。这些经典的影响在阿九早期的代表作《明歌》《亡灵还乡》《陈辞》等中是不言而喻的。对此,他自己在2006年的一次访谈中说得很细致:"在过去的20年里,我一直沉迷于东方上古诗歌,我不仅喜欢埃及、苏美尔-亚述-巴比伦、赫梯、波斯、印度、太平洋群岛、印第安、玛雅、阿兹特克等古代文明的作品,也从中国先秦文学和少数族群的口传文学中获得很多营养。在这一方面我是一个世界主义者。阅读普里查德、格罗塞、博厄斯等人对原始诗歌的研究也给了我很大的启发。我自己在2002年前所翻译的绝大部分也是东方上古作品,当然是从别的渠道转译的。我会去读一些阿卡德语、梵语的书,增加对那些文明的了解和景仰。但是,我的目的不是要成为专家,而是成为合格的读者。"

虽然阿九也受过波德莱尔以降的现代诗的洗礼，熟悉佩斯、埃利蒂斯、塞弗里斯、卡瓦菲斯、聂鲁达、沃尔科特、奥登、普拉斯、拉金等人的作品，但是，他把他诗歌的根扎得更深。他并没有布鲁姆意义上的那种"影响焦虑"，他说："我的原则是，绝不会模仿任何一个健在或死去的诗人，哪怕是大诗人。我仅仅以初民诗歌和上古诗歌为师，以口碑、纸草、泥版、竹简和铭文为师。因此，我可以高兴地说，我极少有影响的焦虑，也不欠任何大师的债。"

阿九的诗歌一出世就是卓越和成熟的，并且和任何一个中外诗人在风格上都不雷同。时间过去了三十年，他早期的那些史诗风格作品仍然是完全成立的，如《亡灵还乡》这样的作品被一再传播，表明它的杰出未曾有消减，反而更显示出经典的醇香。

到了2001年左右，阿九的写作有了一些微妙的变化。这可能是一种从神话到宗教的变化。他逐渐从父性上帝的悲剧性愤怒，转向了母性的悲怜，或者准确地说，找到了两者的调和："和很多同龄人一样，我个人的写作大致上走过了从愤怒到平静的历程。早期作品《眼睛》（1990）里那个誓言'我一头撞死在柱子上'的悲愤青年，《明歌》（1991）里'我常着愤怒的衣饰，以恐怖束腰'的新死亡灵，还有《陈辞》（1992）中断言'一切啊，你所说的一切，都是卑劣的'的伪先知，都是愤怒的标记。……直到1999年后，我才告别了'愤怒出诗歌'的念头，走向中道。"不过，阿九并没有成为一个盲目的信徒，相反，更深切的观察和体验让他看到了信仰机器虚伪的一面。中国多民族的丰富性和古典精神在感召着他，中国先秦文学（尤其是《诗经》）和少数民族的口传文学越来越吸引着他，当然，还有杜甫，杜甫凄惨的经历和伟大的写作总是能让阿九热泪盈眶。杜甫史诗中的悲怜难道不是可以和任何伟大的宗教诗篇旗鼓相当吗？

也许可以这么说，阿九的宗教转向意外地让乡愁有了一张真正的面孔。从古史题材的《颍河故事》《国母本纪》《良史》，一直到《琴语》——那是一部掺杂着个人、家族和民族历史的出色的组诗。这是一些混合着叙说、反思、批判和悲悯的诗，是弱的、小的诗，但仍然有史诗的面容。一方面，他肯定了中国的民族性，肯定了那种自强不息的精神，他认为"上古诗歌的召唤是来自本原和故乡的呼唤"，但又遗憾"我们经常会轻看它久远而微弱的信号"。

谈及民族精神在现代化中的角色，阿九相信："需要一个民族性的现代化。它以人与人之间的仁爱、互信、坦率、尊重、宽容、和解、理性、民主、科学与艺术的均衡发展、物质与精神的等同关怀等为特点"。而《颍河故事》《国母本纪》《良史》与其说是传说的叙写，还不如说是新时代的《故事新编》，寄寓着作者本人的思想和情感。民族的现代性是一个宏大叙事，阿九肯定它的意义，但当落实到个人的角色时，他却希望站在这个宏大叙事的边缘，如《颍河故事》中的许由和巢父：尧到了牙齿退休的年龄，/就想辞去一切职务，把国家交给许由。//但那个青年却匪夷所思地转身就走，/到颍河岸边亲自耕种，建造茅庐。//尧涉过同一条河水再来，请他出山的时候，/他已爱上了一个女孩，她的一垄桑树。//尧那政治正确的河北口音让他特别恶心，/他几乎是一路狂奔，到河边冲洗耳朵。//颍河正好流过许由耳翼的时候，/牧童巢父刚到河上，饮他心爱的小牛。//"不息的小河，你为何只照顾他的清誉，/却弄脏了我的小牛的嘴巴？//既然你也深爱这不醒的旷野，/何不停留一夜，与我交换意见和叹息？"//他拉着渴得要死的小牛，走到河的上游，/而将裤脚滴水的许由交给清风照料。

许由和巢父并不是常人所说的隐士，他们一个是农夫、一个是牧牛人，他们并不认为自己是政治家，他们并非不关心政治，或者认为政治不重要，只是从个性上不喜欢陷入具体的政治事务。他们能够做好的是种地和牧牛，所以他们就兢兢业业地种地和牧牛。阿九作为一个兢兢业业的科学家，多少年来，他一直像头牛或像一匹马一样苦干着。在写于 2013 年的《我的故乡在殷墟》中，他调侃过自己的生活："我读过牛腿下深重的汗水，/和马背上带血的飘逸。//但当我读到，/一头牛一年居然拉出 8 吨大粪时，/我立即呈深褐色，塌缩在/一张洁白的书页上。/孤证不立。/为了一个铁打的答案，我还找来了/一匹马：每年 6 吨。//似乎它们天生就按捺不住/自己的屁股。/似乎它们的生与死，只能用/一生的粪便/写在一条带着鞭痕的小路上。//牛马命薄，并因戴罪而泪眼汪汪。/直到今夜，我才读懂了/被我掩埋了几千年的甲骨文——//'我的故乡在殷墟。'/牛，是我劳苦一生的父亲，/而马，正是我自己。"

　　奥德修斯终于回到了伊萨卡岛，阿九也找回了自己的故乡。作为一匹马的命运并没有改变，但回到了故乡的马自有一种谦卑的自豪。阿九终归是要回来的，不必等到亡灵还乡这一天。

　　阿九回来了，并且仍然在流浪中，就像所有真正的诗人一样，就像所有的月亮一样，在梦中，阿九和月亮一起继续流浪：

> 好久没有做过会飞的梦了。
> 从山坡，草地或阳台，
> 任何一个心能摆平引力的地方起飞，
> 告别生者的畜栏，
> 告别大地渐缩的球形的语境。
>
> 同温层上高寒的自由
> 让心不知应该融化，还是更深地封冻；

这颗雪莲一样盛开的心
令你自夸，又难以承受。

我们来自一个被通缉的星球。
我们只能在梦里
说出自己的地外身份。

但在梦里飞还是不飞，绝对是一个
人品问题；它决定了你
是否能以一颗来自深空的心
来废除这低处轰鸣的
不真实的生活。

——《在梦里飞行》

梁健

　　1962 年 11 月 2 日生于杭州健康路。毕业于浙江化工学院（浙江工业大学前身）。1984 年至 1987 年，曾在新疆和静县支教，并开始在《绿洲》等刊物上发表诗歌。著名诗歌团体"北回归线"重要成员。

　　著有诗集《一寸一寸醒来》《梁健诗选》。纪录片代表作有《中国酒文化》《中国民间艺人》《唐诗之路》《同里记忆·退思园》《炎帝陵》等。

　　2008 年，获诗刊社首届"李叔同诗歌奖"。《同里记忆·退思园》与《炎帝陵》，获中国电视艺术家协会"优秀电视纪录片奖"。

　　2010 年 1 月 20 日 17 时 30 分，因病猝逝。

第八章

停下来的人，走过去的桥：

梁健和他的诗歌

你深埋了桥的隐痛

当代最独特的诗人之一梁健离我们而去。梁健生于杭州，成长于浙江省安吉县。他1983年大学毕业后，先后浪迹于新疆、海南、绍兴、杭州、内蒙古、北京等地，后期基本在杭州生活。他一次次地在人间失踪，又一次次突然回来。梁健用自己的一生践行了加缪的格言："我们要活得更多，而非活得更长。"

梁健一生的角色很多：儿子、父亲、丈夫、歌手、守门员、教师、行者、探险家、流浪者、画家、歌词作者、商人、灯光设计师、记者、编辑、摄影师、摄像师、制片人、下岗工人、办公室文员、企业高管、打短工者、吹笛手、吹箫者、小提琴手、围棋棋手、四国军棋迷、失踪者、居士、佛教学者、酒徒、情圣、房奴、行为艺术家、诗人……他的最后一个角色最被人们记得和看重。他在自己的诗歌里凝聚了自己的一生，像春天已经聚集到茶树的嫩芽中。

正如梁健的至友、诗人梁晓明常说的，梁健是一个总活在当下的人，过去和未来不是他忧心的问题，他似乎总是把到临的每一天都当作最后一天来活。梁健的朋友张革说："我们活着，90%的时间是凡夫俗子。他，90%的时间都不是凡夫俗子……"确实，梁健是一个和我们不一样的人。他的朋友徐丹夫说："我们沉浮于俗世，违背自我，用卑微的屈膝和妥协换取银两，希望求得将来的自由和安全，而梁健却顽强地生活在他自己理想的世界中，面对磨难，他以酒、诗歌和围棋来慰藉自己，他是个英勇的强者。"

　　是的，梁健绝不是凡夫俗子，但又分明是一个肉体凡胎。对立的两面都在梁健的身上站住了脚跟：一个孝子，一个永远的流浪者；一个大情人，一个一直在逃避情感的人；一个隐士，一个挚友；一个禅者，一个深嗜酒色的人；一个享乐主义者，一个出尘拔俗之人；一个热爱生活的人，一个生命的自弃者；一个工作严谨的人，一个总希望逃离工作现场的人；一个豪迈的人，一个沉默的人……

　　梁健几乎是所有人的朋友，与所有的人都能够一见如故，但在另一方面，他又是一个内向的人或者说是一个极爱面子的人，他制造了或渲染了有关自己的种种"传说"，他的事迹成了某种"神话"，如他自己写的：这种神话"*一半在我的诗歌里 / 一半在我的沉默里*"。他的朋友施勇说："梁健的生活远不是朋友们所想象的那样潇洒，他把人生的棋局下出了几块孤棋，顾此失彼，最好的结果也只能是苦活。生活的许多苦难，他都一一'享受'了。只是梁健从来不向人诉苦，那种不能说、不想说、独自闷在心里发酵的苦，是真正的痛苦。"梁健自己说过："我需要回避，这是一个人的事情。但回来之后依然要面对，很痛苦，于是经常失踪。"梁健的挚友酱香老范对他的"失踪传奇"是这样描述的："每次失踪，貌似和朋友们玩'捉迷藏'，其实却多有隐情。他把人生棋局下得实在难以为继时，就以'失踪'方式来逃避。这种'习惯性'出走，使他失去了很多。而他不计得失，依然写诗下棋，广交各路朋友，频繁邀人对弈……在酒精的麻醉中、在纹枰的游戏里、暂时忘记原本需要他直面的人生'难局'。"

　　许多人重视梁健身上散发的禅味，回味着他超尘拔俗的行止，但酱香老范更看重他人性的一面，他说梁健"是浪子、是酒鬼、是伪居士，但他是一个宅心纯良的天然人道主义者"。他的好朋友单伟光认为他一生最大的特点是虚荣而不虚伪，"你虚荣，念着金刚经，却让女孩为你伤心；你花钱如水，却两袖清风如徐；你畅怀豪饮，却常醉不醒……深知你的虚荣，也深知你的善良，更明白你的乐与苦。虚荣却不虚伪"。

梁健的虚荣体现在他永远报喜不报忧的性格中，他的好朋友徐丹夫说："梁健带给大家的只是他希望留给我们的那一面。"在追悼会那天，梁妈妈说："打开梁健的包，一包止疼药！"他是一条硬汉，他重病已经有好几年了，但他从来没有告诉自己的妈妈和朋友。我们只是知道他胃出血过，知道他有酒精肝。我们没有去劝他禁酒，知道他没有了酒，也几乎等于失去了生命。我们知道他最后几年都吃得很少，如果喝酒，他基本不吃主食。他嗜棋如命，在最后倒下前还在电脑上下棋，那最后的七盘棋，是他与死神在对弈啊。"我就是这样咬紧牙关"（《之外》），他就是这样坚持着，就像他写的那只镇墓兽，那只瞪目獠牙的镇墓兽："扫落叶的老人死了／天越来越冷／你瞪目獠牙坚持到底／不去想家乡的山洞／满洞的酒香／主人死了又生生了又死／你瞪目獠牙坚持到底／扫完落叶的老人死了／天越来越冷"。

梁健对死亡的态度好像是洒脱的，多次说，去了就去了，希望是倒下就死，而不是缠绵病榻，博得大家的同情。他在杭州的手机号末四位是0440，而他后来去北京，那边的电话末五位竟然是14414！当然，也不能说他真的视死如归。他在《我愿意说出一棵树》中，感叹一棵树所拥有的"没有法院的深根"："我看见一棵树／懒洋洋地睡觉／空气中的花朵／被人群击打／没有法院的深根啊／没有记忆的村庄"，他承认"我永远也学不会一棵树／面对死亡的姿态"。在《在一个晚上》，他写到了一种根本性的怕："就像一棵随时会被／砍下来的时间，是的／我怕"。

梁健去了，他留下了"羚羊挂角，去留无迹"一般独特的诗歌作品，他"深埋了桥的隐痛"，把一生如谜的行迹留给后人评说，正如他的诗《竹》中写的那样：

> 有一套剑法无人传授
> 你深埋了桥的隐痛
> 山上的日子安静一些
> 但也有记忆如钟
>
> 雪开始融化
> 我身藏秘笈人去楼空

其实就想晒晒太阳

　　梁健是对人世有极大依恋的诗人。诗人潘维在梁健的追悼会上说："对于家庭，他是一位孝子；对于儿子，他是一位慈爱、宽阔的父亲；对于朋友，他的慷慨和无私是一种传奇。"诗人阿九回忆："梁健性格阳光豪爽，有时灿烂得就像是太阳本身。1992 年在杭州的时候，有一次，一个刚刚认识的女孩子说要给我们做一个心理测试，让我们每个人找一张白纸，画一个太阳，一棵树，一朵白云。我忘了我自己是怎么画的，但肯定是中规中矩的那种。而梁健画的太阳则是光芒万丈的那种统治性的格局，一种凡·高式的太阳。那幅画完全是以新疆的雪山草原为意念背景的，那太阳占了整个画面的一大半。即便是铅笔信手而作，也能感受到那太阳的热烈和明媚。"是的，他是太阳型的，每时每刻都在放光发热的，他喜爱群居生活，喜爱热闹，他总的来说还是热心于尘世生活，尽管他也相信尘世生活终究是梦幻泡影。对父母和兄弟姐妹的爱、对儿子的爱、对情人们的爱、对朋友们的爱、对广阔世界的爱，始终贯穿在他的生活与创作中。

　　梁健和他的父母、姐妹、弟弟都有很深的感情。梁健深爱自己的母亲，在《高手》一诗中有这样的句子："*我已经把自己折叠成一本书／好让我的母亲／在阳光下／读我／／一／页／一／页*"。这已经成了现实，他的母亲如今每天都在"梁健网上纪念馆"读着"梁健"这本书。

　　梁健也思念他的父亲，这位生活在图纸中的父亲已经先梁健而去。梁健喜欢写短诗，留下的长诗很少，而《父亲》一诗，却长达九十三行。这位父亲的工作是画线，"计量每条线的分量"，"你的手沉稳，坚定／从墙角到瓦片／一辈子／你习惯了用直线说话。沉思。梦想"。伴随着诗的展开是自然物的敞开、天空的敞开，父亲在时间的背景中呈现："钟用剪刀／把时间剪开给你看／钟捧出菊花／扶起倒塌的宫殿／钟从很深的井底爬上来／泪流满面／钟把黄昏敲成铜片"，死亡来临，看不清行凶者的脸："在你意想不到的房间／雨将你捆起来／柔软的刀像眼泪／你看不清凶手的脸／我在另一个房间等你／透过远在湖泊的雨季／想起沉船"。这位父亲应该是人淡如菊的，他用辛勤的直线把生活的每一面都连接起来，他死而无憾："能连的都已经连起来／骨子里我学会了你的忍耐／能放下的都已经放下／就像那个秋天／你带我到来仅仅是为了离开"。

　　梁健是家中的长子，但他有一个姐姐。他的姐姐也许是他们家庭的一个隐痛，我们也无从知晓到底发生过什么。梁健诗歌中的姐姐处于一个安静和安寂的世界，姐姐的命运或许很深地影响了梁健："从八岁起我就不再拒绝风／不再思考骨头的重量，并且相信／总有一个岛／保留你的钢琴和眼泪，那里／木鱼围绕"（《姐姐》）。

　　梁健的两次婚姻给他留下了两个儿子。对大儿子梁执白，他一直没有能够尽到做父亲的义务，他在内心是感到遗憾的。小儿子梁小虎是梁健一生的最爱，他一有机会就去看他，倾注他所能，付出最多的关爱。梁健以梁小虎为题材写了一些非常好的作品。梁健本就是一个顽童，他在梁小虎身上看到自己，看到了人的生命与自然的生命的对称。儿童本来是诗人，梁健一再延长自己的童年和青春，以覆盖一生的历程，他是真正的诗人，是原初意义上的诗人。梁健的挚友梁晓明说得好："最具特色的是他的生命有多长，青春也就有多长，私下我曾戏说他：你才是一个真正意义上的诗人。"

在写给小虎的《观音岩》中，儿童的天真与五月空气是在慈悲一起散开的，小虎在"我前面奔跑　大笑　看蚂蚁们搬运大米"，小虎像"橘子树一样生长，健康在岩石里开放花朵"。在《当我离开的时候》一诗中，小虎的出现就像天上呈现蓝色和白云浮现一样自然："天蓝得像天一样／云，也白得马一样飞扬／足球回到草地／回到两三步的／小虎的身旁"。

他的《向梁小虎学习》是一首杰出的诗歌，是他童心的全面绽放。梁小虎的存在本身给了梁健极大的安慰："我用尽全力／像泉水让身体轻下来／像你落地之前的无比幸福／像雪崩的无比巨大／像铁轨，我们总是能够听见／挽歌／在一个又一个村口停下来／那只我永远也抓不到的蝴蝶啊／经过了旧社会的爱情／我放心／你的大笑足够一天的口粮／足够搭一个帐篷／马群／从天边归来"。

梁健是出了名的大情人，他多才多艺，他侠骨柔情，他有一双据说十分迷人的眼睛（只有女人才能发现这种美丽），他对身边的女人总有一种无名的吸引力。这位情圣级的人物写了许多爱情诗，分散在诸女友手中，只有很少一部分被公开。梁健不是一个专一的人，他只重视当下的感情，很少沉陷在"缅怀爱情"这样的情绪中。他的朋友、诗人阿九说得好："你绝对无法把梁健视为可以一起筑巢的燕子；他是一只扶摇直上九千里的巨鸟，只能以天地为巢。"他不是一个能够和某个特定的女人一起筑巢的人，他的生活和恋爱都要一个广阔的天地。如在写于 1999 年致 ly 的《呼和浩特》中，他让他的恋情暴露在广大的草原和大河中："需要一路草地书写我的家园／需要铁，梦见我的晴天／羊群向东／继续我冲开大河，而你／不是我的冰山／我已经安排好思念／巨大然而无声"。

比之爱情生活，梁健在友情世界中更如鱼得水。他传奇一般的豪爽在朋友圈中赢得了盛名，他的朋友融合了各种圈子，他从不排斥任何人，对好朋友更是肝胆相照。一位曾与梁健有过爱情生活的女士说："他一生最看重的莫过于友情，甚至愿意为朋友去死。他对朋友的靠近、人与人之间的温暖几乎有种贪恋。"

梁健从童年和安吉出发，走向更广阔的世界。梁健热爱家乡安吉，最后也倦鸟知返，死在了家乡。在《被告别的冬天》一诗中，梁健把童年、故乡以及死亡联系起来：

> 总是在剪完胡子以后／想起阳台收拾的黑手套／伴我掩埋好大雪／那天早上我一片晴空／冬笋翻飞的童年／长成安吉这个名字／然后做成躺椅／搬进博物馆／无人的山里我树一块墓碑／写下冬至这个遗体／向人类告别

然而，成年后，为了追求更广阔的世界，追求更丰富的人生经历，他浪迹天涯。他不喜欢太固定的工作，他喜欢有挑战性的工作。他喜欢人多热闹的地方，可是，他也喜欢清静的寺庙。他在各地生活和工作过，而后来的电视拍摄和制作工作也让他有更多机会走更多的地方、结识更多的人，所以，他在新疆、海南、绍兴、杭州、内蒙古、北京都有许多熟人，他们中有诗人、酒友、棋友、艺术家、商人、官员，他们中有僧人和俗人，他们中有各色女人和男人。梁健来到人间就是为了寻求温暖，这种温暖有时是在寺庙的清静中求得，而更多的是在人间，其实他就想到人间来晒晒太阳：

> 最好是风在吹
> 云像鸟的飞翔

朋友们都满手红光，过来的路

有九条通向天堂

有九座大山

在我们的讲述里安静下来

愚公轻轻放下锄头

轻轻点燃柴禾，煮茶

我蒸气一样飘来飘去

幸福围绕你们

想起道场的棉花糖

其实我们真的没有什么神秘

在星光下靠温存

在睡着的时候靠另一种声音

信仰

最好有一杯酒

怀念我们的死亡

——《其实就想晒晒太阳》

云一样随风而去，来也这样

　　诗歌评论家陈仲义在《扇形的展开——中国现代诗学谫论》一书（浙江文艺出版社 2000 年版）中，将"禅思诗学"视为"打通'古典'与'现代'的奇妙出入口"。陈仲义分析了废名以来现代禅诗的发展，在当代诗人中则着重分析了梁健知行合一、浑然一体的禅诗体验。他指出："禅思发展到极端，少数诗人可能会'顺势'导入身体力行的范围，这不再是单纯审美层面上的问题，而是属于整个生存方式了。曾经是朦胧诗潮忠实'信徒'的梁健，在成为居士后，其诗作几乎分不清何是禅何是诗，诗思与禅思高度一体化。它从另一角度再次雄辩提供了禅思对现代诗思'入侵'的可能性，究竟达到怎样一种极限。他的近作《十牛图偈》在诗意与禅道的临交点上同时呈现出艰奥与清新。"陈仲义深入解析了梁健之《十牛图偈》的运思与技巧，提示出梁健"这位年轻的现代居士，如何在诗禅合一的极限处闪烁灵光"。他指出："梁健这一诗禅合一的特例，表明古典禅思在现代生活与现代诗中可能延伸与可能达到怎样一种结合的'水纹线'。……它不无意义地提供了一种实验临界点：禅思对现代诗思的流布，究竟可以占领怎样纵深的'版图'，在诗禅合一中，可能黏结、融化到何种程度，算是最佳契合。这些对现代禅思诗学的建构，都是极富关键的问题。"

　　当然，梁健的《十牛图偈》只是他众多禅诗中的一组，也许他

20 世纪 90 年代以来的诗歌几乎都是佛诗（特别是禅诗），禅之运思对他并不是特例，而是常态。

梁健是一个矛盾体，诗人、评论家沈泽宜对梁健有很恰切的品评，他说梁健是"一位一心向佛、混迹红尘的居士"。梁健时时挂念红尘，但也确实是一位居士，他于在世与出世间有过许多挣扎。梁健没有像他最仰慕的弘一法师一样毅然决然绝尘而去，可是，即便身处红尘，他也有许多"在世出世"之异举。

梁健和佛教的不解之缘是他此生最根本的因缘，通常的说法是：梁健 90 年代中期在浙江长兴仙山寺"遁入空门"后，成为一名居士，法名"清原"。从这一时期开始，梁健的诗歌开始弥漫佛禅味。佛家修持时期的梁健戒烟戒酒，甚至自称"过午不食"，以同学亲朋们都觉得不可思议的方式生活着。他打坐修习，感觉身体轻安，万缘俱空。比如这首《晚课》便写于仙山做"功课"之后：

> 当你转过身去／烟一样消散的时候／我听到歌声／这
> 是香烛后面的／宁静如息的万古长明／只隔一小个地球／
> 就是我们的心／是日已过。是日／已过／一龛佛火静坐新
> 月三更

梁健出家前后，与诗人、居士大王（法名三缘）等相契。他的足迹遍及安徽九华山、浙江千岛湖、湖州等许多佛教寺观，与众多高僧或佛学院的学生交往，并深入佛学堂奥。

根据视梁健为"青春老友"的周珺（梁健称周珺为"周兄"）回忆：梁健曾带她去过很多庙宇，她最难忘的是去湖州在建中的一座寺庙，时间约在 1991—1992 年间。"闲坐一阵，晚课时间到了，大家便跑去做晚课。这时候记得有人说湖州诗人大王也来了。这岛上的夜，风很大，四处都是松涛声。伴随着晚课的木鱼和吟唱，很

是恍惚。"两人结伴去九华山也是其中一次，时间估计是1992—1993年，前后不到一周时间。那时，梁健尚未出家。随行的是二十多岁的满果小师父（梁健后来在组诗《柔软心》中有一首就以"满果"为题："今年三月／甘露寺坐一天汽车／来看我／五百年后三月／我走一天路／去看它"）。他面目清秀，人也很机灵。他们第一夜住宿的是九华山的佛学院。到了学院，天已黑。"佛学院是座偎依着山腰的木结构庭院，在夜里显得特别的安静。回廊式的结构，楼上传来讲经声。"第二天一早，早课后便是休息和早餐。"佛学院的早餐简单，白粥，馒头，量很丰富。"周珺记得，梁健"和几个师父闲聊。他说自己要出家。记得那位大师父顿时微笑着，持不信任状。有僧人说前一天有个理工大学的大学生要出家，师父让他三步一磕头上山门。这位学生现在还在山脚下没爬上来呢"。很多年后，周珺才知道梁健在车站看着她上车后，就跑到寺庙里出家了，"这事情是梁健自己说给我的，我坐在他对面，感觉一愣。但是这时候他已经远离庙宇，继续他的世俗生活"。

后来，梁健带着另一位叫坎坎的姑娘行走在寺院红墙内外，这位姑娘不久成了他的妻子（在《柔软心》中有首题为"坎坎"的诗："偶一回头／仙山不知去处／而大阿罗汉的微笑／在你的脸上／发光"）。结婚生子，改变了梁健的生活轨道，加上他对人间豪情的追求，使他与寺院生活愈行愈远。但在红尘间隙他还会回到寺庙。

可以这么说，梁健一直到临死之前仍在入世与出世之间挣扎。他的居士朋友三缘在追悼会上说："记得半月前他打电话给我，让我在湖州山区为他找一清净的修行精舍或茅蓬。"三缘帮他找好了，但梁健未及前往，便已驾鹤西去。

梁健对佛教的理解是有一个过程的。梁健本是一个有宗教情怀的人，他在西北的经历可能使他对西北少数民族信仰的藏传佛教有所了解。他后来的组诗《柔软心》中曾有一段是有关密宗大师宗喀巴的："我已经斩断／不断围绕的蛇／再把星星／挂在柏树上"。

　　梁健的一些较早的作品中出现了"神"这样的字眼，而本土的净土、禅宗都是弘扬无神论的。按照梁健所熟悉的圣严法师的说法："世间有两种无神论，一种是唯物的无神论；一种是佛教所说的无神论。唯物的无神论否定一切精神的独立存在，也不信有鬼神的世界。而佛教所讲的无神论，是说诸法由因缘所生，宇宙万物由众生的共业所成，承认有精神、有鬼神，只是不以为有一位如一神教所说的全知、全能，主宰创造宇宙的，既是最初也是最后而唯一的神。"梁健的诗歌《神的降临》展现了他的宗教初体验："我始终不会明白，我将以什么方式说出我的话。用什么声音！什么手势！／二月的天山，寒冷、干净、深远。辰时，太阳在一大片银白之上，静坐，观看。我与另一只大鸟，找到了空气。／它是一只愉快的鸟，白羽红嘴，结实。它不停地飞翔，在群山之上。从一开始，它就发出一种奇特的鸣叫，极柔软极清凉。我微笑，在一大片银白之上，我把身子轻轻放下，像放下我的睡眠。我看见我的身子——那些手臂，手指和指甲蒸汽一样，一点点消散，直到完全透明，就像我先前找到的空气——／它巨大。无形／它充满了我们又消散了我们／它无所不在／记忆是一个极其神秘的精灵。它引导我们经过许多地方，说出许多话；又似乎没有经过许多地方，没有说出许多话，那些无法预料的瞬间，我不能够抗拒它的到来，直到三年后的立秋，我和师父一起从茅竹源的山上下来，在一棵枫树前久久站立。"在这里，梁健更多展现的是一个无我的世界，终极清凉的世界，脱离了人世的世界。这与他后来的立足世俗与现代生活的"人间禅"有很大的不同。

　　1994 年，梁健的组诗《柔软心》首次登载在《北回归线》第四期上，这组诗可以说是一个过渡，梁健从一个有宗教感的诗人，转变为禅诗的自觉的实践者，尽管这些禅诗（包括《十牛图偈》等）可能还不是他最好的、最值得传诵的作品，可是，梁健作为一个诗人在中国当代诗歌中的独特性已经树立了。

在《柔软心》这组诗中，他留下了许多难忘的诗句。他在内心向往做这样一个居士："用刀砍柴／用水淘米／用嘴吃饭／用扁担睡觉／偶尔也用河造桥／用心写诗"（《居士》）。在他心中，诗人拾得化身万千："我在山坡种下桃／花在眉里／果在心里／我在你的变化里"（《拾得》）。他的巴音布鲁克是自然中有禅意："天鹅们一群群飞走／白雪峰／倒映湖面"（《巴音布鲁克》）。他笔下的观世音在人间亲切地穿行："能够像水一样轻快是幸福的／空中传来翅膀的声音／在红太阳广场周围／有戴草帽的走动"（《观世音》）。迦陵频伽，这佛国中的神鸟来到了桂花的香味中，来到了彩虹之间，她仍然在歌唱："我所有流不出眼泪的悲欣／终将开放出桂花／当我化成彩虹的时候／你为抬头的众生歌唱"（《迦陵频伽》）。他在诗中也发出一声棒喝"停下来吧"："离开我们最近的谜／从生到死亡仅有回忆／树倒棺材里／高粱和太阳／红透土地／一刻万念到底要去哪里／停下来吧"（《本地风光》）。从人间的暖意中，从日常作息中，梁健也找得到禅机："回到家天就亮了／洗白菜的时候／溪从指间流过"（《雨天曼陀罗》）。那首名为《禅》的诗，只有两个字："狗屁"。全诗的最后是那首神奇的《往生》：

> 不必修饰形象
> 不必打点行装
> 云一样随风而去
> 来也这样

一寸一寸醒来

　　梁健一生亲近佛国净土，但他的一生又在人世污浊的泥泞中跋涉不已。梁健深信因果，对佛教的戒律有所畏惧，他也试着吃过一段时间的素，但对色欲、美酒、荤食的诱惑还是把持不住，甚至对前两者上的"成就"十分自许。在最后拍片的日子，他的徒弟罗炎强回忆，他"于大佛寺饮酒吃肉，于炎帝陵烹狗屠鸡……梁健说一句话，其实，是说给他自己相信的"。有人称他是"当代济公"，他似乎很高兴，"酒肉穿肠过，佛祖心中留"，好像也成了他的写照。但是，他毕竟知道他的人已经回到俗世了。梁健是朝着佛祖的，他有极高的悟性，在他的诗中，也在他的一些处事为人中，体现出他确实也达到了极高的境界，有时，我们仿佛看到了一个"心尘脱落、自性圆通"的梁健。只是，他没有做更多的参禅的功夫，以把生死烦恼彻底照空。当他在参禅念佛时能"心尘脱落"，但他不能守住。后来，他喝酒和工作所占用时间越来越多，而打坐静修的时间则越来越少。但毕竟，梁健还是一个佛教徒（尽管是个挣扎中的佛教徒，尽管他也不是一个真正的佛教学者，他的佛学札记少有原创），他常能阻断庸常意识，居尘不染尘、处世而出世，他的世界里很少有什么比较、计较，他几乎完全回归到了平等自性之中。

　　从梁健诗歌的发展来看，在总体上，他的禅诗最有成就。最早他读过一些朦胧诗，他写于 20 世纪 80 年代的诗，只有少量留了下来。这些诗似乎都是纯粹的抒情诗，在境界上比较高远，与所谓的"新边塞诗"有相通相近之处。20 世纪 90 年代初，当梁健最初开始从事现代主义诗歌写作时，他的诗受到"非非主义"以及其他流派的当代诗人的影响，现在终于找到的《我的国》（原以为丢失）的手稿显示，这批作品有很大的实验性，许多诗非常形式主义化。这些诗充分说明梁健是一个知性很强的诗人，一个勇于探索的诗人。但这些诗并不成熟，这应该也是他不想再让它们面世的原因。

从进入"北回归线"阵营开始，梁健的诗呈现出十分明显的超现实主义风格。源自法国，而后又风靡世界的超现实主义诗歌，给梁健极大的影响，这是作为一种"解放"的力量出现的，它是一种自由的空气，给酷爱自由的梁健以无名的力量。

超现实主义期望在作品中排除理性，通过对梦与潜意识的侦探达到一种比现实更真实的内心真实。过去、现在和未来，是连通的，一切充满可能。从具体的手法上，超现实主义醉心于语言的魔术，总是创造陌生化语境，通过有悖于逻辑和文法，打破人们的惯性思维。当然，超现实主义也有自己的流弊，它经常会流于语言游戏，缺乏生命，没有思想。

梁健诗歌的最大成就和特色是：他把超现实主义与禅学结合起来，并突破了洛夫等人的实践。洛夫等人早就提出了"禅的超现实主义"，但自己并不是佛教中人，难免常有理障。举目过去的一个世纪，把禅和超现实主义结合得那么完美，身心如此通透，全然"诗—禅—人"合一的，唯有梁健一人！

梁健的诗歌向我们证明了禅与超现实主义真正相遇和相通的可能性。禅与超现实主义是不同的，但在梁健的诗歌中可能突然相遇、相契甚至同一。禅强调自性本心，而超现实主义则强调人的本能，推崇人的本真状态。禅追求一种非功利、非理性、非分析的直觉式体悟方法，竭力打破我与物、主与客、时与空、现象与本质、有限与无限等二分法，直接体验世界；而超现实主义也同样追求非理性、前分析的原始体验（如梦的体验）。禅的语言方式是非逻辑的，它意在阻断人们的惯常思维，直接体验真如境界。日本著名禅学大师铃木大拙指出："禅与逻辑是不同的两回事。当我们不加以禅与逻辑的区分，而是寻求禅在逻辑上所给予的前后一致的和理智上所给予的清清楚楚的解释时，就彻底地误解了禅的意义。"超现实主义的语言也是一种非逻辑的语言，它并不提供真理，但仍然是一种打碎枷锁的有力武器。

　　禅与超现实主义这两种东西是混合在梁健的诗中的，其实也混合在梁健的一生行迹中。超现实主义对酒色生命的迷醉，禅对生死如一、真如永现的认定，就这样奇妙地杂糅在他的生活中。在《和一树茶叶一起安详》中，我们看到了这种杂糅。这里有梦、死亡，有苍蝇的纷扬，有酒和做爱，有静静生长的茶：

　　　　和一树茶叶一起安详
　　　　和凌晨的露光，和尚未到来的
　　　　梦，和草地面临的死亡

　　　　和群山茶园一同念想
　　　　和无处不在的雨，和苍蝇长久地
　　　　纷扬

　　　　和爱人做爱
　　　　和酒喝酒
　　　　和我没有关系的茶叶
　　　　在一夜间突然长大

梁健从超现实主义中找到了解放的力量（至少与之共鸣），他旺盛的生命力、他种种疯狂离奇的行为，如倒退到20世纪20年代，一定会被布勒东们引为知音。但禅的视角又让他超越了超现实主义。他的许多诗是那么的亲切自然，让我们几乎想不起梁健曾从超现实主义中得到了一点什么。如这首《冬天的门》："挂在树上的手套／白雪的手套／打哑语的手套／流过天上的溪／青菜的溪／酿米酒的溪／晒太阳的经卷／盗墓的经卷／念的经卷／停下来的人／走过去的门"。梁健在棋和酒之中，体验生命之禅。梁健在生命的污泥浊水中，体验生命之禅。梁健的诗就是当代的人间禅（当然，与星云大师所说的"人间禅"并不相同）。

梁健也许是李白之后最能写出醉酒神韵的诗人，而他也确实喜欢李白，他的语文课本上似乎只有李白一个人："通过一大片水／你用鱼一样隐秘的声音向我讲述／那些梨花／怎样逃过了李白的酒杯／进入大雪／通过一大片水你让我想念／六岁的太阳照耀七岁的脸／向日葵满屋顶盛开／通过一大片水／你把钟／挂到死亡后面／通过一大片水／我坐在你面前／翻开书／靠近李白"（《语文课》）。他靠近李白，他沉迷于酒精，他越来越沉迷，沉迷到禅也在其中迷失了，这特别体现在他最有名的两首诗《回家》和《一寸一寸醒来》之中：

即使通过水井坊

也不停下

即使断了条狗腿

也横着飞翔

听清风明月

想念瓦

一片幸福的光

我们生下来就是为了回家

　　　　　　　　　　　　——《回家》

就让我靠着鸟吧

好叫儿子们放心

不知不觉漫过鼻孔

我还是能够告诉他们天亮的暗语

难道疲惫也是理由

睡眠就是家

冬天不是酒

我承认我真的忘记了方向

那一条唯一通往清醒的镜子

我不得不在黄昏

依靠死亡　依靠死亡

一寸一寸醒来

　　　　　　　　　　　　——《一寸一寸醒来》

剑心

本名王建新（1954.5.5—2018.3.9），杭州人。

1986 年加入杭州市作家协会，作品散见于国内报刊。1987 年与梁晓明、刘翔等创建"北回归线"诗群。为《北回归线》1988 年第一期主编和出资人，诗文集《中国先锋诗歌——"北回归线"三十年》编委之一。

2019 年 11 月，诗友们出资出版纪念诗文集《太阳的光线被我搓得柔软》。

第九章

诗人剑心的五张脸庞：

剑心和他的诗歌

一个背影，一种光芒

剑心是猝然离去的，他倒下了，离开了他的亲人、他的朋友们，离开了他正渐入佳境的诗歌写作。2018 年 3 月 9 日上午，大约 10 点钟，诗人剑心骑着电动自行车行进在路上，忽然心痛难忍，倒在路边。他那么朴素，往来的人们，只是发现有一位"大伯"倒下了，一位普普通通的杭州大伯，他倒下，来不及多挣扎一下。

在诗人梁晓明的悼词中，有这样的文字："大关小学的学生们那天都穿好了整齐的校服，也等待着建新前去给他们开课讲授关于儿童诗歌的写作，若是正常，建新将给他们开讲一个学期的儿童诗歌的课程，但是，这些孩子也永远等不来建新的讲学了……还有卖鱼桥小学的孩子们，也再等不来他们喜欢的建新老师的讲课了……"是的，这些学生等不到他来上公益课了；是的，亲友们的身边也再也没有那一张沉默而诚恳的脸。可是，一种质朴的光芒从没有在任何一个认识剑心的人的心中消失。

剑心有一个和他的外表一样质朴的人生简历：1954 年 5 月 5 日，满族血统的剑心出生于杭州的一个普通家庭，兄弟姐妹五人，他排行老三。1961 年至 1966 年就读于杭州铁路一小；1966 年至 1972 年在杭州第十二中学上学至高中毕业；1972 年进入杭州无线电材料厂担任机修工；1985 年调入杭州友谊冰箱厂任基建科长；1998 年进入杭州红子鸡酒店担任经理；2008 年转入杭州锦麟宾馆担任经理；2014 年至 2016 年担任杭州新庭记酒店经理。

而从文学创作的角度来看，如剑心自己所说，他是属于起步早而觉悟晚的一类。20 世纪 90 年代初剑心开始写诗，但直到生命的最后十年，他才把写诗当作人生的主要目标。但在全情投入诗歌创作之前很久，他已经是浙江先锋诗歌的"酵母"了。关于这个，还得从他与《北回归线》诗刊的因缘说起。

众所周知，剑心对当代重要民间诗刊《北回归线》的创刊起过重大的作用，1987 年他掏出相当于两年的薪资成就了第一期《北回归线》，关于这一点，他自己有过回忆："我和《北回归线》结缘，还得从我和梁晓明相识说起……我们当时很多写诗的所写的，多数是外在的事务，而晓明当时写的确是内在的东西，思想的东西，灵活的东西，想象的东西……1988 年国庆节后，我和晓明在杭州中北桥碰到，他告诉我，想创办一个民间刊物，刊名当时还没想好，稿子陆续已在组织了。唯一落实不了的，就是印刷的费用。晓明说大概需要一千元钱，我问晓明一千元钱够不够？他说准备出一千本，平均一元钱一本是够了。我当时就毫不犹豫地告诉晓明，这一千元钱我来拿出……话说回来，当时虽然爽快地答应晓明这一千元钱，但我还是有点发愁。当时我还在厂里上班，我拿的是三级机修工的工资，只有四十二元五毛一个月，这一千元相当于我两年的工资。而我为什么会答应晓明而且让他后天来拿呢？其实钱就在我身上，只不过是我和我爱人存了几年，想叫朋友去深圳买一台录像机的钱。我留一天余地，是想回去如何在爱人面前圆个谎话而已。当然，我还是有本事圆谎，也圆了《北回归线》的梦。"

1988 年以后，剑心更多地投入了现实生活中，写诗比较少，甚至在《北回归线》的前八期都没出现剑心的诗作。但诗歌的种子，并没有在剑心的心中泯灭，反而在他生命的最后几年越来越旺地燃烧起来。

　　如果探索剑心的诗歌的脉动，首先得从他的生活中寻找。总体而言，他是一个内容远大于形式的诗人，丰富的生活体验令他的诗歌充满了思考、批判和渴望。但在美学的追求上，我们可以发现剑心与"北回归线"诗歌主将梁晓明是如此心心相印。在《读〈披发赤足之行〉》《读〈死亡八首〉》等诗作中，可以看到剑心对晓明诗歌的持续关注和真正细读，可以看到两位性情迥然不同的诗人之间在诗思上的相契：

　　　　当我追到北回归线
　　　　你没有当年那个夸父的不幸
　　　　不仅没有干渴而死
　　　　还在那片诗歌的蛮荒之地
　　　　开垦出一块属于自己的
　　　　可以丰衣足食的诗的良田

　　　　你把那些精挑细选的优良品种
　　　　无私地赠予我们
　　　　希望在我们诗的稻田里
　　　　也长出沉甸甸的谷子

　　　　　　　　　　　　——《读〈披发赤足之行〉》

　　在《偶遇》这首诗中，剑心提到了"另一个我"和"另一张脸"，在现实的时间的门外，在他生命的最后日子，终于锚定于诗歌这门艺术，那是从他的灵魂琴弦上逸出的音符，那是他的心灵的羽毛：

　　　　她的羽毛长成了我另外一张脸

这张脸没有面具的僵硬
却散发着无私的光泽

我和另一个我
在上帝的手指上不期而遇
我们在阳光下形影相随
多少年来没有一片乌云
能够遮挡这人性的完美

这是一张质朴的脸，没有僵硬面具的脸，是他的内心之脸，但是，在这张质朴的诗歌的脸上也仍然可以找到脸的不同侧面，体现了剑心的赤子之心，也体现了剑心对人性之丰富性的了然和达观。

一张历经沧桑的纯朴而有尊严的脸

　　首先映入我眼帘的是一张困苦的脸，被生活扭曲的脸，但这又是一张渴望尊严的脸。

　　在《冀望的困惑》中，剑心有这样的自白："是的，我很卑微／我常常屈从　受人摆布／还领不到一句称赞／我忙于奔命，忍辱负重／却得到最多的是冷眼和训斥／／我寄人篱下，抬个头／都要看人脸色／有时连脚趾都要笑我窝囊／我这么逆来顺受／难道命运安排我／就在生物链的末梢"。但是，他没有想去报复那些势利小人："但我却会善待一切，宽容大量／我平易近人，虚怀若谷／尤其对那些曾给我羞辱的人／我更不计前嫌／我要让他们感到无地自容／我想过了／干吗非要置他们于死地呢／宽恕对自己同样是／一顿可口的早餐／而对于他们／就未必是一粒摆脱内疚自责的安眠药／／说实在，在这世界上／我从没有奢望要得太多／但我只要两样东西：尊严和尊重／无论睡着还是醒着"。这是他十年前写的诗，非常质朴，在美学追求上还不是特别现代，但却可以看到剑心为人的基调。

　　这种质朴而有尊严的个性，在他的《丝瓜筋》一诗中得到完美的呈现：

　　　　在很小的时候，只要有一点依附，／你就可以攀延，／
　　　无论风雨，你依旧，在不着边际的／想法里，舒筋展骨，／

长大后，整整一个夏天，你安静地，/饱读太阳的经典，/
你修身养性，像得道的高僧，变得/沉稳，虚怀若谷，/
当你走完这一生，最后脱去那件/绿色的袈裟时，/你满
腹的经纶，让成熟的向日葵/不由得，向你鞠躬致敬

杭州或江南本地人都知道丝瓜筋是用来做什么的，我们的母亲
们用它们来擦洗污垢，擦洗完污垢后，丝瓜筋总是那样蓬头垢面。
可是，蓬头垢面的丝瓜筋在内心是高洁的，它们曾攀登得那么高，
曾"饱读太阳的经典"。

而在"北回归线"诗群，剑心也是这样一条不起眼的丝瓜筋，
他是"北回归线"的创始人之一，却从未寻求中心地位，他耐心
地、默默推动"北回归线"的发展，却从不以功臣自居。他相信，
他将是一只质朴的瓦罐，来自贫穷的土地，它厚道、宽容、质朴：
"它的基因，来自贫瘠的山里，土窑/简陋的装束，成为它出身的标
签；/它没有，带点釉色的衣裳，满身一棱棱/粗糙的指印，嵌进它
的肉里，/留下的疤痕，却透着质朴的光，你看到，/它憨厚的口唇，
就知道它有多厚道；//它是个忠诚的仆人，它的智慧不仅在于，/容
纳，而且懂得奉还，/托付它的，它绝不会私吞，它可以，/终日饥肠
辘辘，却依旧保持宽容的状态"。

在诗友之中，他感受到他的尊严得到了满足，大家也感受到
了："在这木讷的外表下，它还有一颗/子宫般的野心"（《瓦罐》）。
于是，在近些年，他越来越全心投入写作，常常工作到凌晨。

一张辩证的脸

剑心是质朴的，温和的，在他沉默的外表下，却有巨大的丰富性。他的第二张脸孔是辩证的，这体现了他从生活中感悟到的真理。生与死、卑微与伟大、真诚和欺骗、凌辱与自尊、诗歌与社会、爱情与背叛、乌托邦及其反面……不一而足。而这些辩证法在他的诗歌中无所不在，可是，有时，他以白日与黑夜这一对意象的简单的对峙与交合来展开他的诗思。

《白天和黑夜》就是这样的作品：

> 在我看来，白天和黑夜，从来不是白天和黑夜／一对死敌，它们的疆界，从不设防，／而且，白天和黑夜，犹如情同手足的／同胞，相互包容，／你会发现，阳光总会在它的背后，留出／空间，让黑暗的影子歇脚；／一到了晚上，黑夜也常常把星光涂抹在／脸上，让月亮端坐怀里；／它们亦如夫妻，相敬如宾，你给了我一个最长／白天的夏至，我就还你一个最长黑夜的冬至；／它们更是举案齐眉，把一个没有裂缝的一天，／恭敬地给了无常的岁月

在这黑夜与白天的交织中，剑心更愿意是一只萤火虫，那么弱小，那么微弱，在黑暗中给自己重生的机会：

它等待天黑在这夜色充盈的晚上，它就会
像一盏灯笼，将自己点亮，
尽管微弱，但它的持久，正缓缓穿过
山谷的身体，灼痛了空气，
它那，飘忽不定的踪迹，仿佛美妙的
旋律，终究成为，黑暗里闪亮的音符。
我知道　它虽然自带光明，却惧怕阳光，
因为太阳，会嫉妒来自其他所有的光源。
夜幕下，难怪它亲近黑暗，它一直把星星
当作同类，
在对黑暗的依赖中，它每一次现身，都给
自己一次重生的机会

——《萤火虫》

一张乌托邦之脸

剑心作为一个从激情燃烧的时代走出来的诗人，他确实有比较强烈的乌托邦情怀。他的《灯塔》中有这样的抒怀：

在孤岛上／你矗立成一把利剑／每次亮剑／你都戳痛夜的神经

被撕裂的黑暗／留下硕大的窟窿／海的皮肤　因为你／才有了律动的光亮

你是倒映在海里的星星／在星星眼里　你更像是异类／而在我的眼里／你就是我前行的勇气

这样的抒情和豪情，有他自己时代的印迹。这样的诗还有不少，比如《信仰》《白鸟》等，在《花逝》和《石榴花》中也有，只是在女性之光中显得柔和了。

《灯》写得比《灯塔》更好，因为，它把时间和现实的阴影带了进来，写得质朴而有哲理：

天已经黑了，屋里显得格外昏暗
我照例去打开那只台灯

　　每当此时　那是它最兴奋的时候

　　而我的书桌又会露出真容

　　但今天它却如此静默　没有反应

　　四壁依然隐没在一片黑暗中

　　原来是线路出了问题

　　灯和我一样　只有无助地等待

　　远处灯火通明，歌舞城的霓虹灯

　　又眨起了狡黠的眼睛

　　我忽然想到　再明亮的灯

　　没有电还不是一具

　　被墨色戏弄的躯壳

　　而一旦通电　再丑的灯

　　也会让黑暗蛰伏

　　《我依然是一抹耀眼的绿色》是剑心的代表作之一，对这首诗已经有不少评论，这里不做过多的展开，我也曾经有过一段诗评，现摘录如下：

　　剑心的诗歌里一直有一种激情，一种压低了的、被时间的溪流冲洗过的激情。被斩首的激情，也仍然是一种激情，它是岩浆的冷却，也是来自冰川时期的针叶植物的种子。《我依然是一抹耀眼的绿色》也是一首这样的诗，它歌唱了越过了春天和青春的绿，歌唱了那种被阉割过，但仍然顽强地存在着的激情。诗中的绿是特别：这是艰难的绿，仿佛是悬挂在仙人掌的怒刺间的破碎的云彩；这是白发的绿，越过理想和理想给予的种种欺骗，越过生活的平庸和岁月的冷漠，在内心重新找到的黑发和豪情；这也是迟到的绿，那么迟，以至于它几乎还只是种子。

一张洋溢批判精神的脸

在剑心质朴的外表下，也有一张批判与反思的脸，这是他逾越一般乌托邦写作的地方。他的许多诗歌，如《理发师》《鸟笼》《玩》《静物》《浮躁》《季节的赝品》《海报上的人物》等均是佳作，体现出剑心诗歌最有现代感和最有力量的一面：

> 我这颗头颅，从小到大，被无数理发师
> 玩弄于掌股之上，成为他们表演的道具，
> 我知道，赞许的目光，有多少次在飘落
> 的碎发里，逸走了太多重来的机会
>
> ——《理发师》

> 饭来张口的日子里
> 让它记起了觅食的辛苦
> 从那一刻起
> 它被阻断了通往天空的自由
> 你看到，笼骨
> 正一点点刺穿了它飞翔的权利
>
> ——《鸟笼》

生存法则里

一直上演着玩与被玩的博弈

规则只是掩人耳目的把戏

而潜规则才是躲在

套路背后冷笑的真正玩家

　　　　　　　　　　——《玩》

　　在《静物》中，剑心批判了人类中心主义，那牛头白骨在控诉着人类：

而我更震惊于一场杀戮

是谁让它身首异处？

在将牛头成为静物前

猎手已将自己的灵魂追杀

因此　最应该成为静物的

首先是那把举起的屠刀

　　《握手》是剑心最优秀的作品之一，他以罕见的简洁写下了对这个冷酷社会的思考与批判，在苦涩中发出冷冷的光芒：

冰冷的手从冰冷中醒来

它模仿我离逝的手掌

让我体面地露出完整的手臂

至少能做出常人一样的姿势

僵硬的手掌，没有关节

连藕断丝连的神经也没有

我的手臂和我的手掌

一直隔岸相望

这只，手掌中的赝品
曾无数次想走进握手的行列
因为，怕被识破
也无数次逃回我的袖管

它对握手已经非常生疏
与陌生的手掌相握
往往被手掌的陌生排斥

每当夜晚，我会想起
我那双曾经手指飞扬的手掌
我凝望着这双假手
感叹，它给我带来某种尊严

一张朝向故乡的脸

最后的一张脸，是一张比童年更早的脸，深深埋在剑心的内心。这些年，在越来越多的日子里，他向自己血液中埋藏得最深的那张脸游去。

根据诗人帕瓦龙的纪念文字，我们知道作为满族人的剑心的一些往事。其实剑心真正的满人姓氏叫"完颜"，祖上属正白旗。剑心对祖上三代，记忆十分清晰。他的曾祖相当于今天的杭州市警备区司令，在杭州旗营里威望和权力十分崇高，清朝中晚期的杭州十大城门也由他曾祖统辖，这在当时一度风光无限。剑心祖上的家道是从他爷爷这辈开始败落的。辛亥革命清朝亡后，满人的好日子到头了，为了不被汉人杀头，为了子孙繁衍生息，从此"完颜"改为了"王"姓，好歹"王"姓也是中国的第一大姓，"完颜"既有"王"姓谐音，也多少保留一点尊严，却也实在无情地告示了一个姓氏从此消亡，彻底为汉姓同化。剑心爷爷那一代是住在龙翔桥一带的，"文革"时家里还有一卷光绪皇帝的诏书和一本厚厚的家谱，但为了躲避文攻武斗，统统一把火烧光了。

《方言》是一首寻找自己声音源头的诗，也是剑心感人的力作。在这首诗中，他写到"满语　曾经是旗人的光环"，但在"辛亥年武昌起义"之后，"方言成了旗人的魔咒／成为他们避而远之的瘟疫"。剑心写下了这样的诗句：

旗人纷纷收敛起翘舌的卷音
像藏匿旗袍一样
将乡音掩埋在咽腔的底部
不敢在汉人面前有半点流露
从此　杭州方言代替了满语
成了他们的家乡话

其实　这道裂痕
至今一直将我
与我的祖籍和故土劈为两半
作为旗人的后裔
我对满语完全陌生
小时候　奶奶也从来不教
而她常常会操一口
我听不懂的方言自言自语
仿佛怀念甚至嗣守
这难以复活的乡音

我从牙牙学语　杭州话
就成为喂养我的母语
她给了我许多表达的养分
甚至为我的口音
烙上了地方的印记
每当我说着杭州话
总觉得自己被一种方言遗弃
而又被另一种方言收养

　　建新认为自己的祖上来自满洲里，当然，也许这是他的幻觉。近年来，建新思乡日切，向许多朋友打听满洲里或东北满族自治县的近况，他正在策划做一次寻根之旅。按照计划，大量的类似《方言》这样的佳作将源源不断，可是，他的计划中断了。他离开了自己的写作计划，但灵魂，已经返乡。

陆陆

原名陆激，1966年出生，浙江杭州人，祖籍江苏沙洲妙桥（今张家港市妙桥镇）。建筑学博士，国家一级注册建筑师，现为浙江大学教授，东南大学、浙江工业大学兼职导师，中国残疾人事业发展研究会专家、中勘协专家等。

著有学术专著《无障碍与设计融合》，编有随笔集《家园之爱话匠心》《文三街188号》等，出版诗集《西溪河下》，编、导微电影《轮椅上的城市》。

作品获四十余项国家级、省部级奖项，被译成英、西、日等多种文字。

第十章

诗歌中的地方、空间和人:

陆陆和他的诗歌

当地方成为名字

　　陆陆是一位建筑师，他对地方、空间和人的关系有一种特别的敏感。陆陆生于杭州长于杭州，他以巨大的热情统摄着自己的工作和生活，并不断地溢出个人的范围，成为一些圈子的中心人物，其中一个就是中小学的同学圈"野猪林"。在这个同学圈子内，这些鲜活的形象，这些抵抗并终归沉沦于时光中的闪烁面孔，都曾有一个共同的源头：西溪河下。

　　20世纪70年代的西溪河，河宽足在15米以上。水体虽谈不上清澈，但经常可以看到捕鱼人，芦苇、茭白、水葱、香蒲、野芹菜、千屈菜等挺水植物自由生长，河岸缓坡除了水杉便是灌木杂草，正是孩子们可以流连之处。两岸除了杭州大学（现为浙江大学西溪校区）、国家海洋局第二海洋研究所、浙江教育学院、学军中学等，还有一些沉默的小厂。当时的西溪河下路还是一条狭窄的铺着碎石的小路，一边是河岸，一边是小片的田地，靠近杭州大学的一片地里种着番薯。入了秋，正午时分，蚱蝉鸣声渐疏，一对对蟋蟀在松软的泥穴中弹琴交欢……

　　后来，城市化的"铁牛"推进，西溪河下路拓宽成了简易的柏油路，临时商铺和工厂排出的污水像死螃蟹的残肢进入河道。不过，也就是在河道开始淤塞、渐渐发臭的过程中，陆陆的同学们茁壮地成长起来，逐渐离开了西溪河下，奔向冒着蒸汽的各色学业和事业的战场。

"空间与地方"的探讨是这些年来人文地理学的重要话题。法国哲学家加斯东·巴什拉在《空间的诗学》中用"场所爱好"概念来指代对"幸福空间"形象的研究，西溪河下的生活就是被陆陆和他的同学们真实体验过的空间。它既是从实证的角度被体验的空间，也是在大家的回忆和想象中被一遍遍重新体验和重构的空间，其中充溢着成长、青春和人性，成为可以共同栖居的精神场所。挪威城市建筑学家诺伯舒兹在1979年提出了"场所精神"概念，指一种保存、唤醒、揭示城市记忆的空间。西溪河下这个"场所"，就是记忆的凝聚地，是大家切身感到的一种归属感，能够唤起对一段青春和成长的共同醒悟。

陆陆最初的诗歌写作，他自己称为"私写作"，这是伴随着短信时代而来的，他说："短信是真正的私写作，基本上只适合一对一发送。群发短信有，但适用范围有限，多用来发送节日'罐装'祝福。正是在短信时期，我意识到人与人沟通的新形式，可能带动新内容。一对一，一句简单的对话，可以是一个通知，可以是一句嘱托，可以是一段咒怨，可以是一次告白，当然，也可以是一种文学。私写作创造了一种可能，让平常被淹没的所谓'庸众'，成为文学的描述对象。"

陆陆"私写作"的对象正是西溪河下这一空间中一同成长的同学们。那些曾经那么熟悉，而现在混迹于芸芸众生中的人，他们将在陆陆语言的鞭子下重新旋转起来，像春天从柳芽上重新冒头一样，发出新的光亮。在西溪河下这一空间中，西溪河和时间的河一起流淌，但在诗歌的后视镜中，河流常常会退向一个少年眼睛的深处。

他在给蛐蛐（严琪）的诗歌短信中有这些的言辞：

蛐蛐
约你在每一个流火的七月
不为操戈，只为听你唱歌
若听罢激昂嘶吼还能登车
再行决斗，也可
来啊
蛐蛐

农历七月正是蟋蟀（蛐蛐）在西溪河两岸鸣叫的时刻，雄性的蛐蛐是活跃的、好斗的，它们歌唱、战斗、流浪；青春中的男孩不是也这样？他们充沛的荷尔蒙、青春的尖叫，以及混乱的思绪：想想那流水带来的远方……

下面的两个短信分别给两位女生，她们在当时就是模范生，后来的学习和生活也一再证明了她们的出色：

高
树白花春天
细雨东风人间
远山横目清见
ALSA
最是那一抹映日的明
艳

纪
年里总会留下些许
文字难以尽述的美丽
芸芸众生中也有感动被记忆

当年花开江南的桃李

于今已西

征

　　高艳同学为人正气，似乎有一种凛然不可侵犯之美，印象中她的身体总是挺得很直的，像一株小白杨那么挺拔，也有挺水植物的婀娜。走路时她挺身，听课时她挺身，甚至当她骑着自行车行驶过西溪河下时或参加校运动会的长跑时，也仍然是挺身的。在诗中，"高树"这个搭配非常恰当，她就像一棵树，因这树的直、因这树盛开的白花，而显得"高洁"。作为班长，作为单位的负责人，她有细雨润物的行事方式；作为个人，她始终保持淡远清微的品性。

　　纪文芸同学始终是一位比较洋气的女生，后来也确实负笈游学，留在了国外。小时候我们在她家吃过巧克力或炼乳，当时可真是难得啊。想到她时，空气中突然会涌出一股巧克力的甜味，再说，她的笑容也是那么甜美。可是没想到这么甜美的女孩有这么强的数学能力，到美国留学学习应用统计学时，她的数学竟然比三位印度同学还好。诗中"芸芸众生"一词中的"芸"也来自她的名字，可是在西溪河下这个记忆的空间中，"芸芸众生"一词突然从时间的河水中冒出，像一条鱼在污染的河水中翻出了它的白肚子。青春已经那么远，一个个朝气蓬勃的男孩子女孩子，一个个如此独特不愿意混迹于别人的人生的人，终于也成了芸芸众生。如果在午后，如果有一双纪文芸那样的眼睛，眯细一点、再眯细一点，会记起一点什么？是否会为了不知道是什么的什么，突然微笑？

　　不过，我要说，收集在"西溪河下"一辑中的作品，确实很难称得上是诗，也许只是一些即兴的弹奏，就像一个孩子的手指在路过一架施坦威钢琴时留下的声音。但这是真诚的声音，这是诗人陆陆出发的地方，他自己的西溪河下，诗意的西溪河下。西溪河下萌发了他最初的诗意，这是青春留给他的精神空间；西溪河下也是一个现实的当下性的空间，在这个空间中，记忆接待他。在西溪河下这个场域中，时间凝聚在地方中，而地方变成了一个个鲜活的名字、一张张生动的面孔。

　　西溪河下是诗人陆陆的出发点，然后，他走向地图的寥廓。在写于2016年的《Charlie——那个变成地址的名字》一诗的题记中，陆陆写道："作为一个五十年如一日，羁留在湖山之间的资深宅男，我一向钦佩走得远的人，因为他们丰富了生命。一蕾和Charlie都走得够远，都在我的钦佩名单里。"一蕾是和他一同长大的，而Charlie是一个美国人，不幸离开了这个世界，开始了他的火星生命。陆陆写道：

　　　　我怀念的
　　　　曾经有的那棵大树
　　　　曾经走的那条道路
　　　　曾经住的那座房子
　　　　曾经过的那座城池
　　　　那些只剩下名字的地址
　　　　回不去了

　　　　但他们始终在开拓另一片疆土
　　　　以他们响亮的名字，标定
　　　　地址。他们相互映照、各自远行
　　　　只挥手，头也不回

　　　　于是

在天地间，有些地址变成了名字

而时光中，有些名字变成了地址

我将他们绘成地图，展开

他们走得越远

我的地图越寥廓

　　从西溪河下出发，大家离开、远行。可是，虽然大家离开了，离开了西溪河下那棵巨大的香樟树、离开了那条窄窄的石子路，离开了那条不起眼的河流，离开了那座充满回声的房子，离开了这个城市，甚至，离开了这个国家……但是，在心的地图上，陆陆标记了老友们的人生行迹。写得多好啊："在天地间，有些地址变成了名字／而时光中，有些名字变成了地址"。是的，终归所有的人会追随Charlie飞向外星世界，成为地址上的一道折光，而最后的记忆者会看到地图越来越寥廓和凄凉。当然，不是现在，乐观的陆陆在写下这些诗句的时候几乎还是乐观的。

墙、去蔽或飞翔

墙是构成建筑形态的基本元素之一，一个建筑是许多的墙的合围，而城市是一个个合围世界的聚合。《墙》一诗是陆陆写于2019年11月的新作，这是一首深刻的诗歌。在诗中，陆陆写道：

> 竖起这道墙
>
> 就无所谓
>
> 冲决而出的突围
>
> 越过去，只是另一侧墙内
>
> 这一边光明礼赞
>
> 和背面之阴影咒怨
>
> 都是对墙的
>
> 莫大恭维

是的，墙外的世界，还是墙，墙是合围、分隔、屏蔽，在这个空间里，人们获安全、蔽风雨、求舒适、保私密、避喧嚣。但是，如果只把墙看作是有内而无外，是谬误的，因为，墙也是绵延，它们穿透、延伸，是两个世界的界栏，是更大的世界的借托和映衬。看似有内而无外的墙，也会给我们远方的错觉："墙，有内而无外／绵延足够长／就能提供错觉／这个世界看起来／就会像有远方……墙两边。同日当空／同一脉地河暗涌／呼吸与风雨自由逾越／墙身／只挡得住一个小小视角／／别把这个小视角／当成全世界"。是的，大家都应该记住："别把这个小视角／当成全世界"。

陆陆明白，人类被各种各样的墙所分隔，显现的墙体建造于柏林、克什米尔、格鲁吉亚、加沙、约旦河西岸、韩国和朝鲜以及美国和墨西哥之间，而隐形的柏林墙每时每刻在人类心中建造和隆起。因种族、国家、性别、信仰、政见、观念甚至只是趣味的不同，人们各自为恨所隔开。这些不同，构成一种隐形的方言，把人与人隔开。在写于 2017 年的《方言》一诗中，陆陆写到了这个主题："方言两分世界／方言两分人群／能听懂的，和听不懂的／乡下，鸟兽们向来各说各的／但虎啸，整座森林都懂一点／／城里，满大街都在争着说话／风里塞满嗡嗡的噪点／似乎只有那座晨读少女的雕像／懂得沉默。而人们急于表达／未免尴尬，我假装听懂了／那些倾诉／全是自言自语／被锁在自我的躯壳里，永远／操着一个人的语调／方言两分世界：／我，与他人"。在这个世界上，我们看一个一个的人从墙体中出来，他们参加聚会，他们争相言说、急于表达，他们的对话看似热闹，其实都是自言自语，都是躲在自我的墙体里搔着自己的痒。

我们现在再回到《墙》的结尾，陆陆向我们展示了肉身伤口上的"墙"："伤口／隆起在皮肤上／曾流血处／痂结一道墙／溃与脓／墙根深埋／／待痊愈／轻轻撕落"。肉体上的伤口是容易愈合的，但"墙根"却深植于内心的最深处，这种最深的隔离之伤可能是永远无法愈合的。

所以，对陆陆而言，私语言并不能打动他，就像他的建筑具有必不可少的公共性一样，他的诗歌也更喜欢公共性的主题，比如西溪河下，是一个个小小的公共空间，是一批人共同的成长空间和记忆空间。这种时空的广阔性，隐藏着空间的大和时间的深。是内心的，也是实存的。

加斯东·巴什拉在《空间的诗学》中指出："广阔性就在我们心中。它关系到一种存在的膨胀，它受到生活的抑制和谨慎态度的阻碍，但它在孤独中恢复。一旦我们静止不动，我们置身别处；我们在一个广阔的世界中梦想。广阔性是静止的人的运动。广阔性是安静梦想的动力特征之一。"在巴什拉看来，只要足够安静，你的内心空间就足够大；而一旦你处于盲目的运动之中，你的内心的世界就会变得非常狭窄。然而，就陆陆的诗歌创作而言，他的作品往往写于旅行途中，在旅途中，繁忙的日常工作被悬置，他反而能够进入一种足够安宁的心灵状态。

《兰卡威的酒店大堂》也像他的大部分的佳作一样，写于旅行中。"兰卡威（langkawi）"一词是由古马来语中的"鹰"和"强壮"两个词语合成的。关于这座岛屿有许多传奇故事，其中玛苏丽的故事脍炙人口，这位被诬不贞的公主在临死之前对这座岛屿发出了诅咒，而为了自证清白，她的身体里流出了白色的鲜血，将沙滩染成了白色。兰卡威度假海岛现在是马来西亚最大的一组岛屿，以滑水、海钓、骑马等出名。但陆陆没有写这些，他只是写了一个酒店大堂，于是，这个大堂的名字就成了地方，成了一首空间和人的诗篇。

陆陆喜欢这个大堂的空间，因为一个大堂是墙的撤离："远行，穿越兰卡威清澈的山与海／我其实更喜欢酒店的露天大堂／叫它大堂不一定准确／我还从未在别处见过类似的所在／它其实是个院子，大敞棚立在中央／／吧台上绘满透明的影子，后半是厨房／台前长凳短凳排排坐／拼起来时，桌子们有短有长／碎石铺满小院，左左右右／卧着好几张木榻／自带凉棚，还悬着吊床／／露天的白瓷浴缸，大大小小／就这么嵌在地上／放满水，涉过兰卡威白色的沙滩"。这是一系列的白描式的场景叙述，给我们展示了一个透明的自然的光影空间：碎石小院、露天的白瓷浴缸中的水、悬在海风中的吊床、白色的沙滩，还有远处在起伏的大海……然而，人在大堂中相遇，处于一种敞开的无蔽状态："我还爱酒店的这个大堂／都说要来泡泡。穿上比基尼／或干脆脱光／也就是一说。客房围着／被海打湿的人和衣服都晾着／猫安静地穿过院子，月圆时／那一对瞳仁也圆"。人、自然和家畜都处于一种自然的、内心无碍的去蔽状态。然后，有更多的人来了，来自自然，陶醉于自然，又在大堂自由自在地相处："远行，远到沙滩消失／海开始处，独木舟是你的自由／越过洋流时，小伙伴是你的勇气／／驾舟，从四面八方访问／红树林簇拥的那九十九个岛屿／然后再回到酒店的露天大堂／各各三三两两围坐，如风中盘旋的鹰／认识的不认识的，或坐或躺／喝酒，品茶，看书，闲聊，抽烟……／还可以做饭／还有爱被人抚摸的鹦鹉，和／披着薄纱拍照的姑娘／／看海回来的说海，看山回来的说山／在七仙井瀑布滑水，到马进丈峰顶眺望／摩托车靠左行，最拉风的是白色皮卡的后厢／小心抢零食的猴子，心念远空高傲的栗鸢／老板有一闺女三儿，厨房有嫩煎蛋／阿明藏了好多酒，几块钱的小鱼／才是最奢侈的菜／多吃点咖喱味的海鲜，把自己晒得黑些／带不走沙滩可以带走阳光"。

　　陆陆絮絮叨叨地说着，一方面，是海的空间、沙滩的空间、独木舟的空间、红树林的空间、鹰的空间；另一方面，是厨房的空间、白色皮卡后厢的空间、婚姻的仪式空间，都在大堂这个悠闲的空间相遇了。陆陆诗歌最好的一面，就是他的人性之广阔性，他并不追求孤独之深，而追求一种在心中去墙去蔽后的放松和悠闲感：

　　　　我爱兰卡威的这个酒店大堂
　　　　它是个院子，大敞棚立在中央
　　　　院里处处秋千，提醒您别急

兰卡威

主题是悠闲，其次才轮到风光

　　陆陆喜欢敞亮的空间，开阔的空间，这是一个可以起飞的空间。在这个空间里，墙被废黜了。然后，人、动物、器具都开始奔窜、滑行和飞翔。陆陆的《给世界系上鞋带吧》呈现的是一个类似西班牙超现实主义画家米罗名作《小丑的狂欢节》的景象："给酒杯和酒杯系上鞋带吧／给台灯和光线也系上／还有那只蝾螈，以及眼底一万头蚊子／给鼠标打个结，别叫它拖在桌面／带他们出街，沿着盲道／滑下缘石坡道／随刹车的尖啸，飞起／看看系上鞋带的世界／和光脚的区别／／然后，成为过来人"。他让他诗歌中的意象都穿上了跑鞋，鞋带不是羁绊，而是一种向别处和远方的牵引。在诗歌的第二节，出现了一个系鞋带的裸女，她比光脚的裸女更赤裸，但呈现的不是性感，而是一种纯粹、自洽和自由。是的，她呈现的是一种纯粹的自由状态："你抓不住那个系鞋带的裸女／她展示身体／不准备和谁上床／她选择去旅行／把自己推送给远方／／登临永恒的高原／放牧美丽／她解下的鞋带细鞭飞扬"。

　　也许，我们每个人心中都住着这样一个裸女，一个纯粹的自我，她是虚幻的，你抓不住她，但又在那里。"鞋带"在我看来是一种隐喻：一个纯然的裸女很可能是一个性意象，而一个系鞋带的裸女则可能是有关个人自由窘境的奇特幻念，一种在羁绊中的可能的飞翔。

　　诗歌的结尾两句耐人寻味："学会奔跑的羁绊／绑不住任何人"。这是一种艰难的自由，这个到处是墙的世界，这个空间被马路剖开的世界，还有各种无形的墙，各种永远走不过去的路……可是，陆陆却让我们学会奔跑，在羁绊中奔跑，而如此忙忙碌碌的陆陆，在羁绊中找到了自由，空暇"把自己推送给远方"，而旅行与写诗正是他突破羁绊、飞向远方的两种方式。

街角的空间、社会与人

　　"街角小辑"是陆陆诗歌中最丰富也是最集中的一辑，这些诗以一种陆陆特有的泥沙俱下的方式，酣畅淋漓地表现了他对城市街道的空间、意象、日常生活、氛围等的细察和感受，"从街角看过去"，首先是确立了自己的旁观者身份，这是一种不远不近的距离，比直接加入街头生活要客观，又比任何委托的规划项目要主观，所以陆陆说，"从街角看过去，是城市正确的打开方式"。

　　当然，在个人经验的正确性中，作为一个老杭州，陆陆仍然坚持西湖是杭州的中心：

　　　　一条街只是一个集／两条路才叫城／街和街彼此相似／城与城因此陌生

　　　　从街角看／北地，城如棋局经纬四方／江南，路像麻团拎不清头绪／广州的楼与楼握手／北京的楼和楼站队／上海的路与路挤着／重庆的路和路打结……

　　　　而杭州，每条路都往西湖／汇集。因此／从断桥看／这座城显得凝练／湖分两片：里西湖和外西湖／人分两个：许仙和白蛇／日子也只有两天：／夏天和冬天

　　　　街上。大楼、大妈和大气一样／都伟岸，又着急，还呛人／行道树端着架子／共享单车东倒西歪／直到路与路相遇，或拐弯成街角／城和城方彼此相认

　　　　所以，从街角看过去／是城市正确的打开方式／界面友好，多视角无限网速／教你怎么读懂一座城
　　　　　　　　　　　　　　——《一条街只是一个集》

　　全诗先对比了广州、北京、上海和重庆的街道景观，然后点出了杭州街道的特点，从城市的空间，到路的空间，到西湖分割的空间，再到季节特点（春秋两季短促，夏冬两季漫长），再到杭州男女的性格（穿越了时空的许仙和白蛇），再到街角的细部（大楼、大妈、大气，长高了的行道树，东倒西歪的共享单车，还有诗歌很难表现的作为互联网标兵的杭州网络空间）……也许是挂一漏万，但也体现了陆陆特有的空间穿透力。

　　在杭州这个现代都市，现代与后现代的景观在交缠着，几乎所有人都已经被高度职业化了，被高度分工了。在这个劳动者高度职业化的情况下，"游逛者"就非常特殊且罕见。陆陆是一个极为奇怪的人：一方面，他自己是高度职业的建筑师，自己也一直忙忙碌碌；但另一方面，他又常常成为一个波德莱尔式的游逛者。游逛者是有特殊视角的人，和普通人的视角不一样。游逛者在城市的脏腑里行走，却几乎是没有任何目的的，他可以在城市每一个角落，可以在城市里面大家都不注意的地方，也可以出现在大家都昏死过去了的时刻。

　　在《清泰街》一诗中，陆陆写了城市沉沉睡去之后的清泰街："为什么总是清泰街／这座城阡陌纵横／当夜将每一个失眠者清空／

清泰街还有人//说不清发生过任何故事/路演也没谁组织/那些反复浮现的陌生面孔/看起来只是不约而同//早就留意到这蹊跷/清泰街守口如瓶/在打烊前端走最后一碗面/背影，拦在各个街角"。这是喜欢喧闹的陆陆少有的寂寥和神秘诗作。

"街道芭蕾"是谁说的？当然，它的发明人是美国著名城市规划师简·雅各布斯，她的《美国城市的死与生》到今天依然散发着独特的魅力。毕竟，在城市的人行道上，凌晨的清泰街的寂寥是非典型的。而在街角，人们在与他人的互动中生活和成长，才是常态。陆陆的街角当然也容纳了更多的常态中的丰富生活："南山下来/雨停在路边，凉快/街铺开张迎客，勤快/门口男伢儿露个小鸡鸡/坐在婴儿车里专心哭得像个玩具/他没打扰谁也没被打扰，路人各自笑闹/在同幅画中各自平行，各有各的天地/各为投影。整座城枝叶绿满/盈盈坠落，如打湿的烟尘//街边的孩子会不会长成行道树？/保时捷擦臂而逝，轻快"（《从街角看过去·小满》）。这是一系列的小剪影，是街道芭蕾的片段，但有时，我们会在他的诗里看到一个完整的街道芭蕾表演：

> 一耳光过去，幼童甩向街角/沉闷的撞击，他根本哭不出来/闲汉们怒了，仿佛有火药味/街面上泛起叽叽喳喳
>
> "他踩到了老人的鞋！"壮汉说/孩子瑟缩着，嘴角带血/叽叽喳喳的声音此起彼伏
>
> "踩脏我的鞋，必须担责！"胖汉满脸委屈/"否则他别想走。"壮汉义正词严/孩子扶着墙，佝偻着身子/叽

叽喳喳的背景莫衷一是

> 鞠躬、致歉。/"我原谅他了，鞋也不用他擦。/我
> 是个大度的人。"胖汉举重若轻/叽叽喳喳停了/闲汉们散
> 去，等下一出戏/孩子的小小身影逆光中/轻若鸿毛
>
> ——《从街角看过去之轻若鸿毛》

说这是街道芭蕾，有点太残酷了，但至少是一场即兴剧吧。法国思想家列斐伏尔说"街道是一个即兴的剧场"。街道是什么？街道是一个会面、争执与和解的地方。也许，正因为街道无序，才拥有无尽的活力。在街道中发生的，都是即兴的，没有剧本，在这样的街头场景中，每个人可以同时是观众、演员和背景。社会学家戈夫曼说：人人都在扮演某种角色，人人都在演戏，而演戏即表达。在街角这种最庸常的互动环境中，会发生障碍，也会产生某种理解或心照不宣。在《从街角看过去之轻若鸿毛》，孩子获得的是一种可怕的知识，在与现实的碰撞中，他流了血，在瑟缩于恐惧的时刻，他成长。

著名社会学家桑内特在《肉体与石头——西方文明中的身体与城市》一书中，饶有趣味地将自古希腊以来的城市发展浓缩为三种身体形象，分别以身体的不同器官来命名：第一种以"声音和眼睛的力量"展示古典时代人们如何参与城市生活、塑造城市形象；第二种从"心脏的运动"来探索中世纪和文艺复兴时期的城市理念和身体的体验；第三种以"静脉"对应畅通、迅速和舒适的现代城市设计的模式。而陆陆的街角总是充分打结的，它们不是"动脉和静脉"的一部分，而是迟滞的，声音和眼睛的力量仍然占据着主导的地位：

　　藏在街上/藏在人群中或者人群外/藏到找不到，或者藏到谁都不想找

　　藏进明晃晃辣眼睛的光/别让人发现骑廊下，阴影的假/假装手里没有那把匕首/当它是一束花/手指剥花瓣，一根根/往下掉，接着被七嘴八舌/踩扁，踩碎，踩进行道砖缝隙/让缝隙颜色稍微加深

　　藏进开始变酸的啤酒沫/假装手里没那束花/当成一支烟轻咬在牙齿间/一滴滴，咽下那丝腥咸

　　或者，藏进任何你可以想象的细节/让画面没任何改变

　　藏进垃圾桶，一点一点揶，把/最后一寸肥肉塞进硬塑料压成的长方形/将整座城，扔掉

——《街角》

　　真实的、有力量的街角，是活生生的街角，它生活在自己的阴影、缝隙甚至垃圾箱里，陆陆以他惊人的坦诚，向我们指出街角生活那些不便提及的气味。真实的街角留在它自己那里，没有成为"动脉和静脉"的一部分。只有能够与城市街道直接摩擦的人，才会体会到城市的真正面相。

　　于是，陆陆成了一个步行者。法国哲学家塞尔托在《日常生活实践》中重申了步行的意义，步行者把城市规划所定义的"动脉和静脉"式的街道转变成了真正的空间。在这样的空间，每天才会上演街道芭蕾或即兴戏剧。波德莱尔在《现代生活的画家》一文中赞

扬这些艺术家致力于从"过渡、短暂、偶然"中提取永恒，"从流行的东西中提取出它可能包含着的在历史中富有诗意的东西"，波德莱尔自己的诗歌实践也是如此，而陆陆可谓是这一脉诗人中的一个继承者。

日常生活是碎片式的，街角中的日常生活当然也是鸡零狗碎的，与人伴生的还有狗、猫、老鼠、蟑螂、蚊子、蚂蚁，这些微小生物和人构成了街角的生物圈。陆陆没有忽视它们，其中有一首诗，他为狗而写的："裙楼的阴影闪了闪，就不见了／只留下一对审慎的目光／闪烁如微尘。空气中，似乎有条短毛梗／在变淡，淡出视线／／街角，有块筒骨也同时不见"（《街角——写给狗的》）。另一首诗是为蚂蚁而写的："除了很少垂下目光的人类之外／这个街角还活着猫和老鼠、蟑螂、蚊子，当然还有蚂蚁／也许该分别叫它们一只耳、警长、小强、吸血鬼……／或别的什么，大家各有名号。除了蚂蚁／／蚂蚁、蚂蚁、蚂蚁、蚂蚁／他们各自如何分辨彼此？／触角？气味？／另一种可能是，他们没彼此／／顺便提一句，已有n多年了，这里没了麻雀"（《街角——写给蚂蚁》）。

列斐伏尔认为：我们当今的都市是国家和政治权力掌控之下的都市抽象空间，而日常生活乃是我们辩证的批判进入最深刻的最直接的外部世界与社会世界的汇聚地。日常生活是一种剩余物，是被各种专业化的分析之后剩下来的"鸡零狗碎"。这种剩余物表面是"鸡零狗碎"，却是最丰富的，恰恰只有"目光向下"的诗人们才能够去揭示。日常生活暗示了普通、平庸，但是更为重要的是，在列斐伏尔看来，它蕴含了连续的重现，持续的重复。在陆陆写蚂蚁的诗里，我们可以想到人与蚂蚁的同构性：它们（他们）其实都是生活在更微观的触觉和气味里，但即使在微观中，他也分不清它们彼此，对此他是困惑的。

当代最庞大的日常都市景观是什么？无疑是广场舞，在舞蹈中，人们不分彼此，就像车前草，这个壮观的群体是广场舞大妈："看见车前草，和泡桐树／我会想起广场舞大妈。街边、路上／大开大合的枝叶，配上直竖的缨簪／在刚过去的春天里，炫一身花紫／诚意饱满／／真没嫌她（它）土。／不是因为车前草利尿，才想起大妈／也不是因为广场舞吵闹，才想到泡桐／也没一看见泡桐速生，就认为它廉价／更没见车前草易活，就认定该贱养／也许，是饱经风霜的另一种表达／脚步欢快、旋律昂扬，是遗忘、坚韧／以某种方式，与生活和解／／不必在意车轮曾经的碾压，同样／不必在意世间曾经的背叛／我这样看车前草、泡桐和广场舞大妈／那些张牙舞爪的枝叶，配上直愣的缨簪／美学上不好评价／但这是事物的重要部分／有她（它）们，世界才完整／／我会保持距离，并遥祝／她（它）们一切都好，特别真诚"（《广场舞》）。

恣意生长的车前草、张牙舞爪的泡桐树，还有就是街角的广场舞大妈，中国的广场舞大妈已经成为一个世界性的景观，据说，中国的广场舞大妈多达一亿人，只要有中国大妈，必有广场舞。不过，广场舞大妈大多已经被加诸"扰民""蛮横"的刻板形象，遭到了不少非议和白眼。我也几乎没有见过其他诗人以广场舞大妈为题材写作，也许大家都聪明地想到这注定是吃力不讨好的。但陆陆不管这些，他以他历来的庞杂和好胃口进入这个景观，他不想错过这个中国街角每天在重复上演的宏大戏剧，这些是在街角活动的活生生的人，她们头上的蒸汽是生活最逼真的人的气味。在广场舞大妈开始整齐地跳舞的时候，街角是涨满的。虽然，陆陆与广场舞保持了必要的审美距离，但是，他感佩她们生命力的顽强。陆陆对草根性的一切、对生命的喧闹保持了必要的尊敬，哪怕他并不想加入进去。

不过，陆陆也写了街角清空后的世界，"雨一开始，世界就变得很远"，人撤离了，大自然重新占有了这里：

1
雨一开始
世界就变得很远

均匀、柔和、持续、连绵的
击打声不成旋律
但足够好听，足以宁神

沙沙的雨是筛子
将所有不和谐，过滤
在雨中
我是幸福的

2
梦一开始
天地就变得很近
未来一蹴而就
所有颜色都在拥抱你

3
她一开始
就是了

——《街角·雨一开始》

　　陆陆把雨称为第三人称的"她"，雨"沙沙"地下，一切安静下来。他感到幸福。喧闹的世界，陆陆能够接受并欣赏，而雨中和雨后的宁静，则是他品味自己和品味世界的时刻，在宁静的时刻，他恢复了诗意的纯粹。是啊，他也可以写出这么纯粹的诗。此刻，街角，雨、雨声、天地、梦、未来、颜色，还有一个作为亲在的神秘的"你"……社会性的街角突然还原成为一个"天地人神"共在的原初的景观。

时空余绪：在波德莱尔与柯布西耶的交叉点上

如果给一个定位，那么可以说陆陆处于现代诗歌鼻祖波德莱尔和现代建筑先驱柯布西耶的交叉点上。

如前所述，陆陆在诗歌中总是作为一个观察者、闲逛者的面目出现，从西溪河下、运河、某个城市街角、某个酒店大堂及至全世界的海角天涯，他是一个比较快乐的入世者，他出没于人群中：工作伙伴、诗友、各级的同学、同行以及更多的路人之中，他的关注点是那些地方、那些空间、那些在这些地方和空间生老病死的芸芸众生。而波德莱尔笔下的画家居伊也是这样一个闲逛者的形象："如天空之于鸟，水之于鱼，人群是他的领域。他的激情和他的事业，就是和群众结为一体。对一个十足的漫游者、热情的观察者来说，生活在芸芸众生之中，生活在反复无常、变动不居、短暂和永恒之中，是一种巨大的快乐。离家外出，却总感到是在自己家里；看看世界，身居世界的中心，却又为世界所不知，这是这些独立、热情、不偏不倚的人的几桩小小的快乐，语言只能笨拙地确定其特点。观察者是一位处处得享微行之便的君王。"从一个比较疏离的角度看，波德莱尔自己也是这样的一个闲逛者。对人群和城市的观察和洞察，使陆陆成了波德莱尔的"近亲"。

至于建筑奇才柯布西耶，他也不仅仅是个建筑师。柯布西耶在1930年入法国籍时，他在身份证"职业"一栏上正经地填上"作家"名号；而在 1943 年，作为法国人的柯布西耶要申请祖国瑞士的旅行签证时，在"职业"一栏上填写的则是"建筑师作家"。2019 年，柯布西耶的诗画集《直角之诗》的两个译本几乎同时在国内出版，柯布西耶诗人的一面展现在了汉语世界中。

2003 年，陆陆在他的《理想之城》这部半是诗歌半是随感的作品中，提出了他心中的理想城市：

关于城市的第一种想象是秩序
它被记录于秩序——考工记

我听说过的另一种想象是平等
平等——太阳城

我听说过的另一种想象是记忆
记忆（归宿）——

我听说过的另一种想象是宁静
（宁静）——田园之城。这是所有理想城市的名称中最能表现其背后的本能的名字，甚至本来根本不需要再为它另取称号，但是没有一个人会愿意当一个汗流浃背的农夫，他只是想住在田园的旁边，所以有必要为它另外取个更能说明问题的名字，宁静

我听说过的另一种想象是未来
未来（无限）——未来主义者的城市，天空之城，光明之城

> 我听说过的另一种想象是游戏
> 游戏——各种各样的技术之城、生态之城、概念之
> 城、情感之城、机械之城

> 我听说过的另一种想象是超越
> 超越——虚拟之城，按本文的逻辑，它本不应该成为
> 理想之城的一部分

> 我听说过的最后一种想象是自由
> 自由——山水之城

陆陆的理想之城的设想是比较复合的，他并不拘泥于已有的各种理论，而且如"山水之城"的构想明显有地域性因素。关于理想城市的构想，梳理世界城建史，至少有如下比较重要的概念：霍华德的田园城市、柯布西耶的光辉城市、雅克布斯的有机城市、芦原义信的荫翳之城等。这些理论当然都是因为时代关系和地域差异而互相反对的。比如芦原义信在他的两部作品《街道的美学》和《续街道的美学》中，就严厉地批评柯布西耶设计的马赛公寓，觉得它的外部空间了无生趣。芦原还批评了柯布西耶规划设计的昌迪加尔，他认为整个规划从人体布局出发，却太过概念化，"有机的"规则恰恰成了无机的空旷世界，缺乏真正居民生活的有机外部空间。

可是，尽管谁都在批评柯布西耶，但是谁都没有他那么丰富、那么具有创造力。在他的《直角之诗》中有机械式的直角："但我站立起来！／因为你是直立的／你也准备好了。／站在大地的平面上／领会事物／你同自然签下／团结的条约：这就是直角／你站立着／垂直面对大海"。

　　但他也看到生命的曲水流觞："生命将面临更迭/披荆斩棘。它将抽刀断水/力挽狂澜/将它们精确地焊接在/不羁的道路使它们/相遇的地方。水再次/直流！萨凡纳河/及原始森林聚集/无数淤塞的枝条/曲流的法则/在思想里，/在人们进取的事业里，/在复兴的变化中/然而由精神/喷发的轨迹/被先驱者构思/超越混乱"（《直角之诗》）。直角之诗和曲流的原则都是对混乱的超越。

　　从飞机上、从高空，我们看到矛盾体在汇合，组成自己的家庭："从飞机上看见它们汇合/成家庭，在印度河、/马格达莱纳河或加利福尼亚边缘的/三角洲和河口中。思想也/在各个方向/极力搜寻摸索/左右试探。它触摸到/一个又一个河岸。在那儿停下？"

　　想想柯布西耶的朗香教堂吧，我认为，对这个教堂描述得最好的恰恰是他自己的一首诗："精神/摆脱束缚好过/从前隶属于形式的/人们的房子/建造在自然中。/完整的自身/根植于大地/朝着四个视域开放/向常驻的云朵、天空或星辰/提供屋顶/看那夜枭/自己来到了这里/尽管没有被召唤/仍悠然休憩"（《直角之诗》）。朗香教堂那粗粝的体块，立于群山间一个小山上，像原始社会的巨石建筑，又像一株长存几千年的树桩。它的墙体是弯曲的，有的还是倾斜的，屋顶向上翻卷为云朵和星辰开放，除了金属门扇外，实在看不到他曾引领过的现代主义建筑的印痕。然而，迄今，朗香教堂仍然是最现代的建筑，在最素朴的形式内部，我们感到各种力量在怪诞的尖叫中走向汇合。朗香教堂正是这样一首汇合的诗，在各种力的中心有一只夜枭在安然休憩。

　　在柯布西耶的伟大汇合中，我们又回首波德莱尔，这位现代诗歌的伟大先驱者，他不仅是一个伟大的诗人和散文家、伟大的艺术评论家和美学家，他也是一个壮志未酬的伟大小说家。他是一个汇合的人，是现代世界文学的宽阔河口。陆陆在一片迷雾中走到了这

个交叉点上——波德莱尔和柯布西耶的交叉点上，他的道路又广阔
又凄迷。

　　在陆陆某些最好的作品中，他已经可以与柯布西耶秘响旁通，
比如在这首《蒲甘落日》中，伟大的建筑物沐浴在自然和神性的双
重光辉之中：

> 他们种了所有的树，疏朗，但满布大地
> 也种了全部的塔，红土中长出红砖塔身，满布大地
>
> 夕阳塔树，细长的阴影在灰红色雾霭中疾驶
> 一万座塔一万个样子，一万个样子各个相似
>
> 他们种下所有的塔，红土地长出信仰
> 看得见的历史，写在道路两旁
>
> 而看不见的手，已敲下回车
> 蒲甘的晨昏，定格
>
> 鸟，啼如风铃叮咚。清脆，抛散在晴空
>
> 神哪！阳光下细尘微动，整个世界屏住呼吸
> 是的，达玛央吉的砖缝已经对齐
> 真实不虚

　　红砖塔身的夕阳塔树正是柯布西耶所说的"朝着四个视域开
放"的建筑。作为一个诗人，陆陆进入真正的诗歌创作比较晚，但
作为一个人，他已经汇合了人类的各种知识和经验，这些知识和经

验将会与创作经验一起，汇入陆陆的精神世界中。我相信：在一个汇合又敞开的诗歌屋顶上，诗人陆陆将唱出更多更精彩的空间之歌、城市之歌、人性之歌！

帕瓦龙

本名俞建勤，生于 1962 年，杭州人，祖籍宁波。高级编辑，诗人、摄影家，中国作家协会会员、中国摄影家协会会员，"北回归线"诗群成员。20 世纪 80 年代初开始诗歌创作，90 年代初开始摄影创作。

出版个人诗集《站在远处看自己》《大门朝西》《穿过锁孔的风》《夜鹭》等。2015 年第六期《诗江南》首推诗人。

2018 年 5 月，应邀参加古巴哈瓦那国际诗歌节。

摄影作品曾获中国国家地理"飞羽瞬间"鸟类摄影大赛优秀奖、中国鸟类摄影展三等奖等奖项。

第十一章

人、猫、鸟或其他：

帕瓦龙和他的诗歌

写一首低调的诗

　　帕瓦龙是一个低调的人。他谙熟人世却不喜欢争辩。他喜欢占据某一个角落，甚至不占据任何一个角落，在人群之外，观察他们，拍摄他们。他以自己的方式参与世界：遁迹。遁迹于一杯酒，遁迹于一场宴席，遁迹于鸟的飞翔，遁迹于猫的慵懒，遁迹于他的照片，遁迹于他的诗句，遁迹于"一个蓄谋已久的故事里"……他敦实有如低音大提琴，他的头发有如他喜欢的"老墙一样灰白"。他一个人穿越想象的田野，一个人在黑暗中，在记忆的土豆田中找他的土豆，直到亲人、过去的自己、丧失了所有九条命的猫、只活在照片中的鸟或某个遗忘很久的女同学，都重新拥有了自己的体温，泛白的月光有了栀子花的面容，空白的纸上下起了一场小雨：

　　　　就一个人，穿过清晨

　　　　鸟鸣撒落田野的上学路上

　　　　心里默默和某个女同学

　　　　打一声招呼，然后

　　　　遁迹一个蓄谋已久的故事里

　　　　直到所有的光线和我

　　　　还有想象中的她

　　　　隐没伸手不见五指的黑夜里

当我的头发，如老墙一样灰白

沧桑难以回避

我就这样，似一颗

脱轨的流星

回到久远的庆春门外

初恋的地方

守着一盏灰暗的白炽灯

写一首低调的诗

————《写一首低调的诗》

　　一个低调的人，以极端的狂热创作着低调的诗，这是可能的吗？这是可能的，这个在疯狂高产的土豆田中挥汗如雨的人，这个低调的人，他在他抒情的低音大提琴上不断低回的是什么旋律呢？我听到的是一种哀婉的旋律，听到的是一首逝去的恋歌：

酒精在浮肿的日子里发芽

未尽的爱像易碎的器皿

古琴若隐若现的木屐声里

莲花摊开一张雪白的床单

灰鹤再一次回到浪漫的季节

它们停不下来，雨水四溢的春天

耀眼的闪电，加剧了

一双手握紧另一双手的力度

为什么会有重回爱恋的感觉？

年过半百，许多影子无法复活

去一个地方和不去一个地方

其实都无法抵达

我无限地放松和投降，像一行

未穿戴嫁妆的句子

聆听细雪辉映的红灯笼里

一对喜鹊发出的癫狂

　　　　　　　　——《未尽的爱》

　　灰鹤带来了伴侣和春天，记忆中的灰鹤的影子，还有爱恋中癫狂的喜鹊的影子，一双手相握的影子（你感到了它握疼你了吗？），初恋的轻轻疼痛又回来了，在诗句里，在几行朴素的、如莲花般盛开的诗句中。这些"未穿戴嫁妆的句子"负荷着爱意，回到可能的世界里，那里也有一段姻缘，被可能性的红灯笼映照着，在可能性的世界里刚刚下过一场细雪。

老照片或挽歌

在帕瓦龙的世界中，不断地听到一种挽歌的调子，一种淡淡的悲凉永久回绕，当然，他知道他已经回不去了。他回不到前世："变成一条鱼的时机错过了／变回一只鸟的机会也错过了"，穿过再熟悉不过的街道，但他回不到穿旗袍的年代（他无法同那个民国女子相拥）。他可以看到，鹊鸲、荷尖上歌唱的白头鹎，或一只绿鹭："游荡的绿鹭，用职业杀手般的喙／撕裂一条哭泣的鱼"，可是，他无法变回，比方说一只鸟，他无法转世，成为一条鱼。鸟是美丽的，也是残忍的，鱼儿挣扎着、哭泣着，老帕感受到鱼和鸟的世界，感受着这生命的残酷的轮回，在某个被失眠凌迟的梦里，他化为一只领角鸮，一只携带暗语的领角鸮：

> 携带暗语的领角鸮纠结前世今生的模样
>
> 我假装一直健康活着
>
> 听见心对我说：鱼也好，鸟也罢
>
> 从前回不去
>
> 　　　　　　　　　　　　——《从前回不去》

翻阅老帕的诗集，很少看到这种对前生的记忆，更多的是泛黄的老照片，那些深深隐藏在心底的菲林"在记忆的冲洗下"，突然曝光，出现在他前面，萦绕在他笔底："光线推门进来的时候／我隐藏心底的菲林在记忆的冲洗下／曝光了某年某月某天／某一刻零零散散不同的景象"。那些记忆，那些灰色的记忆，闪烁了一下，又趋于暗淡，它没有给我们提供现存的答案，但又似乎在昭示着什么："隐居很久的时光片段／像卡佛小说里的灰色镜头／抑或是我年少时有意无意的种种萌动／和一些无疾而终的故事／到了今天，看着窗台／穿透绿萝的光一点点暗淡下去／蝌蚪浮游指间的人生寓意／至今没有太确切的答案"（《记忆》）。

最老的一张照片来自上海，那是一张黑白照片，讲述的是上海弄堂里的故事，有一股中药的味道。诗人的外祖父母和母亲在那个石库门中长大："四十年代黄浦区的唐家中药铺子／他们度过了一生最为惬意的几年时光／如果不是我外公一夜疯狂的梭哈／便不会输光铺子，不会回到老家宁波／我的母亲也不会同后来成为我父亲的男人结婚／也不会有我和我的姐姐哥哥"（《春日》）。一次事故，一次纸牌的失利，就改变了一个人的一生，甚至整个家族的命运。我们每个人都不过是命运的纸牌游戏中的一张小纸片，在极大的意义上被决定、被规范着。骰子一掷便永远无法取消偶然，也恰如一只血脉中的鸟在神秘地起落："血缘就像一只泛着幽灵之光的苍鸮／不知隐没夜色的它何时飞翔、何时坠落"（《春日》）。

诗人关于上海还有一首诗：《雨打湿了老楼的故事》，这是一首浓郁的力作，诗人深情地描写了这幢老楼，它如风烛残年的老人，寂寞、孤独和苍凉，诗人追摹出这样的场景："尘烟往事，雨一样／沿着屋檐、墙隙流到心里／／古琴悠然，书声清朗／那年五月，终于迎来紫藤花开了／主人的小女将她的小说画上了句号／却等不到书中青梅竹马的男孩／派遣月老敲门，便匆匆挥泪吻别／搭上赴太平洋东部的洋轮越飘越远"。这首诗可以看作是诗人上海情结的一种延续。

另一张老照片是关于宁波的，关于父亲，关于方言。诗人发现，"父亲死的时候，终于将他的话语／变回了一口地道的宁波方言"。诗人的父亲生前从技术员、科长、副经理、处长一直干到厂长、书记，四十多年的工作，将只会一口方言的宁波江东穷裁缝的儿子，变成了一个满嘴能跑"普通话"的领导干部。这位父亲经历"狂热的崇拜、暴力，一不小心／酿成祸从口出的时代。一生隐匿／自己的语言，讲大家／听懂和接受的话，该不是／一件轻松的事！／直到临终，他才极不自觉地回到／从小讲惯方言的家乡"（《方言》）。也许你会感叹这一过程的漫长，但乡音终于还是从岁月强大的背景噪音中突显出来，变成了唯一的本真的声音。

当然，更多的照片是有关诗人的童年、少年和青年时代的。《东风充满着冷冽和怀旧》是一张充满生活喧嚣的照片，它很丰富，那其实是一组照片，甚至是一段小小的纪录片："东风吹过，会有以前久居城东庆春门外的味道／会有尘埃四扬的太平门直街／我就读的小学、九中和周边油菜花／络麻地、牛棚、河塘、露天粪缸、荒坟野菊／蜥蜴和蛐蛐的味道／也有标语、口号，喧天的锣鼓、藤帽、铁棍"。

这首诗中呈现了三个世界：主流世界是父母的世界。他们被革命的烈焰烧灼着，诗人的父亲"似一头受困的豹子，喝着／劣质黄酒，抽着新安江或飞马香烟／正为阻止不了固执的母亲"感到苦恼，直到有一天，"重伤的母亲被抬回家"。革命就像一根烈焰的火柴，一夜之间，诗人家周边的景芳、水湘和三叉村改成了青春、东方红和航海大队。第二个世界是老人世界，只有无奈、悲凉和落寞："老家宁波，白发苍苍的外公被赶出他的药店／强迫去北仑梅山劳动"。随着两个姐姐和大哥上山下乡插队去了，家里只剩下年迈的奶奶和两个年幼的孙子，落寞的奶奶面对突然冷寂下来的家，感到无所适从。第三个世界是"我"的世界："像一只书本里逃逸而出的灰色的小鸟/迷惘、青涩，时常靠偷看手抄本/和看一遍又一遍的露天电影/打发空虚、忧虑而漫长的时光"。

在《曾经的十年》一诗中，有一个辉煌的开头："去打铁关打一把镰刀/用夕阳般的坦然和赤诚/回到庆春门外，回到记忆深处/收割我的童年、少年和长出细茸胡须的青年/一些看似消逝不见的东西/会在秋天，选择一个月明星稀的时刻/围成一桌在酒精和茶水的温存下/娓娓道来"。20 世纪 70 年代的整整十年，经历了懵懂的小学，青春萌动的中学，那时的"我"是多么羞涩、幼稚和惆怅。可是，当年如此熟悉的太平门直街、就读的小学统统被拆光了，扫进历史的角落。贴沙河是唯一幸存的一条河，可是，"城东的河塘、田野、茅屋、荒冢没有了/鱼虾河蚌、青蛙蛤蟆、蛐蛐知了/黄豆儿绣眼鸟、叫魂的乌鸦都不见了"。然后，诗人回忆起若有若无的初恋："灰色的年代，院子周围的铁丝网/阻隔不了童年的燕子、少年的弹弓/和薄茧一样来到我十八岁手上的相思之愁/我的日记，写满了花开叶落，因为/春雨绵绵，我时常恍惚/想象并沉湎和心仪女孩共撑一把伞的样子"。

《十八岁的庆春门外》仍然是一首挽歌，一首诗人重新擦亮青春铜镜的尝试。人的记忆可能是远视的，也许正因为泛黄，正因为遥远而变得清晰。十八岁，"青春如晨雾悄然升腾，童年络麻地里寻找白头蛐蛐的劲头像一群潜行的鹛鹛沉入水底"。诗人的十八岁充满了时代的喧嚣和个人的碎片："十八岁的庆春门外，像一张泛黄/揉皱又摊平的旧报纸/破旧、简陋，时常卡车开过/尘埃飞扬的太平门直街/九月的阳光下，晃荡着我的/落榜通知、初恋、高复班、庞德、艾略特/临时工、招工单位……/一堆惶惑、纠结交集的名字/哦，我只想找心爱的女孩去人民电影院/看一场热泪盈眶的《生死恋》/女神般的栗原小卷/多少个夜里，需要无数遍/念叨你的名字，才能像一只红尾水鸲／灵动掠过一条激情四溢的溪流"。生活在远方，栗原小卷在远方。而生活仍旧是生活："母亲每天挎着沉甸甸菜篮回家的样子／八口之家围着八仙桌吃饭的日子／终于因五个孩子长大和祖母、父亲的离去／变成了一口令人怀念的锈蚀斑斑的钟"。诗人曾经无数次地站在贴沙河边铁路与人行道的交叉口，看着一节节绿皮火车飞驶而过："那时，我搓着手掌告诉自己／有朝一日，一定坐上火车去遥远的地方"。

在所有帕瓦龙的挽歌式的回忆性诗歌中，有着最美旋律的是《以前》：

> 以前的阳光／清新而温暖，课间的我／总是跑到阳光下踩脚，直到／暖意一点点升起／单薄的棉衣裹满阳光味道／牙齿在课堂朗读声里不再打战
>
> 以前的书包不沉重／除了课本作业簿，心爱的画笔／弹弓和一本写满私密话语的笔记本／还有许多夸张念头，我对拜伦／有着盲目痴迷和崇拜，而学习上／一直是平庸的泛泛之辈
>
> 以前的田野和河流也很多／五月的油菜花，六月的络麻地／去中学的路上总闻到熟悉的牛棚味／为看心仪的同班女同学／经常绕个弯，去跨一条小河的堤坝／从没想到河会在若干年后消逝了
>
> 以前觉得死是极其遥远的事／哪怕一次一次看到报纸加黑框的名字／1976年的电台不时传来哀乐／泪涌之后也就很快过去了，直到／如今至亲的长辈一个个不在了／才

知死和生一样从来没有停下过

　　以前在灰暗的灯下读书／相信前途是一片光明的／羞怯也是爱情表达的方式／以前一入冬，江边就停满各种水鸟／如今滩涂成了开发区，拍一只反嘴鹬／我要去很远很远的地方

消逝了，那些阳光，那些在阳光中跺脚的孩子们，那些能够感知温暖的身体；消逝了，那些画笔、弹弓，那些幻想；消逝了，那些牛棚，那些河流，还有绕远去看望的女生；消逝了，那种对死亡的敬畏与恐惧；消逝了的还有那些鸟，那些水鸟，它们是所有这些美好的象征。

猫

帕瓦龙的一生都与猫有缘，五岁时就和一只白猫成了好朋友，但他已经不记得了。在《与猫结缘始于七岁》，他写下了第一次留在他记忆中的那只在房梁上用绿松石眼睛盯着他的猫："七岁那年，/一只房梁上的猫/惊醒了我/我第一次看到猫的眼睛/夜里发出奇幻而幽邃的光芒/外婆说，我五岁时/已着迷跟家里的一只白猫混在一起/这点我没有印象/我只清晰记得七岁那晚/像收到天空之城的神秘符咒/猫轻盈游魂似的足声/似乎悄然命定了/我一生与猫天然而亲密的关系"，从此，他"以世俗以外的目光/走近那些四处流浪、乞食的猫/掏出怀里秋风扫荡殆尽的善良和童真/对每一只忐忑活着的猫/献一份爱/爱它们，就是爱自己"。

帕瓦龙虽然热衷于观察猫，也是一个爱猫人士，却并没有在家里养猫，他观察的是流浪猫，他为流浪猫投食："饥饿是一种黑暗中的黑暗/它剥夺了一切事物尊严……我每天去小区遛弯/总会多带一根喂猫的火腿肠"。他觉得在流浪状态中的猫才是自在的、神秘的、萌动着野性的："光影不再跳动，因为雨/流出笔端的字使灰色的天空更加晦涩、阴沉/母猫从一根细长的晾衣绳上跳下/它用妩媚的叫声取悦了一只公猫的欢心/把我喂它三年的友谊搁在一边/毫无顾忌地和情人在我眼前疯狂嘶叫、做爱/让我又一次想起多年前/逃离太平门直街上的红灯区的尴尬窘状"（《春雨赋》）。

　　《深夜，才是自由和哭泣的时候》是老帕一首有关流浪猫的代表性作品，波德莱尔的幽灵在闪烁，这是抒情诗的胜利：

暮色垂下，流浪猫就成了诗人
它踱步的姿态像个游魂
又像一首诗里出逃的韵脚
忽隐忽现的月光
更像一场轻盈而又猝不及防的抒情
午夜时分，婴儿般恣意
少妇般幽怨、鳏夫般惆怅
或低或高、或长或短，凌厉的叫声
似闪电撕打一扇扇门窗
如魔鬼的咏叹感悟命理和哲学

谜一样的目光，只有在梦境
绿松石般坚毅的眼睛
会魔术师般变出另外一个世界
古老的九条命传说，让迷信的人
一直以为它有通灵的本事，可又有谁
看到孤傲背后一颗一生缺乏慰安的心
饥饿、病痛和死亡如影相随
乞食而活，温顺、娴雅和几分慵懒
极致可爱地展现在人类面前
深夜，才是自由和哭泣的时候

　　对猫宠爱有加的人不少，有的人简直就是流浪猫的上帝，在《上帝》一诗中，老帕写了一个喂猫的老太太，他向我们描述的场景简直是一个奇观："晚上十点，夜静人稀／平湖秋月的马路旁，遇到了／一位喂猫的老太太／她摊开一张张报纸，有近二十米／将猫吃的食物一堆堆分好／此时，等候多时的四五十只各色各样的猫／早已争先恐后将她和食物团团围住／／天哪，如此众多的猫一块儿吃饭／我是头一次见到／这种震撼的场面与我在小区院子里／仅喂三只，简直无法同日而语／我谦逊又十分好奇地和老太太聊了起来／她说：这些可怜的流浪猫，已整整喂了八年，一些老去死了，／新生命又加入进来。它们就像一群／无人照顾、无家可归的孩子。／／天天如此，风雨无阻／八年来，老太太的手拉车已换了三辆／她说她喜欢这些小生命／愿意为它们付出时间、精力和食物／空气在我们的对话里变得庄重／她矮小的身影／在昏暗的路灯光下，突然／让我听到了仁慈、大爱，久违的／执着和信念，那一晚／在我看来，她就是猫的上帝"。

《猫的时间》是一首叙事性非常强的诗，诗中有三个主人公，是老帕和妻子长年喂养的三只流浪猫。它们各有个性。其中，狸花猫小灰，"习惯了在该出现时出现／不该出现时也出现／它独来独往，大部分时间／花在睡觉、舔毛、游戏和巡视上／自从有了我同它的喂养关系／在小区流浪猫的队伍里，性格孤高的它／颇有了些雅士的气质"。每天黎明，小灰和另外两只猫就会守在楼下，眼睛盯着老帕家的窗口："猫舔嗅黎明的触觉，再次证明／它像人一样会掌握时间／除非下雨，每天晨练的人还没起床／三只猫已不约而同在楼下蹲守／抬头盯着我家窗口仰望／那乞食的目光，在寒冷的冬天／凛然得杀手都会感动，我甚至听到／／未熄的路灯不止一次发出晕眩的颤抖／空气像是突然回到了寓言时代／／早餐多半由我太太／喂食叫王中王的火腿肠／主食晚餐基本由我到地下车库定点去喂／晚饭是一天中它们最期待的时刻／一听到我集合的口哨／它们便会从不同角落飞奔而来/甩着尾巴，争先恐后吃着各一份鱼糜拌饭/可厌的小灰，吃得兴奋时/还会发出一种咕噜咕噜的怪叫声//女儿、妻子、母亲，母猫的一生/同女人一样做三件事/它们忙于吃喝，忙于恋爱，忙于养育/柔软的身体，好奇而又惊恐的眼神/却始终拉开与人一段距离/享受好施之心，又不愿被驯化/若即若离的天性/就如猫眼变色的瞳孔神秘巨测"。这是一些琐碎却充满温情的诗句，没有太多的修饰，显得自然质朴。但一双猫眼，一份矜持，又让我们体会到自然的神秘和我们人类自身经验的狭促。

　　人类是复杂的，有善良的人向猫投食，也有心怀歹念的人向流浪猫投毒，就在过年前，诗人悉心喂养了四年的三只猫竟然都被人毒死了："小年夜前后/我所居住的小区/突然成了危险的地方/几只流浪猫/误食了掺了毒鼠强的猫粮后/接二连三地死去/连我喂养四年的黑白小花、狸花母女/也没能幸免/它们的扭曲的尸体/在垃圾桶里睁着冤魂的双眼/悲愤交加的我几夜难眠/当看到/别的流浪猫又在小区游荡/我只好用弹弓不停地射击它们/我希望它们听懂/子弹的语言/马上离开这个危险的地方"（《危险的地方》）。

　　2017 年 7 月 12 日，老帕写下了诗集《夜鹭》中最后一首以猫为主题的诗：《家猫——为喵喵来家里 300 天而写》，终于，这只猫不必担心人类的毒药了，也不会被老帕用弹弓驱离，它是老帕自童年之后养的第一只家猫："它独自卧在窗台的时候，像极了/一名深思熟虑的冥想者/它明亮的瞳仁在光的衬映下/魔术般变幻为一条垂直的黑线/刺针似闪亮的触须/有节律地在淡粉色的鼻尖两侧波动/一条粗黑的尾巴自动地甩来甩去/此刻，我难以判断它在思考什么/传言猫有通灵和九条命之说/基本可归为人类理想化的臆测//窗外，晨曦刚刚落地/偶尔传来零零落落的鸟鸣/每天，它选择这个时刻对着窗外/沉思一会。它从三个月大时在街头流浪/被女儿领回家里已经十个月了／瘦弱的身躯如今魁伟、健硕／只是七个月大时的去势，使得原本／阳刚的脸庞多了一点阴柔之气／并从此与性爱、欢悦绝了缘分／这是它作为家猫付出的最大代价／／如今，它对家里的一切了如指掌／作为领地观极强的动物，家里的空间／记忆里已经固化，它无法回到／祖先野外求生的残酷世界／习惯了衣食无忧的生活，也习惯了／人类眼神的注视和话语交流／它依然会时不时流露出／与生俱来的孤傲、矜持和几分冷漠／但时光无疑一天天／拉大着它与窗外世界的距离"。

　　这是一只家猫，它仍然是一个思考者，老帕用极为细腻的笔触描写了它，写出了它的毛色、鼻尖、触须、尾巴，以及在光的映衬下的神秘瞳仁。可是，它被阉割了生殖器，也许，它与生俱来的矜持和冷漠也会慢慢消逝，这就是它成为家猫的代价。它获得了安全，却也不可避免地丧失了自我。

被远方包围

　　帕瓦龙是一位优秀的鸟类摄影师，在中国诗人中没有人能够像他那样地去观察鸟类。在上面的文字中，我们曾经看到一个少年的形象：他望着一节节飞速驶去的绿皮列车，希望去远方展开自己的生活。在现实生活中，诗人并没有背井离乡，离开这座城市。多少年来，他像猫一样守在这个城市里。但在他的内心中，始终有一只鸟，一只大鸟，要冲破现实生活的牢房。而摄影艺术给了他面向远方的机遇。

　　《手表在雪夜停下了》是一首有意思的诗，我们感到时间的突然停滞，看到了远方对日常生活的突然入侵。第一段，写的是日常景象："手表在雪夜停下了／泻满月光的墙突然虚空／安静像一匹黑马的蹄声由远及近／孤寂回响，像切割一小段香肠／风站在门外／一只熟悉的猫虎视眈眈／它能轻易融入夜色／却不肯离开我，外面太冷"。第二段，借由神秘的猫所潜入的黑暗，诗人回到了非洲，回到了远行中最深刻的记忆，那拍摄狮子袭击角马的时刻："我握相机的双手不再优美／意料和意料外的事不断呈现／愈来愈小的空间留不住喝酒／欢爱和远行，一本泛黄的诗集里／夹着我几年前／在肯尼亚追拍狮子袭击角马的身影／非洲不下雪／乞力马扎罗山却终年积雪"。

　　去非洲拍狮子，确实是太奢侈的事，老帕更经常拍摄的对象是鸟。在《一个不同往日的我》中，诗人向我们呈现了另外一个自我，与严肃的办公室生活迥然不同的另一种生活："和以往朝九晚五／坐办公室的我完全不一样／在高黎贡山／我看到了一个不同往日的我／扛着600mm大炮照相机／沿着鸟道进进出出／／每天的生活节奏与鸟同步／高黎贡山是鸟的世界／花上一个礼拜能拍下四五十种鸟／这就像天天听鸟唱歌、看它演出／直到自己／差不多快变成一只会飞的鸟／我现在知道，过去的日子／过得多么自以为是／其实一只鸟／可以告诉我们很多生活道理／比如纯朴、隐逸、知足和忠诚……／都是简单的／不能再简单的处世哲学／／在高黎贡山／我每天和一个不同以往的我／相依为伴／我用600mm超远镜头／不停追着鸟，也不停地／从心里还原一个消失已久真实的我"。

　　纯粹从诗艺而言，这不是诗人的佳作，写得有点平，但它却是我们了解诗人的"另一种生活"的入口，他给了真实一种朴素的形式。

　　《想到即将去东北拍鸟》也是一首类似的诗，但写得更为传神。在诗中我们看到了一种朴素的渴望，来自生活的真实，诗人用极为写实的笔触写下他的内心的"奇痒"，乃至不由自主的身体反应："想到即将离开阴冷的南方／去更加寒冷的东北拍鸟／我扛三脚架的肩胛／又会燃起久违的酸痛和期待／右手食指也会不由自主地跳动／双耳则灌满了／相机发出的疯狂快门之声"。对这些北方的精灵，他如数家珍，他的心已经先行到了那里："冬天，去很北的东北拍鸟／我被阴雨霸占许久的潮湿胸腔／突然空旷，呼伦贝尔草原的风雪／在眼内沉淀，来自北极的雪鸮／清亮而诡异的笑声，让黑夜的梦／不再孤独，金雕、大鵟、苍鹰在头顶盘旋／兴安岭的长尾林鸮、乌林鸮／露出多年隐身江湖的真容／而文须雀和黑嘴松鸡／关系亲近得好像直爽的东北老乡／酒杯把盏间便掏心窝似的／把所有的秘密泄了底。"一想到要去东北，他突然变得年轻，他不能错过春天里丹顶鹤的爱情："想到即将去东北拍鸟／我老去的面容，瞬间年轻／扎龙湿地的丹顶鹤／可是又在谈论爱情？尽管／离春天还有一段日子／而我却已心生向往、向往……"。

　　当然，老帕也去南方拍鸟，比如去云南。他的一首《血雀》给人至深的印象，他为了拍这种"阳光下，像一团燃烧的火"一样的雄血雀，在水塘边等了这么久："在云南百花岭，我最想拍的／是像一团火的雄血雀／它生活在崇山峻岭／只有海拔两千米以上的地方才适合它／我在它经常出没的地方等它／不约定的偶遇全凭运气／几次听到它的鸣声，远远飞过／还跟着几只黄褐色的雌鸟"，经过山民指点，"我就天天守着水塘／赌它来一次就够了／等到一天黄昏／又听见它熟悉的声音／我知道它在远远地观察／我的手指微微颤动／熬不住口渴的雌鸟终于落在了塘边／疯狂的快门声后／雄鸟依然冷冷地站在远处／没有一点进塘的意思"。那只不进塘的雄血雀似乎一直坚持着它对人类的拒绝。它的自尊心在告诉它什么？它在坚守着什么？

鹗

我个人认为《早晨，都有一个隐秘的夜晚》一诗是诗人帕瓦龙
的最佳作品之一，这是一首神秘的诗：

> 早晨，都有一个隐秘的夜晚
>
> 月光树隙间轻吟
>
> 风沿着目光的方向，惊动猫的触须
>
> 针尖划过黑木唱片纹理
>
> 醉与醒之间，灯下阴影
>
> 自言自语，像一双亲爱的手握住自己
>
> 一张白纸终于在炎炎夏日
>
> 说出不再沮丧的话

诗人写到了从生活中可见的一朵独立雅致的白荷开始，晨光从
玻璃透视出血色，还有低沉的大提琴声。他想到杜桑的《下楼梯的
裸体女人》，还想到了"马拉河之渡"中为生存而战的角马们。老
帕与许多诗人一样，也是一个生活在双重世界中的人，一种神秘而
固执的声音一直缠绕着他，他生活在早晨阳光所蕴含的夜晚中：

> 早晨，都有一个隐秘的夜晚／属于卑微，属于梦想／
> 热衷一生里的某年某月某天某一刻／那些尘埃一样折射生

活的故事／令我着迷，尊重一个固执的选择／想象许多飞翔的翅膀和唱歌的鸟嗓／陪我林间散步、遐想／静静等待又一个夜晚悄然降临

我想，如果从老帕自己的诗歌中找到某个密钥，来阐述他诗歌中的两重性，我认为应该是鸮，遍布在他诗歌中的鸮，那些不住在他诗行中起落的鸮，可能是雕鸮，可能是乌林鸮，可能是纵纹腹小鸮，但更可能是一只雪鸮，它那么神秘，它是白色的夜晚，或夏夜中的白雪。

雕鸮是一个统治者，一个冷酷的杀手。在"五月的呼伦贝尔草原，嫩草、鲜花／蹚开了泥土蓬勃而出，牛羊欢叫／雕鸮展开它宽大的衣袖也走进春天／没有同伴，坐在食物链顶端的它／需要很大的领地／才能满足雄心壮志的统治"。它远避人类的视野，昼伏夜出，过着神秘主义者式的隐士生活，作为体形最大的鸟类，它睥睨世界，所以先民会将这类大鸟奉若神明，当作图腾的标志。它是冷酷的杀手，它的天敌是另一个更凶恶的杀手，即人类："它锐利的目光、强健的脚爪和刀刃般的喙／决定着方圆几百公里许多生命的死活／它庞大的阴影划过天空／草原上的野兔、狐狸、田鼠、飞鸟／无不魂飞魄散，纷纷逃匿／连强悍的鹰隼也主动退避三舍／天敌只剩下人类的枪口／／当星光寂寥地照亮草原／雕鸮醒来，那一刻它从不自诩为神灵／却像一个手握剑柄的杀手／在月亮冷冷的光里／制造一次次鲜为人知的杀戮／把看似沉重的生活过得虚无且缥缈"（《雕鸮》）。

而北方小鸮却是一个小型的猎手，爪子不宽大，也不太有力。《深夜，一只北方小鸮的独白》一诗对这种夜行动物有细致的描写："夜幕垂下，一只纵纹腹小鸮／用它并不宽大、并不有力的手掌／聚拢白天镜子里一幕幕散佚的影子／它像它祖辈，一点改变不了／昼

伏夜出的习惯／白天刺眼的阳光，让它双眼／聚焦模糊。过于清晰而袒露的景致／从来不是它喜欢的世界"。与雕鸮不同，小鸮喜欢人类居住的地方："不信上帝也不信佛祖／却固执选择在庙堂安家筑巢／它喜欢善男信女礼佛诵经的样子／把念经当成一首温和的催眠曲／但它觉得人与人之间看似和谐、温良／其实隐藏着／许多不可告人的秘密／白天，人类彼此戴着面具互相问候／晚上就会亮出致命的刀子"。但与人类相反，它不喜欢背叛自己，背叛春天，在今天杀虫剂统治的一个个"寂静的春天"里，它已经快要没有立锥之地："它不背叛自己，春天许下的诺言／秋天必定去结出果子／它逃离城市，喧嚣的节奏／阴霾不止的天空，似无数条逆行的灯光／令它泪流满面。作为一只／以昆虫、鼠类为主食的鸟类，它看到／自己快被疯狂的杀虫剂取而代之／曾经质朴的农民已经越来越不需要／它弱小的帮助。环顾四周／夜色已深，立在树梢上的纵纹腹小鸮／第一次感到今夜的月光特别凉薄"。

当然，在老帕的诗中出现得最多的是雪鸮。雪鸮是鸱鸮科的一种大型猛禽。全长约61厘米。全身羽毛白色，具褐斑。雪鸮惯于生活在北极的寒冷天气里，所以，它也被称为"北极猫头鹰"或"白色大猫头鹰"。雪鸮以鼠类、鸟类、昆虫为食。它叫声多变，当遇到威胁或骚扰时，会发出一种奇怪的敲击声。它在北极和西伯利亚繁殖，越冬时可见于中国东北和西北的部分漠野。

雪已经开始下了，但雪鸮还没有来。《乌尔其汗的雪》第一段写得特别干净，每一个词都像雪落在诗篇中："乌尔其汗的雪来得早／在雪鸮抵达前／我第一次见的森林已是一派肃穆／那只寡言而神秘的乌林鸮我没看到／在雪窝深处／只有一只三趾啄木鸟／在裹满雪的白桦树上不停啄食／雪鸮去了林甸苇场"。

在《在林甸苇场》中，诗人完全聚焦于雪鸮："大雪蔓延之后，一条冰河／同天地浑然一体／日光低垂／秋后残留的苇草一派枯黄／呼啸的北风隐约传来雪鸮的低鸣／／……寒鸦嘶鸣、对峙，草垛上的雪鸮／视而不见，这个来自极寒地带的外来者／要用一个冬季杀戮田鼠来救赎生存／远道而来的我／只是它其中一名铁杆粉丝"。

在老帕的诗中，这是一种孤独的大鸟，它通常孑然一身，孤立于突出的岩石上，那双有着金黄色虹膜的眼睛死死盯着可能出现的田鼠或鼠兔。在《雪鸮》一诗中，诗人先写了它的旅居生活："这里是一个暂时的家／作为来自北极寒带的稀客／你看似庞大的身躯／在空旷的林甸苇场孑然孤寂／贴着缀满霜雪的芦花飞行／习惯在收割完的草垛上打盹"，然后，诗人转入对雪鸮生命单纯性的礼赞："你拒绝金钱、权力和所谓的民主／谈性也克制到一年一次／把所有的梦／融入同你羽色一样的白雪里"。

为什么他要去雪野拍摄这种鸟？为什么雪鸮脸上单纯而又诡秘的笑永远吸引着他？也许是因为雪鸮脸上神秘的笑扯破了一切人类的假面具，也许是因为它唤醒了诗人对童年的无尽追忆：自由曾经是那么自然的一种东西，那么轻柔无声，游戏般缝合着白天与夜晚。拍摄雪鸮可以看作是诗人归返童年故乡的一种方式：

　　滴水成冰的季节／朔风刺痛双眼，用一生／仅有的几天，我把坦诚的目光／汇入冷冽阳光下你低飞的羽翼里／幻想回到童年／孩子一样围坐下来，做些游戏／在星光和旭日／映衬的一扇扇虚假的门里／如你一样来自由／把生活吟成一首轻柔的诗

同样写雪鸮的《冬天的日落来得早》又回到我们熟悉的挽歌的调子，第一段写得非常美："冬天的日落来得早／燃烧的太阳／在没入白雪皑皑的地平线时／天地通红，倔强的芦花／逆光里更似一团

团金色的烈焰/唯有寒风浅吟低唱"。雪鸮消失在夜色中,"不管我多么不愿意/天依然很快被夜色笼罩/雪鸮白雪般的身躯成为一团黑影/我看不见它犀利的目光/在它的心里/我也不过是一个移动的影子"。但诗人坚持"眺望雪鸮的方向"。人生的漫漫冬夜,雪鸮已经潜入了诗人的心中,在他的心灵的天空中继续飞翔。

夜鹭或人

　　诗人老帕是一个"鸟人"，他一次次远行，不畏艰难，拍了许多猛禽，如鸮，感受着荒原中的自由和力量。但他也拍了许多美丽的鸟，比如黑颈鹤、灰鹤、丹顶鹤等。

　　在云南念湖，诗人拍摄了黑颈鹤，也留下了盈满爱意的诗篇："三五成群的黑颈鹤啼鸣飞过头顶／同一频率拨动气流的语速／叙述着黑颈鹤的一生／和这个愈来愈不安的世界关系／我相信它们沉默而低调的遁世哲学／涵盖了太多我所无法理解的东西／我相信它们执着而嫉俗的爱情观念／有着星空一样纯粹的表达"《念湖》。

　　在《灰鹤的思念》中，他思念那只被偷猎者嗜血的枪声吞噬的灰鹤："墙上的影子沉入酒杯的那一刻／湖面露出了暮色残阳／我的朋友，那只成仙的灰鹤／骑上一个季节扬落的树叶去了天国／秋天终于走到尽头／思念在告别之后像雪一样洁白"。他在梦中又见到那对在冷水中相亲相爱的伴侣："樱花盛开的那一晚，我梦见你的同伴／回到了春天的西伯利亚，它们用喙／谈论爱情，用半透明的翅膀／呵护新生命的诞生，而你的妻子／那只孤零零的母鹤，对着白云翻滚的蓝天／不停地喊着你的名字"。这些"用喙／谈论爱情"的鸟类是多么让人动情。

　　诗人也曾沿着丹顶鹤迁徙的方向不停地追逐这种神奇的鸟："在低处，我用空气一样的手／抚摸自己。半生岁月／像一篷愈来

愈黯淡的火 / 沿着丹顶鹤迁徙的方向一路追寻 / 指纹悄然模糊的手掌 / 述说燕雀一样飞逝的童年 / 所有的失落、欢乐与挫折不再重要"（《天空之城》）。

不过，诗人帕瓦龙最重要的鸟类题材诗歌创作是《夜鹭》一诗。"夜鹭"也成了帕瓦龙为自己选定的这部最新个人诗集的名称。以下是老帕的一段自白：

"夜空划过夜鹭清亮的啼鸣，这些依然十分低调的声音，在城市褪去白日喧嚣之后显得格外宁静和温暖。夜鹭，一生不停迁徙并寻找温暖之处，在北半球冬季来临时去了温暖的南半球；反之，南半球寒冬降落时，又义无反顾地飞往开春之际的北半球。在我看来，它们就是人类所谓'诗与远方'的真正实践者。它们也是完全诗意地按照自己生命的密码规律，栖息于人类身旁的近邻之一。我之所以会将我的这本新诗集，毫不犹豫地命名为《夜鹭》，我想已经无须太多的理由加以说明。的确，十多年的拍摄野生鸟类经历，对自然和生命的体验已经深深融入我的血液。这些感受，让我极其自然地将所有感悟引入我的诗歌生命之中。"

《夜鹭》是一首富有雄心的诗，它分八节，134 行。这首诗体现了诗人老帕对生命的全面思索，有歌咏、有赞叹、有沉思、有叹息，也有真正的寂灭。诗歌一开头，就不同凡响：

> 写下"夜鹭"两字，天色已然入夜
> 靛青色的冠羽、青灰色的翅膀
> 月光下若隐若现，白昼血红的眼睛
> 因阳光遁迹黑暗而变得凝重、深邃
> 四月的星空，在樱花的气息里
> 更加苍茫。

　　夜鹭是一种神秘的、深邃的鸟，但它也代表了一种日常中的神秘。作为杭州这个城市常见的夏候鸟，它本是凡俗的，但在诗人的眼中却是一个密教的宣示者。诗中提到了德国神秘主义神学家爱克哈特，爱氏认为：人里面有一种神性的残迹或火花，一种非受造的心灵之光，可以通过超脱与作为万有之源并高于创造之神的最高神性相连，从而达到无所求索的泛爱自由境界。而在诗人老帕看来，夜鹭似乎比人类带有更多的神性残迹，拥有更多的神性火花。我们知道，爱克哈特大师之于存在主义大师海德格尔的后期思想有很强的塑形作用，而海德格尔的哲思是老帕许多作品的底色。夜鹭也从萨特的哲学大书中飞出来，这里较少神秘主义，但有比较多的对存在本身的抗争：

　　　　作为这个城市的夏候鸟，它们毫无理由
　　　　继承了爱克哈特神秘主义的哲学衣钵
　　　　每年悄然地来、默然地走。从来没有人
　　　　说得清楚它们到底从何处而来，又回哪里去？
　　　　它们就像一群从存在主义大师萨特著作里
　　　　出逃的注释，深奥、神秘
　　　　在嘈杂纷扰的世界里，用自己看似
　　　　并不强壮的身体，坦然抗击颓唐的钟声
　　　　贪婪的口欲和日趋恶化的环境

　　夜鹭是一种生命力顽强的鸟，具有野草一般的复苏力量。在人类的枪和网的威胁下，在人类活动日益毁灭它生存环境的时代，它们暂时寓居于西湖一角，忍受着五月的闪电和八月的燠热。它们繁衍着，传承着生命密码，它们飞翔中的生命像是穿越生死的一条虚线：

读一本《自然的历史》，会感到我吐露的爱

是多么徒劳。许多鸟类

在凶残的火枪下早已灭绝，那些憨厚

纯真的眼睛，像低垂的经幡道不尽的哀怨

在一页页轻薄的纸里低声啜泣

凭借庞大的种群，野草般顽强的生命力

夜鹭繁衍的本事，犹如人类

迷恋青花瓷一般执着，生命密码

一代一代遗传至今

在茅家埠一排排笔直葱郁的水杉树上

它们安然地隐匿湖光山色

即使在雷雨交加的五月，酷暑难熬的八月

从不奢望过多的同情和施舍

　　整首诗仍然是挽歌体的，充满了愁绪和离情，但其中也有一抹
亮色，这就是有关恋爱中的夜鹭的深情描绘：

一只夜鹭对着另一只夜鹭

不停口哨、唱歌

我知道，这意味又到了最精彩的恋爱季节

秧苗茁壮，河塘鱼肥

鹭鸟换上了一年里最美的繁殖羽

互相争斗、调情，丰富的肢体语言

使我觉得我描述的技能

口拙舌笨。经历一次次考验

表达一次次忠诚，雄性夜鹭

叼着树枝终将赢得雌鸟的芳心。接着

> 是两颈相绕、喙对喙亲昵，一次次
> 激情四溢的交尾，筑巢产卵、育雏……

在诗中，抒情主人公"我"，在观察着夜鹭，"我"的双眼热情地追踪着夜鹭的飞翔、穿梭、捕鱼。有时，当夜鹭如雕像般站立塔尖或在空中嬉戏如闲庭信步，诗人会陷入沉思：

> 生命，从来就有可能迸发无限的能量
> 四月的西湖，烟雨苍翠
> 夜鹭在三潭印月、湖心亭和阮公墩之间
> 来回穿梭，突然俯冲水面
> 尖利的喙轻轻一啄，一条鳞光闪烁的鱼
> 扑腾着被叼上天空
> 有时，它似一尊雕塑站在三潭印月的塔尖
> 久久凝视湖面，像电影里随时
> 一剑封喉的狙击手
> 它飞行的速度不算太快
> 扇舞翅膀的节奏，让我十分羡慕
> 它空中闲庭散步的样子

逐渐地，诗人"我"也化身为鸟，在梦的天空下，"我的脊背长出一对夜鹭的翅膀"。这是一只热情而忧郁的夜鹭，在一个雪夜，在初恋的心跳中飞过青春，飞向根和故乡的方向，它所扇动的树叶都变成了诗篇：

> 我喜欢悠闲的生活、懒散的时光
> 喜欢一切没有束缚的东西
> 在失落和逃避的日子里，我盼望

某个漆黑的夜晚

我的脊背长出一对夜鹭的翅膀

……

像又一次

回到曾经生活三十年的庆春门外

一只忧郁的夜鹭，穿过

路灯灰暗而狭窄的弄堂，等候

最心动的初恋降临

多年来，我在体内营造一个小小的故乡

想象我的根，一直和过去的风、阳光

在那里徘徊，我脆弱的灵魂

选择一个雪夜，一身素裹

带着我的诗集

悄无声息地回到那里

在诗的最后，达到了它的最宽阔和最幽远之处，一只夜鹭，一只哲思的夜鹭，越过恼人的骗人的四月，越过艾略特的《荒原》，穿越诗人的青春，飞越爱情，穿透尘世的所有幸福，进入弘一法师的枯寂和澄明的世界，回到永恒的虚无：

我收拢的目光回到桌上

再一次听见夜鹭划破夜空，传来

蚕丝般颤动的啼鸣。一种飘浮之感

像无数词语敲打深夜之门

真实的、虚无的一张张脸，似不安的月光

似艾略特的一声长叹——

四月是最残忍的月份

混入泥土的丁香、回忆和欲望

一度迎风悲凉。荒原

一个难以言说的意象，像一把火

融化了我十八岁的骨头

如今，我依然活得一如既往的独立

在乎诗意、柔情和爱坐在一起

聊天、饮酒和喝茶。尘世的日子终将

挥手离去，所以慈悲为怀

像活得彻底的弘一法师

一只低调的夜莺，活着时两眼澄明

走了就了无牵挂

帕瓦龙的诗学

帕瓦龙的创作，总体上是以挽歌体抒情诗为主要特征的，但也有许多闲情小品，在这里不作一一描述。

虽然我觉得帕瓦龙的诗是挽歌体的，但它最大的特色却是抒情与叙事的结合。抒情诗并不排斥叙事。在某个角度看，帕瓦龙简直是一个叙事狂人，他的数量庞大的诗歌都是有明确时间、地点和人物（或对象）的。有关故人、故土和往事的追忆，有关猫的题材或鸟的题材的大作，都有极强的叙事性。然而，叙事之后，或在叙事之间，会出现抒情的旋律线，从这些旋律线中，情感的幽灵被释放出来，逐渐地，叙事让位给了挽歌，但没有这些细腻的叙事，我们甚至不知道作者追忆和萦回的是些什么。

从主题上看，帕瓦龙的特点是系列性和系统性，他是国内诗歌中对动物（尤其以猫和鸟为擅长）有最精微观察和最细致描写的诗人，他的一些以鸟为题材的作品达到了相当高的水平。他不仅是一位优秀的诗人，也是一位优秀的摄影师，如果不了解这个双重身份，就难以理解他的许多作品。也许，应该把他历年写鸟的所有诗歌汇于一册，配上他的摄影作品，这样，大家可以有一个更直观的观感。

从思想脉络上，帕瓦龙自己也提到了海德格尔对他的巨大影响。海德格尔的思想与中国道家、禅学思想都有内在的契合，从海德格尔向上溯源，可以找到从古希腊前苏格拉底哲学到神秘主义者爱克哈特大师一直到尼采的思想涌泉。帕瓦龙显然是熟稔这一脉络的，这种哲学上的神秘主义贯通了东西方哲学，也成为一切生态思想的内在支撑。

从诗学体系上，帕瓦龙的创作属于象征主义的体系，他研读过波德莱尔、叶芝、里尔克、艾略特、庞德、弗罗斯特、勃莱等诗人的作品，他有自己的象征体系，对雪鸮、白鹤、夜鹭或猫的描述与咏叹都是与故乡和远方、存在与虚无、自然与人间、生命与死亡等大主题相协韵的，这种普遍的应和关系体现得很显豁。与后期象征主义的博大和繁复不同，帕瓦龙的诗歌更接近早期象征主义的诗歌，早期象征主义与浪漫主义和古典主义都没有完全割裂。帕瓦龙的诗歌也是这样，在象征主义的总体氛围中，也有古典主义（中国式的）和浪漫主义（普遍意义上的）。

在语言技巧上，帕瓦龙通常采用比较素朴的语言，早期象征主义的诗歌总体也是比较素朴的，但它具有音乐性、流动性和一定的朦胧性。帕瓦龙的诗歌语言不追求突兀的语调、奇崛的意象和艰涩的表达，他追求的是一种优雅的、从容的、协调的语言，在他最好的诗里，他几乎达到了自己的理想。

这些诗，用轻轻的语调向我们述说，带着叹息和哀婉。这些诗，它们来自一个淡泊的心灵，一对隐形的翅膀在远方振翅，你感受到空气在轻微地振动吗？

阿波

原名马越波，湖州花林人，生于 1968 年，现居杭州。

1989 年，和阿九、张典、千叶、郭靖等成立在杭高校"十二人诗歌小组"。2016 年，主持浙江新闻客户端"诗的早安"，存录中国当代诗人作品和声音。2018 年，和梁晓明等共同编辑诗选《中国先锋诗歌——北回归线三十年》。主编诗刊《北回归线》（2007 年至 2017 年）。

出版诗集《阿波诗歌自选集》《晨昏》《十五人集》（合集）等。

第 十二 章

恍惚的花园：

///

有关阿波诗歌的片段印象

◆ ◆ 1 ◆ ◆

　　阿波的挚友、诗人阿九对阿波有很有趣的描写："阿波的相貌接近列维－斯特劳斯《野性的思维》插图里的一只目光炯炯的鸟面人，他的思维也颇具史前气质。他的语言是初民语言、当代口语和超现实主义意识流的混合体。阿波天性就是一个诗人：友好，喜欢微笑，容易接近。他善于发现细节，并把它们变成自己的感动，再跟别人分享这些感动。他还喜欢将直觉和感悟变成一种只在两个人之间分享的秘密，包括一张锡箔、一句因口误而别有意味的话，都会被他的记忆珍藏。"

　　这样的描写吻合我们对阿波的印象：诗人阿波是一个隐忍、内秀、有古典气质的人，一个非常善良、对世界看得很深透的人，一个注重细节、关注细微变化、体察微妙情绪并喜欢微笑的人。

　　阿波的话不多，语速也不快。在一席人中他常常是最沉默的一个，尽管人群中很少有人像他这样周游世界、见多识广。在他不得不说话的时候，我们才终于听到了他平缓、冷静、从不哗众取宠的带家乡口音的普通话，声音像衣袖的舞动那么轻，但很清晰，很坚定，他吐出的每一个字似乎都在思想中被严格过滤、在胸腔中久久停留，然后才来到空气中，像秋天的一片叶子一样静静地落下来。

◆ ◆ 2 ◆ ◆

　　自然，阿波的诗歌也是他个性的凝结物，他写的大多数诗都是很安静的诗，这些诗节制、朴实、简约。即使在他早年的诗歌中，沉静美也是他的主要特色。但青春的狞厉激情偶尔会占据他的内心，不时回响在他的诗歌中，他声称：诗歌就是青春。在那首写于1990年的感人的诗歌《灯》中，他写出这种无可比拟的洒满了鲜花的激情，"一颗微弱的火／一片青天之下"：

> 如果灯已经点亮
>
> 由你或者任何一个人
>
> 把它点亮
>
> 那么在此寒冷的冬夜
>
> 我们就不会站在风来的地方
>
> 如果灯已经点亮
>
> 由你或者任何一个人
>
> 把它点亮
>
> 那么我们就会看见回去的地方
>
> 一颗微弱的火
>
> 一片青天之下
>
> 它是我们过去盛开的鲜花

他也尊重诗歌中的复杂、激情和浪漫，他喜欢一些在"弱"的外表下有着雄奇瑰丽想象力的诗人，比如李贺、李商隐，比如叶芝。

在2002年的《如废墟般繁花似锦的中心》中，阿波是这样写的：

> 他们来了
>
> 远离星辰
>
> 翻飞不息地伸向你
>
> 一个世界开始蔓延

> 那些等待已久的名字
> 李贺，叶芝
>
> 花园疾速地收敛
> 他们来了，依然如故

　　阿波很少在诗歌中提到其他的诗人，也很少刻意攻读现代派大师的作品，据阿九说，他很熟悉法国超现实主义的诗人的作品，但在他现存的作品中很少有超现实主义的痕迹。不过，诗人既然在这里提到了李贺和叶芝，便值得我们去做进一步的探讨。

❖ ❖ 3 ❖ ❖

　　李商隐在《李贺小传》中引用旧说，有这样的描写："长吉细瘦，通眉，长指爪……"有"诗鬼"之称的李贺活了27岁，写了200多首诗歌，才华横溢。他的诗风格幽冷凄婉。他喜欢用"死""血""鬼""泣"之类的字眼。按理说力避平淡的李贺诗风与阿波的总体诗风不太相像，但想必李贺诗中的浪漫情怀感动了阿波。早期阿波的一些诗还真有点李贺之风呢，比如那首校园名作《有女同车》，诗中有这样的句子："我们凄厉如鬼／成双成对的脚趾／如泣如诉／我们丰腴的耳垂／多少星星的后裔／如两片光芒／白洁整齐"。

　　李贺与贾岛、孟郊等都属于苦吟派，据传说，他一清早就骑一匹弱马，背着古锦囊，四处觅诗，一些片段在晚上慢慢发展成为完整的诗。阿波似乎也是一位苦吟派的诗人，他的诗歌有比较强的片段性，有时是回忆的一个片段，有时是一段生活流，有时是梦的记录，有些干脆还没有成形，只是一些片段的集合。他的诗集中收录了一些有趣的残句，多少让我们窥见阿波的创作秘密。比如他写下了这样的句子："旋转，深陷却如莲花裂开般明亮"（1995.4.6）；"'谁又看得起自己的写作'／现在我坐下来，太阳在身后旋转／那里没有道路／没有话语／可惧的沉寂的宁静／／一个虚设的原野上一匹虚设的马"（1998.11.12）；"当一朵小花在飞翔／掠过，是一朵小花在飞翔／而消逝"（2000.5.1）；"有一些'脚步声'／慢慢响起来，踩过你的胸口／迫使你回头"（2005）。一些秘密的声音、情绪或者感动在发育，在漫无目的地抽芽。

在阿波的大多数诗歌中，我们看到他努力把片段发育为一首真正的诗歌所做的巨大努力。瓦雷里是对的，他认为，一个人无论多么有天赋，也难以只凭灵感创作。灵感并非总是有效的，通常它"挟带着很多渣滓，包含着大量缺点"。灵感是必要的，但正如瓦雷里所说，经过艰苦的主观努力才能写出好诗："神明亲切地无偿送给我们某一句诗作为开头；但第二句要由我们自己来创造，并且要与第一句相协调，要配得上它那超自然的兄长。为了使它与上天馈赠的那句诗相当，运用全部经验和精神资源并不为过。"

◆ ◆ 4 ◆ ◆

叶芝对阿波的影响可能是双重的：一方面，作为浪漫主义者的早期叶芝持久地感动着阿波。叶芝的早期抒情诗体现了精神的纯粹性，对美的沉迷，神示一般的语言。在阿波的早期诗中，也充满了叶芝式的崇高的气象，一种弥漫着生命力的美在恣意徜徉，在生长，在像脉搏一样律动。像叶芝的一些诗一样，诗人把双重自我在现实世界中并置。一个是实在的自我，一个是想象中的自我，在诗歌的场域中，幻想的自我在涨大。在空气和玫瑰中弥散。另一方面，叶芝晚期诗歌的口语化风格和智性风格可能也吸引着阿波。像叶芝一样，"随时间而来的智慧"更多地体现在阿波的诗歌中，叶芝的诗句"虽然枝条很多，根却只有一条/穿过我青春的所有说谎的日子/我在阳光下抖掉我的枝叶和花朵/现在我可以枯萎而进入真理"，这四句诗歌几乎也可以成为对阿波晚近一些深刻、内敛的诗歌写作的极好写照。

阿波的写作是一种非常个人的写作，但另一方面，他一直是一位严厉的观察者。他喜欢用虚拟语气，他始终在自诘，在反思。那么，他是如何在个性化与非个性化之间达到某种平衡的呢？其实这也是困扰着包括叶芝在内的许多大诗人的问题。叶芝发现，象征主义虽然可以帮他的诗歌摆脱浪漫主义的唯我论，实现非个性化，但如果诗人被驱逐出诗歌，便意味着诗人失去了在诗歌中的核心地位，如何平衡非个性化与个性化的关系才是问题的关键。在1910年一次题为"我青年时代的朋友"的演讲中，叶芝把作者的主体分成"性格"与"个性"。所谓"性格"，是指"由所有现有习惯构成的那个自我"，而"个性比性格更重要，更纯粹……一个在写作中确立风格的作家便是在塑造他的个性"。诗歌中的个性需要诗人克服那个习惯构成的庸常的自我，它必须高度审美化，在高度的艺术范式中呈现自我。诚然，阿波是一个在诗歌中主要运用主观视角的诗人，但由于他的诗歌能够呈现叶芝所说的那种"个性"，因此，他的诗经常又让人觉得是客观的、非个人化的。

● ◆ ● ◆ **5** ◆ ● ◆ ●

如果非得要用一句诗来总结阿波的诗风，我会用他的这句诗："花园疾速地收敛"。这句诗很美。这是一个花园，一个因枯萎而趋于成熟的花园，一个快速收缩的花园，可以成为一件艺术品，可以结晶，可以成为一首诗，一句诗，一个词。它体现了一个凝聚的过程，它也有力量解开、弥散，干果又会回到水灵灵的果实。

　　内敛和简洁之美从一开始就出现在阿波的诗歌中，除了有些有意饶舌的生活流的诗歌，它几乎就是阿波诗歌的本色。我们可以从头开始考察。

　　1988 年的《春雪》写了浪漫的天使，但也只是不经心地发现的：

> 就是那傍晚不经心地发现
> 满天都是奇异的色彩
> 两个绿衣小天使蹦跳着
> 行走在宽宽的云端

　　1991 年的《霜降》只用了三句，写出了一个剪影般瘦削的孤独旅者的形象：

> 霜在清晨已经落下
> 我避开它。无形地覆盖
>
> 独立前行

　　1991 年的《翻过山岗》写了一种正大的美，但关注的中心却是细节，细微的差别，昨日的月亮和今日的月亮，柔弱的露珠和微热的手心：

> 我这样称呼你，前面的拥有者
> 一轮月亮正悬挂中天
> 近暮的赭色亮着，与昨日差别
> 殊微。殊微的差别
> 往下滑行

远处和近处彼此照亮

在黑暗——看见清晨的露珠

怎样凝聚，怎样滴入微热的手心

最柔弱的，它踩过河草

数的秘密渐渐显露

2001 年的《这个午后》只有四句，却像一阵悲风划过纸页：

这个午后，我可以听见声音

听见叹息

听见树枝划过衣衫

听见悲哀骑着快马飞奔

◆ ◆ 6 ◆ ◆

诗歌对阿波来说是一种引领，一种"最珍贵的东西"："我惊喜于诗歌所展示的东西，它引领着我。它让我感受到最珍贵的，那些超乎于爱，超乎于自身的，不可思考的。它植入我的内心。我因它而可以看见最好的东西，这些东西是在诗歌之中，也在我正在继续的时间之中。"可是他并不愿意说，它是什么。或许诗歌是奇迹，可是它只发生在日常生活中："我甚至不愿意去想那是什么，具体是什么，它就在那儿，我可以确实感觉到它的存在，它胜过喜悦，爱，它在普通的日常生活，人群中存在着。它给予我低头的坚持。"

日常性是阿波诗歌的一大特点，那些"双目垂下的日子是多么美妙"，他混迹于日常中，混迹于人群中，几乎泯灭于暗色的休息状态，同时，他观察，他写作，像在空气中不经意地挥一挥衣衫。在《关于放弃和离开的一个诗歌记录》中，他记录了一个下午："下午五时 / 人们谈论着，互相握手 / 微笑，走动，道别，像一切正

在发生的事情"。可是，他关注的中心不是那些在客厅中高谈阔论
的人物，而是一张孤独的椅子，以及某个窗外的清洁工："这儿，
一张桌子/椅子，椅脚放在地上/多么孤独放在地上……清洁工在
人群中晃动/卡车一辆接着一辆从身边驶过"。

《擦玻璃的老人》也是一首有意思的诗，它不是客观的描述，
而是出现在"我"的记忆中，被我"想"起：

> 忽然想起那个擦玻璃的老人
> 他年纪不大，儿孙满堂
> 提了水桶，到我们的大楼擦拭玻璃
>
> 现在天又灰蒙蒙的一大片
> 飞鸟还在阳台附近发出叫声
> 立柱还是那么光滑坚实
>
> 我想起他弯下腰的样子
> 一件最普通不过的蓝色上衣已经洗得发白
> 我看不见他的脸，也看不见他的双手
>
> 白天和黑夜让我着迷
> 我站立在这儿
> 他掏出一大块布条，浸在水里
>
> 拧干，铺开，一下抹去那些痕迹
> 抹去我，抹去他心中的美丽妖娆
> 我写下来，可是不能克制

当他提起水桶往回走

鲜活的鲫鱼跳起来

近旁我们，发出忍了很久的喧哗

确实，"低头的坚持"，让阿波看到了日常生活，看到日常生活的美丽和忧伤，可是，他总是坚持在一种近乎是"恍惚"的状态中目击现实。渐渐地，擦玻璃的老人，已经不是在擦洗现实中的任何一块玻璃，而是在擦洗作者内心的某块玻璃，于是，在一桶污水中，"鲜活的鲫鱼跳起来"了。

◆ ◆ ◆ 7 ◆ ◆ ◆

与李贺一样，芥川龙之介也是阿波喜欢的作家，他们都是早逝的天才。1927 年，芥川才 35 岁，便因"恍惚的不安"自行中止了自己的生命。生性敏感的芥川，每每因一两件不起眼的小事而震颤不已，可是，对美的细节的痴迷只是暂时平衡了他内心的厌世主义倾向。不能否认，阿波的诗歌中也有"恍惚的不安"，可是，更多出现的是恍惚的幸福感、恍惚的安宁。在尘世中，阿波是奔忙的，诗歌带给他的是一种安宁，一种家一样自然的感觉，一种日常化了的爱的感觉。

与恍惚相关的是阿波诗歌的疏离感。比如《春天就要过去》一诗，开始是这样的："春天就要过去 / 百花合拢 / 我在收缩 // 我想大海了 / 甚至想它如何耀眼动人 / 如何让人奔腾不息"。春天应该和开花、解冻的溪流、太阳有关，可是，诗歌中出现的大多是与秋天的一般意象相关的，收缩、百花合拢，还有月亮，真正抓住他的，就是那个月亮意象，是一个他在幻觉中得到的月亮印象：

明月开始发亮

它紧紧抓住我，牙齿咬进我的身体
多么美妙，这幻象

　　还有《威尼斯女孩》，在诗歌的开头，可能是作者在圣马可广场的印象，他遇到的一个女孩："我们就遇见那么一次，没有隐秘／坐在广场边，看那些鸽子抖动羽毛／岩石，大海，我谈不上喜欢"；然后就开始进入持久的幻觉中，进入恍惚的状态，谈到了旧诗篇，谈到了人对自然的破坏；最后又回到了"一个人"，可能是那个威尼斯女孩，也可能是另外的人：

翻阅十几年前的诗篇
生活在梦想
他是一直这么说的
岩石，大海，我谈不上喜欢

我们毁坏了许多东西
在它们动情歌唱的时候
正在生长的时候
在一个大花园里

事情并没有多少复杂
它就在眼前
一个人如此站立
坚决，谦卑，深深的温暖
莫名其妙的进步

◆ ◆ 8 ◆ ◆

什么是"超现实主义意识流"呢？阿九竟然这样定义阿波的诗歌。这是违反文学史常识的呀。可是又有什么不对呢？在面对阿波恍惚的诗歌时，文学史的标准概念是使不上劲的，得用一点阿九式的蛮力。

在阿波最近一两年的诗歌中，他仍然在口语、日常场景中展开自己和自己的诗句，对他而言，诗歌"毕竟是个人的事"。只是，或许是，他更风轻云淡了。他的许多诗，像是在闲聊，和自己闲聊，畅想。有时他从日常场景中突然抽离，进入意识流，日常场景突然成为超现实的场景。

比如写于 2013 年夏天的《致友人》，通篇是意识流式的闲聊，从夏天的大早开始，想到或许"鸟已绝迹"，提到了放松和自由状态下的自己："和你一样，我热爱街道，半夜读诗／不至于疯狂／磕磕绊绊地跟随和倒退／不至于消失／／没有仇人，只有爱人／他们都在努力认出你／在秋天和严冬没有到来之前／像一对情侣"。

比如写于 2012 年的《春日》。诗歌的第一段是日常场景："日子有时候像是天堂／飞机从暮霭里斜斜穿过／邻居领着孩子回家／很大的白色花瓣落了一地"。这本来是日常场景的观察，可是下面的一句诗让人吃惊："现在才看见这些"，也就是说，它不一定是观察，而是日常观察的印象，是一种很淡然的超现实。然后又回到了日常写实："傍晚前，我从地下车库出来／约她走了一段路／身体变得疲倦，暖和"，"她"没有由头地出现，然后又消失了，似乎代表什么，似乎并不代表什么。最后两段是意识流式的恍惚的畅想：

> 当我们还没年老
> 也不记得发生和来临的事情

菜场就要打烊
鳜鱼在小池子里晃动

天色渐渐暗了
静止的痕迹一点一点消失
无法阻止，另一个清晨
早起的人群在密雨霏霏中

◆ ◆ 9 ◆ ◆

应该是由于七七，阿波爱上了七仙女和董永的故事，在入夜时分，妻子就在身边，阿波感到了那种又柔弱又坚定的力量。

《董永和七仙女》是阿波比较不恍惚的诗歌，因为爱情，特别是发生还不是太久的爱情，会有与生俱来的炽热或浓烈感：

你那么草率地藏起她。
偷窥天上的秘密，圆润湿滑
并非想象中的精致，也不明亮。

你怀中的裙衣，粉末一样的颜色
请小心翼翼，如果从你手中滑落
像容颜。像歌曲。

这几乎是阿波最客观的诗歌之一，他坚持让自己留在故事传说中，"她"是纯粹的爱情，"她"与生活中的"她"并不相像，"她"是一种纯爱，它无关乎知识，无关乎艺术生活，它是一种几乎无我的抽象的爱，也是一种日常的爱，因为"她热爱人间所有东西"：

她贪恋的是背影，脚步，你的轮廓
也贪恋你，贱民的爱情
随时随地的引导。一个陌生的大地

如果教她识字，辨别好和坏
是困难的事情。她热爱人间所有东西
包括操劳，哭泣，和犹豫

◆ ◆ **10** ◆ ◆

　　献给七七的《滨河花园》是阿波的代表作之一。在这首诗歌中，激情和克制，达到了一种成熟的平衡境界。滨河花园是阿波老家湖州的一个小区，在这个小区的一段生活，可能决定了阿波此后的人生走向。"为了我的延续，现在／是我们，更多的人／一首诗歌"，"我"走向了"我们"，走向了"更多的人"，从孤独自我走出来，从"镶嵌在石墙中的窗户"，"我"发现了生活，"我"伸出了手，"你"也伸出了手，也许上天也在此刻伸出了无形的手，在此阿波写下了他最优美的诗歌之一。在这一首整体写实的并不恍惚的诗歌中，他写出了一种恍惚的幸福感：

伸出的手颤动着
生活在头顶晕眩，清澈和混浊
这，"镶嵌在石墙中的窗户"
延迟，潮湿，阳光下的暴晒
摇晃，脱落，它没有改变

歌声淹没在不停息的离去中

打开，关闭
我只在意这些

一生只有一个笑容
外面是春天灰暗的下午
密雨中的道路，卡车，停滞的树木和花草

在滨河花园的日子并不是锦衣玉食的日子，相反，它是幽暗、潮湿的，就像生活本来的面目一样："从水泥楼梯上去／早晨的阳光不能照到门口／幽暗，潮湿的木制鞋架／过道通往房间／巨大的衣橱在床边，没有书桌／／这是不真实的描述，我忽略了／触手可及的掉落／地面的水渍，弥漫的重叠／没有拉开的窗帘"，正是在那里，"她得到一整个晚上的温暖"。近于失眠的诗人在夜晚听到一个声音，一个永不停息的旋转的声音，它"带来鹅毛般的摇晃"：

夜晚，或者近处传来的一个声音

我不想确认它是什么／不想看见它如何在飞来飞去／用一个动作，一个词把它抹去

永不停息的，旋转，反复／带来鹅毛般的摇晃，它并不美／也不是一个可以骄傲对待的东西／我忽略着，在即将成为中心花园的这个地方，时间已／堆积成山

也许，"它"也是生活的一部分，爱情会被生活的雨水浸泡，也许，这声音是一种召唤，可是"它并不美／也不是一个可以骄傲对待的东西"，爱情向生活前进的时候，将是踟蹰的、艰难的，要穿过坚硬的阻碍，也要穿越节日的幻想，"我们"将试着抓住它：

我们试着穿过坚硬

穿过节日，穿过停顿，消散

如果事物总是可以比喻

我们试着抓住垂下的，远离的，和中间那巨大的等待

◆ ◆ 11 ◆ ◆

有关爱情，艾略特给了我们一点忠告："男女之间的相爱（就这一点而论，人与人之间的）必须通过更高层次的爱来解释并使之合理化，否则就是动物性的结合。"阿波景仰一种精神的爱，但也不排斥日常生活中的爱。爱应该是双重奏，爱应该是生活中的复调。秦嘉与其妻徐淑是中国文学史上一对有名的恩爱夫妻，他们的事迹为阿波所景仰，与此相关的是：阿波的妻子苏七七与阿波一样从事写作。

《秦嘉》是阿波的一次诗歌探险，他把秦嘉、徐淑的爱情与他和七七的爱情在恍惚中写到了一起。诗的一开头，是这样的四句："陇西洛阳津乡亭，我穿过几个街口回到家中。／让我封闭在你的友情中，郁郁葱葱。／不坚固，不盈满。你喜欢什么？／我理解的'寒'是微弱，折断的树枝。像风吹过。"然后，恍惚中，洛阳又变成了杭州：

杭州已入夜。妻子在身边，像天仙一样娇弱坚定。

你也笑了。是的，简单的文字。"镜子""芳香"

我都预备。你一生只写一次。我却经常抚摸，擦拭。

它们落下来。趁我睡觉，做爱，发怒，远走他乡。

你想说什么？比我更寡言的你。
我羞耻于自己的平静。面对美，暴力，死亡
侧身而过，"卷起席子一样的心"。
我已知道你的惊诧。原谅我。

清晨不得不来临，它抓住缰绳，那令你不快的迟疑。
我还是放手让你赶赴京城。你是秦嘉。"尔不是照，
华烛何为。"

写于 2010 年的《秦嘉》还有另一个特点，就是大量的引用，它在不断地放任中游离或扩充着自己。这种风格后来在他的《天仙配》中达到极致。

◆ ◆ 12 ◆ ◆

孤独的女诗人狄金森坚信："简单的生活反而是最复杂的。"尽管生活在一个事件很多甚至太多的世界中，阿波的诗歌除了极少的诗歌之外，极其缺乏"事件"。他的诗歌本质上是非常内向的，尽管他的诗歌中总有许多日常生活和日常场景的描写。

但阿波的诗歌也不是没有事件，只是很淡，只是非常个人化。自从和七七相识、相爱、结婚、生子以来，阿波诗歌的事件性大多是和七七相关的。

《秦嘉》和《滨河花园》中的爱情虽然是比较克制的，但仍然是阿波最炽热的诗歌。随着时间的流逝，那个"她"慢慢变成了"你"，变成了一种布伯所说的宛如"亲在"的"你"。再后来，"你"变成了一个几乎不存在的"你"，这时的"你"，像空气一样存在，也像空气一样稀薄和永恒。比如写于 2013 年的《无题》，

两次出现了"你"，可是这个"你"是谁呢？这是一个多么恍惚的"你"啊：

> 雪已经停了，我来到湖边
> 没有一点消息
> 它们正在消逝
> 低低的树丛，屋顶，重叠的山峦
>
> 雪已经停了，夜里睡得太沉
> 想起的都是旧事
> 没有你，也没有险境
> 一下一下落在近旁
>
> 雪已经停了，就像没有发生
> 美景不会出现
> 洒水车清理着路面，变得无瑕
> 孩子在荆棘间奔走
>
> 雪已经停了，我还是见到你
> 太阳落下来
> 然后是夜晚，春夏秋冬
> 能够停滞的都在这里

◆◆◆ 13 ◆◆◆

　　完成于2012年底的《天仙配》是阿波着力最多的组诗，是他最具有标志性的作品之一，但也是他最难评价的作品。

　　先说说传统《天仙配》，这是一个以宣传孝德为表、体现人间真情为里的故事。秀才董永孝行感天，玉帝命七仙女下嫁董永，赐婚期百日。傅员外焚卖身契，认董永为干儿子。1953年，戏曲和电影文本在强力意志的照耀下被改动：七仙女奉旨下凡改为因向往人间而私自下凡；董永的秀才身份改成了农民身份，善良的傅员外改成了恶霸地主。阿波写作依据的底本是连环画《天仙配》，上海人民美术出版社2009年3月第1版，一共19张画。这本连环画的画工很好，但由于是当年的创作，也打上了特别年代的烙印。当然，正由于只有19张画，介绍的文字比较少，它内在的阶级斗争的影子就显得有些模糊。

阿波的《天仙配》引用了连环画《天仙配》的章节题目，除《天规》外，均沿用，所以它是一部由18首诗组成的作品。

阿波的《天仙配》是一个类似怪物的东西，不像《董永和七仙女》，它看起来非常不忠实于原来的故事。它仿佛是一座恍惚的花园，我们在阿波个人意识流的旋涡中，常常有一种不知所措感。

阿波在诗歌中引用了李商隐、但丁、兰波、李贺、杜甫、荷马、博尔赫斯、拉金、王维、阿波利奈尔、卡瓦菲斯、歌德、耿占春、荷尔德林、里尔克、狄更斯、庞德、毕肖普、贝恩、徐淑、秦嘉、海子、苏轼、白居易、庾信、柏桦等作家以及《古诗十九首》《诗经》《易经》等经典中的句子，甚至还有塞尚的画以及一幅国画描绘的场景。这些断句都是琐碎的，多是在作者恍惚中记起来的。

在回答一个网友的疑惑时，阿波是这样说的："写的时候它们大都自己浮现，或者我主动去找它们。三四年前就想写《天仙配》，一直找不到一个合适的形式，直到七七送我那本连环画。其中一些句子、字词，在我以前的诗里出现过，写的过程中遇到阻碍时，它们和我一起继续下去。"

当然，写这样的诗是很困难的，它是一首爱情诗，但似乎又不是。它是阿波想"献给所有我热爱和敬重的诗人"的诗，但有时似乎只是献给自己和七七的。

　　这首组诗在某种意义上，是《秦嘉》一诗的扩展版。"戏中戏"的穿插用法和大规模的"引用"在那儿都有表现，而且它们也都是宽泛意义上的爱情诗。

　　《路遇》就是很好的范本：

> 那一瞬间，她换上了淡紫色的罗裙
> 微微闪烁的，未曾见过的
> 注定了美好和永难分离
> 就像是闲言碎语，谁也没有听见
>
> "从未给予你鼓励"
> 一个婉转的身子
> 唯有细风掠过带来的战栗
> 我伸出双手，想要触摸"凝固的峰顶"

　　然而在《说亲》一诗中出现了巨大的恍惚：

> 只有"大槐树"开口说话
> 晓之于礼仪，你盈盈下拜
> 学习光阴是怎么回事
> "采采卷耳"被挂在窗前
>
> 如果找不到词，变得迟疑
> "以致错过了仁慈"
> 1938 年，他来到中国，低身看见"春风"
> 并且，在返程的小船中丢失

　　白求恩大夫，1938 年来到中国。奥登和衣修午德，1938 年也来到中国。阿波想说的是谁？也许是奥登吧。也许是在说奥登和衣修午德的同性爱吧。上一段是如此传统的依据宗族和神话力量的爱情，下一段，是西方现代诗人的一段风流。可是在一个恍惚间，阿波把它们连接到一起。

　　然后到了《凶讯》，关涉到天命，也关涉到中国那一代人都经历过的事件，但在阿波的笔下，并没有渲染阴影，而是写出了一种本质的茫然感：

> 曾经开口说话的，现在沉默下来
> 一块白银碎裂
> 一场"深山险路"
> 开始是奇异，然后是拖延
>
> 1989 年，火车开进广播的北京城
> "你所说的曙光究竟是什么意思"
> 请远离大海，远离它们的脚步声
> 万物已长成，我们茫然不知
>
> 最后的段落也是艰涩的。

　　《责天》去掉了连环画中的革命性的抗争主题，而重新回到宿命的主题。从"责问"天庭退回到"我用什么来责问"这样的自我追问。

> 绿叶都已落尽
> 我用什么来责问
> "日暮途远""春秋""人事"

除了怀念，把不可思议之事记下

"也要把这两两相忘"
他随之写出无数的喜鹊
以后的相会是确实发生过的
被阻止，被限制在这里

"责天"更多地成为一种"责己"，一种反躬自问。"我"要生活、怀念，把"不可思议之事记下"。爱情是有的，与伟大诗歌与诗人的风云际会是有的，鹅毛笔将记录下这些相会。鹊桥是有的，相会是发生过的，但是被严格限制。我们每一个人被限制在个人的爱情中，限制在有限的阅读中，限制在个人的生命和由此焕发的感觉中。在上帝或死神施舍给我们的有限时间中，我们写，我们爱。

当然，阿波的诗是恍惚的花园，他应该不能确定写下的句子是什么意思，有时只是感觉。而作为评论者，我怎么知道他在说什么呢？我也只是在尝试做一个恍惚的评论者，希望大家在恍惚中突然有一些省悟，恍惚中能够发现一些生命或爱的美好片段。